U0091639

大齡剩女

下

風 文創 189

凌嘉 著

目錄

第二十六章　略施薄懲……005
第二十七章　茶館衝突……017
第二十八章　投其所好……033
第二十九章　非分之想……047
第三十章　露出馬腳……063
第三十一章　再遇冤家……081
第三十二章　主動出擊……095
第三十三章　方寸大亂……107
第三十四章　行宮避暑……121
第三十五章　動之以情……135
第三十六章　半路遭劫……151
第三十七章　追查線索……167
第三十八章　當眾賜婚……181
第三十九章　妯娌相爭……197
第四十章　暗潮洶湧……215
第四十一章　中秋賞燈……229
第四十二章　栽贓嫁禍……243
第四十三章　忍氣吞聲……257
第四十四章　新婚燕爾……271
第四十五章　巧婦難為……285
第四十六章　埋樁布局……299
第四十七章　風雨欲來……309
第四十八章　相知相守……325

第二十六章　略施薄懲

皇后聽聞燕太妃過來，停下筆墨，走到小佛堂旁的茶室裡。見李歸錦也來了，皇后笑著誇她一陣子不見，又變漂亮了。

李歸錦自然表示謙虛，不敢當真。

燕太妃個性很直接，待宮女上茶退下之後，她便開門見山地說：「皇后恭惟懿德、賢能大方，將後宮治理得井井有條，可宗室裡卻烏煙瘴氣，敗壞皇家名聲，有辱國體！皇上乃一國之君，才登基兩年，有些事知道該做卻不能做，免得落人口實，說皇上打壓宗室。可皇后身為皇室宗婦，現在正是該妳出手的時候，怎麼能由著宗親胡作非為？」

這一席話說得皇后額頭冒汗，不得不低下頭問道：「太妃娘娘不妨明示，是誰敗壞了皇家名聲，做了有辱國體的事？」

燕太妃說道：「襄陽郡公私自圈地是其一；巴陵公主按嫡公主規制戴七鳳簪踰矩為其二；其子於昭陵騎馬大不敬是其三；其女辱罵皇親為其四。皇后娘娘，妳看……」

不說皇后，就是李歸錦在一旁聽了都目瞪口呆。燕太妃足不出戶，知道的事情竟然比她還多！她不吭聲也就算了，一告狀，就把他全家老小都給扯進來了！

皇后有些坐不住了，問道：「這……真有其事？」

燕太妃慢悠悠地說：「皇后娘娘，有些事情瞞上不瞞下，他們一家做了什麼事，京城裡很多人都知道，妳派人去查一查便知，平日大家不過是不想撕破臉，所以才沒說。可是有人見我老了，當我不中用，就欺負到我外孫女頭上，我如何能忍？我就快要去藩地養老了，離京之前縱使拚到魚死網破，又有何懼？」

燕太妃在先皇在世時，乃是四妃之一的德妃，極受先皇信任，長孫皇后去世得早，後宮曾是她的天下。她在數次皇子爭儲時都置身事外，她的親兒子越王李貞雖然一樣才華出眾，但是安分守己，頗得李治信任，所以李治一直要求王皇后要對燕太妃恭敬，她受到的禮遇，並不比太后差。

皇后忙安慰道：「太妃娘娘不要動氣，我一定會徹查此事，給您一個交代！」

燕太妃頷首笑了笑，說是不打擾皇后抄經，就帶著李歸錦走了。

李歸錦第一次見到燕太妃使用手段，如此明目張膽地告了柴家一狀，不僅直接果斷，看起來效果也很好，讓她驚嚇之餘又心中佩服。

回程路上，李歸錦問道：「太妃娘娘要隨越王去藩地嗎？」

燕太妃說：「先皇駕崩時，我就該去越國了，只是皇上地位不穩，我為了讓皇上放心，甘願留在宮中。」

她替越王留在宮中，就好比一個人質，讓李治不用擔心越王會做什麼不利於他的事。

燕太妃接著說：「如今皇上逐漸掌握了朝政，我也想去和兒子享享福了，若不是妳出現，我年後早就動身了。」

李歸錦有些愧疚地說：「沒想到我給太妃娘娘添了這麼多麻煩，太妃娘娘若想去找越王，就不必管我了，我有衛國公府護著，沒什麼事的。」

燕太妃拍拍她的手，低聲說：「原本是為了妳留下的，但現在還有一件事，我得做完再走……既能幫我自己，也能幫皇后……」

「幫皇后？」李歸錦不解地問道。

燕太妃說：「我敢如此吩咐皇后，是因為皇后在宮中勢弱，蕭淑妃勢大，若不是我暗中幫她，她的后位早就不穩了。」

李歸錦默默聽著，沒有說話，更沒問燕太妃還要辦什麼事。她隱隱猜到這件事應該和武媚娘有關，知道得太詳細，反而不好。

燕太妃叮囑道：「我能照顧妳們一時，卻照顧不了一世，我終究老了。妳這孩子，我知道妳有幾分小聰明，不過在宮中卻遠遠不夠，妳要學的，還多著呢……」

李歸錦立刻老實起來，她幾番在燕太妃面前耍小聰明，原來燕太妃心裡清楚得很。

李歸錦因為燕太妃之前扣押古爹爹的事，一直對她有防備，但燕太妃既然真誠待她，她也該撇開最初的成見，真心對待燕太妃才是。

「我知錯了，再也不敢了……」李歸錦低頭說道。

燕太妃並不與小輩計較，只說：「雖然這次能借皇后之手教訓柴家，但有件事卻是再也等不得了。」

「嗯？」李歸錦看著燕太妃，不太了解她指的是什麼。

燕太妃說：「妳如今二十有一，必須嫁人了。如果妳早點嫁人，又怎麼會惹得登徒子覬覦？說起來，妳自己也有錯。」

李歸錦的臉色瞬間蒼白，燕太妃若幫她定下婚事，她是怎麼也逃不過了。

「太妃娘娘……我、我很怕嫁人！」好半晌李歸錦才吐出這一句話。

「有何可怕？」燕太妃有些詫異。

李歸錦說：「我從小生長在民間，古護衛十分寵愛我，所以我自由任性慣了，一想到嫁人之後要侍奉公婆，還要遵從世家禮儀，我就怕得睡不著覺……」

燕太妃淡淡一笑。想來也是，這孩子野慣了，嫁到勛貴宗親之家，多少會受些折磨。

「那妳想要怎麼做？難不成這輩子都不嫁人了？」燕太妃問道。

李歸錦搖頭道：「也不是……若是能遇到真心相愛的人，為他犧牲一些自我，我也願意；但若是不喜歡的人，那樣的生活，便像是煉獄了。」

燕太妃神情嚴肅地看著她，問道：「妳喜歡上誰了？」

先有汝南公主私奔，又聽到李歸錦說出這樣一番話，燕太妃不禁覺得她們真的是母女，竟然連想法都一樣，只願嫁自己喜歡的人。

她不太能接受年輕人私相授受的感情，但又怕李歸錦變成第二個汝南公主，有了前車之鑑，她不敢表現出太強硬的態度。

李歸錦看燕太妃的神情，就知道她想偏了，連連搖頭說：「沒有，我沒有喜歡誰……我只是這麼想。」

燕太妃嘆了口氣，說道：「妳想這樣也行，我到時替妳選幾個人，由妳自己決定，這樣可以吧？」

李歸錦有些意外，她沒想到燕太妃這麼好商量，雖說不是完全掌握婚姻自主權，但是她肯聽她的意見，已經很好了。

李歸錦高高興興地出宮，不過十日，各家就聽說皇后宴請幾位在京城的公主進宮小聚，由於巴陵公主穿戴的東西不合規制，衝撞了皇后和宮中的娘娘，被皇后責罰。她的女兒柴沐萍因為之前哄騙宣城公主的玉珠串，被蕭淑妃記恨，她這次乘機報復，要柴沐萍抄二十本《女誡》送進宮。

這些只是剛開始，之後又有人舉報柴源揮霍無度，追究起襄陽郡公的家產，查出他在封地周圍侵占大片土地，皇上不僅下令他歸還土地，還削了他家五百戶的食邑。

傻子也知道是有人在整柴家，柴家人心惶惶，很怕是皇上要對付他們。他們透過人脈多方打聽，終於知道一切是因為柴源糾纏李歸錦所致。

巴陵公主氣得在家摔東西，咒罵道：「一個野種而已！不僅打了源兒，還敢告御狀，這是要翻天了嗎?!」

豈料襄陽郡公一巴掌打到柴源臉上，喝道：「沒出息的蠢東西，見到漂亮女人腦袋就沒用了，一家老小遲早被你害死！」

巴陵公主很不高興，一把摟住兒子，與丈夫吵起來。「你為什麼打源兒？他又沒做什麼，不過是和那個小蹄子說了幾句話而已！」

「還沒什麼？是不是要做點什麼讓全家掉腦袋的事，才可以教訓他？果真是慈母多敗兒，哼！」說完他就拂袖而去。

柴家鬧得天翻地覆，衛國公府這邊也有點慌張，但慌的人是許紫煙。

她特地去找李歸錦，有些緊張地問道：「小姑，皇上削了襄陽郡公的食邑，跟吳王有沒有關係？若真是要對吳王下手，許家怎麼辦？妳二哥也脫不了身啊……」

柴家的事雖然因李歸錦而起，但皇上整治襄陽郡公到底有沒有其他意圖，李歸錦不得而知，畢竟當權者最擅長的把戲就是「借力使力」。

不過許紫煙的話還是讓她心中一緊——

「二哥和吳王怎麼扯上關係了？」

許紫煙急切地說：「妳二哥在安州府軍效力，替吳王辦了幾次差事，很得他賞識，說是要提拔他，只是安州沒了空缺，準備調他去荊王手下做郎將，他正為此事高興呢！」

李歸錦心中打了個突，不管是吳王要安插人手去荊王手下，還是他們兩人已共享資源，對李仲璿來說都不是好事。李治之後就會除掉吳王、荊王，李仲璿若當了他們的棋子，絕不會有好下場！

她安慰了許紫煙幾句後，就立刻去找李德淳。李仲璿是二房長子，她身為妹妹，沒有管到他頭上的道理，只能請李德淳出面去和二伯商量。

之前李歸錦和狄仁傑調查左藏失竊案，李家派了府兵暗中保護李歸錦，在農莊那裡鬧了一場烏龍，事後狄仁傑送李家軍回李府，李德獎和李德淳兩兄弟多少也知道皇上和吳王之間的一些矛盾。

如今李德淳聽李歸錦這麼一說，立即警惕起來。

李德淳說：「雖說削的是襄陽郡公的食邑，但襄陽郡公的封地屬於吳王領地，皇上派人去查襄陽郡公，未必與吳王無關。我們家不能和藩王扯上關係，我這就去跟二哥商量。」

李德獎身處禁軍，更不能和藩王有什麼牽扯，他一聽就嚇出一身冷汗，連忙喊了李仲璿過去問話。

三個男人在書房裡商量起來，李仲璿見父親和叔叔緊張至此，有些不以為然地說：「如今天下太平，吳王和荊王怎敢有異心？」

李德獎神情嚴肅地說：「吳王和荊王是怎麼想的，根本不重要，重要的是皇上是怎麼想的！你難道忘記你大伯一家人的下場了嗎？如今他們還在嶺南回不來！」

李仲璿神色一緊，終於有些緊張了，他小心地問道：「您是說，不論吳王和荊王是否要造反，皇上都容不下他們？」

李德獎喝道：「這種話怎可亂說?!」

他嘆了口氣，這個長子身手不錯，可是城府不夠，若生在亂世，也許還能上戰場拚個一身功勞，如今……他只求他能安穩繼承衛國公的家業，不過這看來也不簡單啊……

李德淳在一旁提醒道：「先前吳王貪沒左藏鉅款之事雖然被皇上壓下不發，但卻是鐵錚錚的事實。吳王藩地富庶，他還把手伸到國庫，這大把的錢都花去哪兒了？皇上怎麼可能不提防他？」

李仲璿是第一次聽說這件事，這才後悔他不該在吳王面前獻殷勤，以為自己好運到了。談到最後，李德奬決定走點門路，把李仲璿從安州府軍調回京城，把人放在自己眼皮子底下才放心。之後他更是親自寫了封信給親家公，讓李仲璿親自送去。

李歸錦心中卻還有些事情沒想通。

之前李家軍意外摻和到吳王貪沒案中，吳王是不知道這件事，還是真的度量大到對衛國公府沒半點介懷？明知李仲璿是衛國公府二房長子，他還要提拔……再則，若真是賞識李仲璿，為什麼不留著自己用，而是要送去荊王那裡？是真的因為沒有空缺嗎？

他到底想做什麼？

她不停琢磨著這些事，覺得眼前像是有團迷霧般，看不清楚真相。

李歸錦在琢磨別人，別人也在琢磨她。

柴家因為李歸錦而被皇上問罪的消息像長了翅膀一樣，在勛貴宗室中傳了出去。漸漸的，一些官宦人家也知道了，都對皇上與皇后如此袒護李歸錦感到不可思議。

衛國公府門前漸漸熱鬧起來，很多人家都樂意跟他們走動。

在眾多拜帖與請帖中，有一張帖子遞到李歸錦手中，是狄仁傑要來拜訪她。李歸錦連忙回帖，請他來做客。

狄仁傑收到回帖，當天離開大理寺後就來到衛國公府南院，連官服也未能來得及換下。

「當真稀客，我回衛國公府後，你這可是頭一次主動來看我！」李歸錦笑著請他在廳堂坐下。

狄仁傑說道：「如今身分有別，我若隨意進出府上，只怕對妳名聲不好。」

李歸錦嗔怪道：「這話可是真正見外了！」

狄仁傑在心中感嘆，不管她是古閨秀還是李歸錦，內在依舊是同一個人，有所改變的，是他的心境。

他笑了笑，說道：「妳若不介意，我還怕什麼？不過，我今日過來，是有正事要問妳。」

李歸錦收起了笑容，問道：「什麼事，你說。」

狄仁傑問道：「聽說襄陽郡公之子欺負妳了？」

李歸錦恍然大悟，原來狄仁傑也聽說這件事了，他是在擔心吧？「算不上欺負，就是言語無狀，讓我很心煩。他沒把我怎樣，我卻要楊大哥把他揍了一頓呢！」

狄仁傑聽她說得輕鬆，依然不太放心。「以後出門還是注意些，拋頭露面總是不好。」

李歸錦噗哧一笑，說道：「以前我滿大街跑怎麼沒事，偏偏現在就有問題了？」

「那是因為……」狄仁傑想說的話，卡在喉嚨裡沒說出來。

那是因為她以前不甚注意裝扮，如寶珠蒙塵，不仔細看，只覺得是個清麗的姑娘。如今她錦衣華服、雲鬢花顏，走到哪裡都會吸引別人的目光，怎不教人覬覦？

「因為什麼？」李歸錦調皮地追問道。

狄仁傑面色微紅，清了清嗓子，正色道：「那是因為妳現在接觸的人不一樣了，尋常百姓有什麼膽子敢調戲良家婦女？出身勛貴的浪蕩子弟，就敢作惡！」

李歸錦笑著應道：「好，知道了，我會多注意一些。」

狄仁傑還想多叮囑幾句，又擔心自己管得太多。

可他一想到大理寺那些人肆無忌憚地議論她的模樣，他就覺得不舒服，甚至有同僚找他，要他把李歸錦約出去，好讓大家一睹真容，證明她是否如傳言中那麼美……

想到這些，他就淡定不了。

此時琬碧前來稟報說：「二少奶奶明天就要啟程回安州，說是有幾句話要同大小姐講，問您有沒有空。」

李歸錦說：「妳告訴她，我晚上去找她。」

狄仁傑問道：「妳家的族人要返程了嗎？」

李歸錦搖頭說：「沒有，是二哥和二嫂有點急事要趕回安州。」說到這裡，李歸錦低聲說：「你隨我到屋裡，我有件要緊的事想問問你的意見。」

狄仁傑之前奉皇命查吳王的事，李歸錦覺得他應該知曉一些細節，便把李仲璿的情況以及自己的擔憂告訴他。

狄仁傑面色變得凝重。「妳的擔心是對的。吳王重用妳兄長，只怕沒安什麼好心。我已經查出高大人正是得了吳王的授意，才在我剛到大理寺時給我難堪。吳王既然已知道我的事，必然也知道李家軍，他大概已查出當時和我一起辦案的女子是妳。他提拔令兄的事，只怕有古怪。」

高大人是大理寺卿，為大理寺職位最高者，他當初刁難狄仁傑的事，李歸錦曾聽古爹爹提過，卻沒想到除了個人因素，背後竟還有吳王指使。

李歸錦凝神聽著，狄仁傑認真考慮了一番，才又說：「我最近替皇上查了些東西，發現柴家、吳王、荊王，甚至房相，他們四家的來往，有諸多需要推敲之處……」

李歸錦疑惑地問道：「房相？你說的可是房玄齡？他不是已經去世了？」

狄仁傑點頭道：「正是，房相雖然去世，但他幾個兒子在京城依然很活躍，特別是次子房遺愛，娶了高陽公主；三子房遺則，娶了荊王之女……」

李歸錦在聽到「房遺愛」和「高陽公主」兩個名字時，倏地站了起來。

第一次見到巴陵公主時，李歸錦就覺得有些關鍵的資訊想不起來，現在經狄仁傑一提醒，她一下子就想起來了！

再過兩年，高陽公主和房遺愛擁立荊王李元景的事情將會曝光，受牽連的人有吳王李恪、薛萬徹將軍，以及巴陵公主和襄陽郡公柴令武。

因為巴陵公主夫婦在那次謀反事件中只是小角色，所以李歸錦記不清楚，但說到高陽公主及房遺愛這兩個主謀，事情就全串連起來了。

狄仁傑見她臉上又驚又喜，便問道：「妳怎麼了？」

李歸錦坐下來鎮定了一會兒，才說道：「沒事，只是覺得這幾個人若是拉幫結派、圖謀不軌，所圖之事必相當可怕……」

狄仁傑非常驚訝，對李歸錦的敏銳度十分佩服。

而李歸錦既然已想起細節，她很清楚需要防備哪些人，到時對李德獎和李德淳旁敲側擊一下，應該就無大礙。

思及此，她一顆心總算安定下來。

第二十七章 茶館衝突

春日如梭，謝了黃花，抽了柳芽，端午節眨眼即至。

因調令已下，李仲璿便從安州回來，許紫煙也帶著女兒芸娘與他一起回到京城定居。

李叔玥和李季玖兩個少年也趁端午休館，從弘文館回家，他們難得清閒，天天帶著小姪女芸娘上街玩。

李二夫人看著兒子、媳婦、孫女在身邊，笑得合不攏嘴，但也沒有含飴弄孫的時間，渭州李家的族人還在京城，她正領著管事婆子籌備端午節的事情。

李歸錦這邊也沒閒著，周掌櫃已領著并州的夥計和貨物抵達京城，她和洪箏仔細商量後，把投靠她的這些夥計安頓好，會當差辦事的分在南院，會做生意的則分配到莊子裡打理產業。

安頓妥當之後，李歸錦便加入李二夫人和許紫煙的行列中，領著丫鬟和婆子一起用金銀絲做鐘、鈴、纓、粽子、五毒香包等應景的節禮，分送出去。

因今年要送的人家多，清明節後李二夫人就已張羅起來，倒也不急，只是李歸錦想親手做些東西送那些待自己好的人，時間便緊迫起來。

她在端午節前秉燭熬夜，總算做完一批香囊，打算給燕太妃、芮國公夫人、永安伯夫人、田夫人、李二夫人，還有古爹爹、李德奬、李德淳、狄仁傑，就連還在修行的武媚娘她也沒忘，一人一個。

李歸錦親自將東西送進宮裡時，燕太妃看著她紅腫的手指，略微不快地問道：「衛國公府就沒有針線丫鬟嗎？怎麼讓妳辛苦成這樣？」

李歸錦連忙解釋道：「府裡丫鬟夠多，做的節禮也足，只是我想親手做些東西送給親朋好友，雖然做的沒那些丫鬟好，但這是我一點心意。」

燕太妃看著手中繡有松鶴的香囊，嘴角總算有了笑意。「這心意倒是挺好，但妳的女紅的確還要精進，回頭我親自教妳兩招，我年輕時做的東西，連針線局的繡娘也說好……」

李歸錦有些臉紅，卻很開心。「真的？早先家裡請了一位針線師傅教我，但她手藝有限，禽鳥繡得不夠好，所以我也不太會。後來自己琢磨了一些，但那眼睛和翅膀，怎麼樣都覺得不夠生動……」

燕太妃聽了，心疼她是個從小就沒娘的孩子，女紅還要自己琢磨，便讓貼身的嬤嬤找出她年輕時繪的花樣和做的繡品，一點一滴告訴李歸錦怎麼樣才能把禽鳥繡活，一時之間泰禧殿溫情四溢。

皇上得知李歸錦進宮，特地要桂公公把她接過去說話，讓李歸錦十分詫異。

燕太妃說道：「不用怕，應該只是話家常。」

李治找李歸錦是為了柴源的事，他笑著問道：「朕聽說妳打了柴源？」

李歸錦沒膽量在皇上面前放肆，老老實實的說：「是，我行事衝動，還請皇上責罰。」

李治並不怪她，而是打量著說：「月餘不見妳，妳果然出落得更漂亮了，難怪柴源打妳的主意。他若再敢對妳無禮，妳只管教訓他，就說是朕說的。」
李歸錦非常驚訝，沒想到李治這樣明白的袒護她。
李治問了她幾句家常之後，說：「我聽說妳時常去感業寺？」
李歸錦瞬間明白了，想必是李治又見到了武媚娘，武媚娘在他面前提起了什麼吧？
「是，燕太妃娘娘和我父親都信佛，所以我也時常去寺廟參拜。」
「很好，媚娘在寺中生活枯寂，妳能去看看她，朕很欣慰……」
李歸錦不知道再接話是否合適，索性不多說。
李治突然又說道：「端午節那天，朕想微服出宮去看看民情，妳可知端午有什麼好去處？」
李歸錦心中想到，他這是想出去幽會吧？
「我聽說廣通渠會有賽龍舟，每年都會有很多人去看，西市的集市也會因此更隆重，到時候想必十分熱鬧。再就是可以去東祖廟看藝人跳鍾馗，或者去曲江池邊潑沐蘭湯。」
幸而之前狄仁傑打算邀她出去玩，提前和她商量過，不然差點答不上話。
李治聽了細細想後，說：「妳說的這幾個去處很好，朕都會去看看的。」
沒有旁的事了，李歸錦便告辭出宮。
回到家時，田夫人已經在衛國公府等她，奇哥兒和芸娘在一起玩，許紫煙正在替她待客。
李歸錦有些驚訝，她進宮之前，並沒聽說田夫人要來。

田夫人解釋道：「我早上去慼業寺上香，回來時路過這裡，就來看看妳這裡有沒有什麼要幫忙的。」

李歸錦心中明瞭，田夫人這是有話要對她說。

許紫煙見李歸錦回來了，就帶著孩子們離開，非常機靈。

田夫人迫不及待地低聲說道：「我今天見到明空師太，她的頭髮已經長到可以紮起來了！」

李歸錦眼神一亮，武媚娘敢光明正大蓄髮，必定是得到皇后允許，不然她沒這個膽子，寺裡的人也不會同意。去年她曾因為偷偷蓄髮，差點被尼姑把頭髮給剃光，想不到現在頭髮已經這麼長了。

田夫人抓著她的手說：「恐怕真如妳所說，她的福分還在後頭呢！」

李歸錦點頭道：「錦上添花易，雪中送炭難。咱們現在多照顧她一些，等她日後顯達，必會湧泉以報。」

李歸錦現在生活無憂，不圖武媚娘什麼，只求以後她上位時，家族能夠長久安泰，不要受到皇權變更的衝擊。

但田夫人不一樣，黎國公府已經衰落，族中男丁書讀得平庸，又無建功立業之人，只能守著祖業過日子，她必須為奇哥兒謀劃，不能讓黎國公府的封號在他手中丟掉。將來兒子若能得宮中貴人關照，豈不事半功倍?!

田夫人激動得眼角盈淚。「妳在京城如此幫我，這份恩情，我不會忘記！」

李歸錦笑道：「談什麼恩情，生分了。」

送走田夫人，李歸錦從自己的新衣裡挑出兩套從來沒穿過的，要琬碧明日一早送到感業寺。武媚娘在寺廟裡只有僧袍可穿，就算皇后和燕太妃有意照顧她，卻注意不到這些細微的地方，皇上更不敢光明正大地賞賜。

「大小姐，尼姑能穿這些漂亮衣服嗎？」琬碧年紀還小，李歸錦也沒和她仔細講過宮裡的事。

李歸錦說：「過幾日明空師太想必用得上，她的常服應該都是幾年前的，穿出去不夠體面了。」

琬碧點了點頭，似懂非懂。說穿了，她只是好奇而已。

端午節當天，李歸錦一大早就接到宮裡的賞賜，雖然只是一罈雄黃酒、一籃艾草和一匣子百索五彩縷，但宮裡在端午節並未大肆賞賜，能得賞的人全是皇上的嫡親，李歸錦在這其中，便顯得十分特殊。

今日渭州李家的人都來衛國公府過端午節，眾人看著供在正廳的皇上賞賜，全都覺得與有榮焉。

衛國公李靖還在時，皇家的賞賜也是這樣隔一陣子就送到家裡，連渭州的族人也跟著一起享盡尊榮。可自從李靖去世，就再也沒這樣的好事了，不料一個「私生女」卻讓衛國公府重現當年的光景。

其實渭州李家的人都知道李歸錦是汝南公主的親生女兒，並不敢對公主未婚生女有任何異議。

渭州李家長房的大少奶奶季氏是渭州這一代媳婦中最拔尖的，因她婆婆大夫人在老家主持中饋，並未進京，便由她侍奉族中長輩們進京，她也因此和李二夫人走得最近。

季氏陪在李二夫人身邊幫忙安排中午的酒席，待管事婆子都離開了，她才笑著說：「歸錦小姐可真不得了，不僅太妃娘娘疼愛她，皇上也看重她！」

李二夫人覺得這話就像在誇自己女兒一般，點頭道：「可不是，誰也沒想到！說起來，當初誰都不知道歸錦的身世，皇上卻曾因為政務把她從并州接進京，一切都有前緣可循。」

李家內部議論李歸錦的話很多，關於她怎麼進京、怎麼被燕太妃發現、又怎麼與李家人聯繫上，有許多不同的版本。

如今季氏聽李二夫人確切地說出事實，更是感到驚訝。「一個姑娘家還能插手政務？」

李二夫人答道：「具體的情形我不明白，就連我家老爺也不知道，恐怕只有皇上清楚，咱們婦道人家就不要問那麼多了。」

「是，二夫人說得極是。」季氏連連點頭。

李二夫人透露這些消息，是有意抬高李歸錦的地位。

李家有些人怕燕太妃隨越王離京後，李歸錦就沒人撐腰了，如今讓他們知道皇上也是她的靠山，相信沒人敢再議論。

得知李歸錦不僅能依靠燕太妃，連皇上也看重她，季氏心中大定。

她又問道：「歸錦小姐的婚事，宮中還沒個說法嗎？」

李二夫人也為這件事頭疼，不僅族人一直在問她，連丈夫也不例外。只是有燕太妃在上頭，他們哪裡敢自作主張為李歸錦安排婚事？

「燕太妃娘娘先前說過要親自幫歸錦挑個好人家，也許是在慢慢相看吧！若下半年再無消息，我會請叔母進宮打探打探。」李二夫人答道。她口中的叔母，就是丹陽郡公夫人，李歸錦的叔祖母。

季氏忍不住在心中嘀咕起來，滑州李家這麼些人上京，一是為了李歸錦認祖歸宗，二是把京城中的人脈重新理一理，三則是為了等候皇上賜婚。

依李歸錦的年齡，他們原以為在她認祖歸宗後，皇上馬上就會下旨賜婚，到時他們就能趁這個機會重新出現在京城世家的視線裡，沒想到經過三個多月了，宮裡還是一點消息都沒有。

季氏低聲對李二夫人說：「若有消息，還請二夫人儘早告訴我。我們在京城待了這麼久，原是打算替歸錦小姐送嫁之後再回老家的，可我婆婆已問了好幾次，我都不知道該怎麼安排才好。」

李二夫人倒也體諒他們。「來回京城一趟不容易，這些大事若能在今年一併辦了，自然極好；可依照太妃娘娘和皇上看重歸錦的形勢，就算賜婚，籌備婚事也得花個一年半載。」

「啊，的確，是我們想得太簡單了……」季氏輕呼道。

滑州李家上下原以為皇家會急著把李歸錦嫁出去而一切從簡，但她受重視的程度卻遠超乎他們想像。

季氏當天回去之後就同族中長輩商量，決定先回渭州，等李歸錦的婚事有了確切消息，再派人進京。

端午節這天下午，李歸錦應了狄仁傑之邀，與他一起出門玩耍。隨行的還有李叔玥和李季玖兩個堂弟，以及楊威與八名護衛，琬碧也在一旁伺候。

狄仁傑在熙春樓等她，沒料到來了浩浩蕩蕩一群人，一時之間愣住了。

李歸錦滿懷歉意地說：「我父親和二伯說端午節人多，要出府遊玩必須由兄弟陪伴，所以……」

是因為之前柴源輕薄李歸錦，所以長輩們不放心吧？狄仁傑想到這點，就完全不覺得人多叨擾，反而安心不少。

他笑著和李叔玥、李季玖打招呼，帶著眾人一同前往廣通渠看賽龍舟。

「你知不知道有哪幾支龍舟隊？」李歸錦興致勃勃地問道。

狄仁傑早就打聽清楚了。「今年京府尹籌備得比較隆重，龍舟賽有兩場，第一場是京城各官府部門，第二場則是坊間各家。」

李歸錦驚訝得不得了。「官府部門還會組織龍舟隊來比賽呀？」

狄仁傑點頭道：「是啊，原先本是太祖臨時起意辦了一次，後來便延續下來。不過這麼多年來一直沒什麼好期待的，無一例外都是禁軍勝出，坊間的比賽比較有意思，龍舟每年都有些花樣。」

李叔玥在一旁說：「我聽說兵部今年卯足了勁要奪冠，應該比往年精彩一些。」

李季玖笑嘻嘻地說：「我猜兵部不敢。如果禁軍輸了，皇上顏面何在？我賭禁軍今年繼續第一……」

眾人一路說笑著走到廣通渠邊，此時河岸兩邊早已圍滿觀眾。

狄仁傑有些汗顏地說：「原想在沿岸的酒館或茶館訂一間靠河的包廂，但是人太多，訂不到。」

京城遍地都是官，勛貴又多，這樣熱鬧的節日，尋常人的確占不到位置。

李歸錦不甚在意地說：「在河邊看才熱鬧，再說我一會兒還想去廟會逛一逛呢。」

耳邊人聲鼎沸，路上摩肩擦踵，河邊的護欄都快要被擠垮了。好在同行的男子多，浩浩蕩蕩往河邊一站，就擠出一片空地把李歸錦護在中間。

狄仁傑指著遠處一排龍舟，告訴李歸錦金色是禁軍的，紅色是兵部的等等。

突然間，一隻手拍上狄仁傑的肩膀，大聲說道：「狄主簿，你也來看龍舟啊？」

李歸錦循聲看去，一群男子擠了過來，她一個都不認得。她見狄仁傑與他們打招呼，言語間看得出應該都是他在大理寺的同僚。

那些男子見到李歸錦，一個個目光灼灼，在狄仁傑耳邊嘀咕些什麼，說著還大笑起來。

狄仁傑的臉色轉冷，喝道：「休得胡言亂語！」

李叔玥站得離那群人比較近，聽到他們在說什麼，不禁冷哼了一聲。他年紀雖小，但掃視過去的視線卻教那些人收斂了幾分。

他轉頭跟李歸錦說：「姊姊，妳該聽我娘的話，不要隨意出府，就算要出來玩，也該讓管事提前安排，才沒機會讓那些粗野匹夫多嘴。」

李歸錦卻不惱，而是笑著問道：「他們說些什麼？」

李叔玥說：「說妳這麼美貌，難怪惹得柴源日思夜想，又問狄仁傑怎麼把妳騙到手的。言語無狀，實在不堪入耳！」

李歸錦反過來安慰他。「這世上最愚蠢的一件事，就是因為別人的話而惹自己不悅，你也知道他們言語無狀，何必放在心上？」

那群人因狄仁傑動了怒，不敢再放肆地看著李歸錦，但卻有一人擠到李歸錦身邊，朝她拱了拱手說：「在下大理寺丞畢茂明，與狄主簿是同僚。這裡人多，恐怕驚擾李小姐，我有些朋友就在後面的茶館歇息，狄主簿和李小姐不如一同上去坐坐。」

大理寺丞，那是狄仁傑的頂頭上司了。聽古爹爹說，狄仁傑受皇命空降到大理寺，惹得大理寺卿高大人和一些年輕官員十分不快，所以有些人明裡暗裡故意為難狄仁傑，他的上司畢茂明就是其中一人。

李歸錦想起這些，心中不喜，搖頭道：「不用，我在這裡看看就行了。」

李叔玥卻不願讓李歸錦繼續混在人群中，反而替她答應下來。「站在這裡不成樣子，既然這位朋友相邀，姊姊就上去坐坐吧。」

畢茂明臉上一喜，立即為他們領路。

去。

畢茂明雖然不討李歸錦喜歡，但對她言語禮貌，還算有分寸，何況他又是一片好心，倒讓李歸錦不好發作，只得任由李叔玥拉著她跟在畢茂明身後，狄仁傑等人只好皺著眉跟上去。

眾人進入茶館，走上樓去，畢茂明推開一間雅間的門，李歸錦看到裡面坐著的人，臉上立刻變了顏色。

那人竟是柴源！

李歸錦橫眉掃向畢茂明。「喔，原來你說的朋友是他啊？果然是一丘之貉！」

李叔玥也變了臉色，他沒想到畢茂明會這樣坑他們，怒道：「你這是什麼意思？」

柴源從雅間裡走出來，笑嘻嘻地說：「唉，你們為什麼一見我就發脾氣？我只是想請你們喝茶啊！」

李歸錦打量起他，冷笑著說：「你上次的傷痊癒了？看來是好了傷疤忘了疼，還敢來招惹我，信不信我再揍你一頓?!」

柴源不由得抖了一下，陪著笑臉說：「妳看看妳，張口閉口就喊著要打我，為什麼這麼凶啊？不過……我就喜歡妳這種脾氣，放心，我不會生氣的。來，進來坐……」

眼見他油膩的豬蹄就要碰到李歸錦的手，狄仁傑上前一步擋開。「柴少爺，您三番兩次為難李小姐，這可不是大丈夫所為，還是放尊重些吧！」

柴源不屑地掃了狄仁傑一眼，問道：「你又是誰？關你什麼事？」

李歸錦不想讓狄仁傑和柴源正面起衝突，怕柴源以勢壓人，便說：「狄大人是我同鄉好友，我的事他自然管得著，不過我今天懶得跟你計較，否則就壞了我遊玩的興致。我們走！」

她轉身就要走，樓梯口卻被柴源的人堵住。

李歸錦回頭瞪他。「我今天本來不想打你的，你都這麼大一個人了，老是讓我替你長輩管教你也不太好。但是皇上說過，你再敢為難我，要我儘管打。你最好叫你的人滾開，不然別怪我不留情面！」

柴源卻不知分寸地說：「妳陪我喝杯茶，我高興了，自然放妳走，我一直很想妳呢！」

「放肆！」狄仁傑和李叔玥同時喝道。

「憑你也想留住我姊姊，欺我李家無人嗎？」誰也沒想到，一直沒說話的李季玖忽然撲上前去，一拳揍到柴源臉上。

「啊！」李歸錦驚訝地叫了一聲，下一刻，柴源就殺豬似地喊叫起來。

柴源的僕從立刻衝了上來，李歸錦怕李季玖吃虧，連忙去拉他，狄仁傑則怕李歸錦被人打到，又去護她。而楊威等人原本在茶館門口等待，發現樓上有動靜，見眾人開始動手，便一擁而上。

茶館內外都是人，他們兩幫人馬動起手來，樓上樓下頓時混亂成一片，喊的喊、叫的叫。

狄仁傑從人群裡把李歸錦撈出來，塞進旁邊一間人都跑光了的雅間裡，又把李叔玥、李季玖兄弟拉出來。

李歸錦從門縫裡看去，知道楊威等人占了優勢，這才鬆了口氣，忙問李季玖：「你有沒有被打到？怎麼突然就動手了呢？」

李季玖今年才十三歲，又一直在弘文館唸書，李歸錦完全沒料到他會替自己出頭。

李季玖遺傳李家男子的頎長身材，但因為沒練過武，身板很薄，李歸錦真怕他在那群莽漢的拳頭下吃虧。

「姊姊，我沒事。那個色鬼活該討打，妳不該攔著我，我還想多揍他幾拳呢！」李季玖肩頭吃了幾記拳頭，但他齜牙咧嘴地忍著沒喊痛。

李叔玥板著臉說道：「你動手打架，回頭父親知道了，定會責罰你。」

李季玖卻笑嘻嘻地說：「不會，父親要是知道姊姊受欺負，卻沒人幫她出頭，才會責罰我們。」

李叔玥不好再說什麼，只是嘀咕道：「就你這身板能打誰？回頭先找二哥學兩招還差不多。」

李歸錦心中一暖，這便是有兄弟的感覺吧？她有了依靠呢！

「傻孩子，就算要幫我出頭，也不用你自己親自擼了胳膊出馬呀！」她替他瞧看傷勢，還好只是些擦碰傷，她才放下心來。

狄仁傑對他們說：「今天街上到處都有京府尹的人巡視，這邊有人打架，很快就會驚動他們，若是被抓住，就要去府衙走一趟，到時對你們名聲有虧。我會先送你們離開，剩下的我來解決。」

李歸錦點頭道：「叔玥、季玖以後要入仕，不能留下污點。我不怕，我留下，總不能教你平白無故替我揹黑鍋。」

狄仁傑正要勸她，突然聽見外面有人喝道：「都住手！」

眾人一看，是魏柯。

魏柯是禁軍副統領，皇上跟前的人，柴源認得他；楊威也認識他，自然給他面子，兩邊都停了手。

柴源躺在地上，扶著腰不肯起來，他看到魏柯，哀號得更起勁了，嘴裡還說著：「魏大人，我被人打了，快救我……」

魏柯走到柴源跟前，蹲下在他耳邊說起話來，三兩句就把柴源嚇得從地上跳起來，立刻帶人跑了。

魏柯來到李歸錦和狄仁傑所在的雅間，問道：「小姐沒有被嚇到吧？」

李歸錦謝道：「多謝魏大人出手相救。」

她眼尖的看到畢茂明正要溜走，於是喊道：「畢大人何必急著走？不是說要請我喝茶嗎？」

楊威攔住畢茂明，畢茂明沒辦法，只得硬著頭皮回來，滿臉通紅地對李歸錦說：「李小姐，這是誤會，我並不知道妳和柴少爺之間有矛盾……」

李歸錦冷笑道：「你不知道？」

關於她和柴源的過節，別說大理寺，京城只怕沒幾個人不知道吧？不然那些小吏怎麼會圍著狄仁傑問個不停？這畢茂明簡直是睜眼說瞎話！

李歸錦心想，魏柯出面調停，只怕是奉了皇上的命令，皇上之前就說過今天會微服私訪……這個時候她若再跟畢茂明鬧起來，只怕會拂了皇上的面子，可要她就這麼放過畢茂明，她又覺得不甘心。

看了看周圍散落的破桌、破椅和破壺，李歸錦笑著對畢茂明說：「你看柴少爺把這些東西都摔壞了，還沒賠償店家，就急急忙忙跑了。你們既然是朋友，你就先替柴少爺賠了吧。」

畢茂明像吞了一顆雞蛋般喉嚨梗住，萬萬沒想到李歸錦會這麼說，可他也只能認栽，誰教他聽了柴源的話，去哄李歸錦上樓呢？

畢茂明的大理寺丞一職是透過襄陽郡公的門路提拔的，平日他常和柴家走動，柴源看上什麼東西，或喜歡什麼好玩的，他也盡力哄著。

今天他又陪柴源出來玩，兩人在樓上喝茶，看到站在河邊的李歸錦，柴源的眼睛就挪不開了。之前他雖然聽說過李歸錦叫護衛打了柴源的事，但怎麼也沒料到李歸錦的性格如此剛強，看到柴源竟然是見面就打，真是把他嚇了一跳。

畢茂明再看向李歸錦，她依然美得讓人心動，可是嘴角一抹輕笑，以及淡淡掃過他的眼神，竟讓他生出懼意。他二話不說，立即去找茶館老闆，把自己身上所有銀子都掏出來賠償。

這些年畢茂明在大理寺混日子，別的不明白，但有些事他卻知道得再清楚不過——勛貴之家打人或是調戲民女，隨便說句話便什麼事都沒有，若是他和人打架，就會吃上官司，還要罰錢。他萬萬不敢得罪李歸錦，更不敢學柴源胡鬧。

李歸錦見畢茂明乖乖賠了錢，倒也沒再為難他。這人只不過是幫凶，真正讓她煩心的柴源跑了，讓她多少有點不痛快。

魏柯見李歸錦沒事了，便問道：「李小姐可有時間？皇上請你們過去喝杯茶。」

他果然是奉皇命而來，難怪剛剛柴源聽了他的話就逃！李歸錦指了指同自己一起出遊的人，說道：「我今天是和兄弟還有朋友出來玩的，皇上是請我們一同過去嗎？」

魏柯點了點頭。

一旁的狄仁傑則很是吃驚，沒想到皇上出宮了；而李叔玥和李季玖則有點緊張，這可是他們第一次面聖啊！

第二十八章　投其所好

眾人隨著魏柯來到二樓斜對面的雅間，李治正坐在裡面喝著武媚娘泡的茶，見到幾個人全跪在地上行禮，揮了揮手要他們起來。

李治對著李歸錦哈哈大笑，說道：「有意思，妳還真的又把柴源打了一頓啊？」

狄仁傑怕他怪罪，搶先開口道：「微臣一時衝動，與柴少爺有了口角之爭，還望皇上不要怪罪李小姐。」

李季玖也搶著說：「不怪姊姊，是我先動的手。」

李治搖搖頭說：「晚輩之間吵吵鬧鬧本是常事，朕沒打算怪罪她，你們不用緊張。」

雖然李治只比李歸錦大兩歲，卻是她和柴源的親舅舅，不過他顯然不太中意那個蠢笨的外甥，更喜歡李歸錦一些。

李歸錦俏皮地說：「您之前說了，柴源要是再惹我，只管打，我可是很聽您的話呢！」

李治聽了，又笑了起來。

狄仁傑有些心驚，沒想到李歸錦已經敢這樣隨意地和皇上說話了。

李治本就是帶武媚娘出來散心，心情好得很，又像看戲似地看晚輩打了一架，根本不會計較一些細枝末節。

他看了看李家兩個兒子，問道：「你們是李德獎的兒子？已長這麼大了！朕記得幼時曾隨先皇去衛國公府探望你們祖父，那時他已有兩個孫兒，不知道是不是你們？」

先皇親自登門探望李靖，是何等至尊榮耀之事，李家人記得非常清楚。李叔玥回話道：「那時我和弟弟都還沒出世，陛下當時見到的，肯定是我大伯之子李伯瑤，還有我哥哥李仲璿。」

李治想了想，說道：「是了，其中一個是李德謇之子，他還將他的彈弓給朕玩。如今他還在嶺南？」

李叔玥點頭道：「是，大伯一家至今還被流放在嶺南，日日懺悔贖罪。」

李治聽了以後，臉上表情若有所思。

李歸錦和李叔玥快速地對望了一眼，知道今天將有意外的收穫了！

幾個人陪李治說了一會兒話，窗外忽然傳來喧天的鑼鼓聲，龍舟比賽要開始了。

李治站到窗前向廣通渠看去，眾人伴隨而上。

一陣熱鬧而緊湊的鼓聲過後，龍舟起跑線那裡有人大喊了幾句話，之後就有大漢拿著包著紅布的大棒槌，敲在一面亮燦燦的大鑼前，響聲震天。

此時數十艘龍舟飛也似地衝了出去，百姓們各自為支持的龍舟打氣叫好，而河面上賽龍舟的人也大聲喊著口號，整條河都為之沸騰。

李治看到大家歡騰喜樂，一副太平盛世的樣子，非常滿意，眉角都飛揚了起來。

「好！」看到禁軍的金龍超出第二名半個船身，聽到船上軍士整齊地喊口號，李治情不自禁地叫了一聲好。

魏柯身為禁軍副統領，臉上有光。「禁軍眾將士都說不能給皇上丟臉，卯足了勁訓練，絕不會墜了皇上的威名。」

李治笑著說：「很好，回去有賞。」

他轉頭向武媚娘看去，見她和李歸錦湊在一起說說笑笑，就問她們：「妳們在說什麼？這麼精彩的龍舟比賽也顧不得看了？」

武媚娘低下頭，有些不好意思地說：「我今天穿的衣服是歸錦小姐之前送給我的，我穿起來大小剛好，正在說我們身形差不多呢。」

李治回神打量她們，點頭道：「不錯，妳們差不多高矮，一般胖瘦。」

武媚娘風情萬種，眉眼中透著柔情，婀娜地站在那裡，如拂柳一般；李歸錦明媚多姿，臉上笑容燦爛，如同最耀眼的春花。

兩女都是難得一見的傾城之貌，縱然是李治看多了後宮佳麗，一時之間也覺得心蕩神馳。

狄仁傑看了武媚娘一眼，就本分地轉過頭不再多看，然而他心中卻疑竇重重。不知這女子是誰，看起來和李歸錦關係匪淺，卻又不曾聽李歸錦對他提起。

狄仁傑猜不透武媚娘的身分，她像是皇上的嬪妃，但嬪妃何須李歸錦贈衣？難不成……是皇上養在宮外的女人?!

想到這裡，狄仁傑的臉色有些不太自然。

看完龍舟比賽，李治突然說想吃西市的福記堅果，要李家兩兄弟去買，他們自然領命，趕忙出去了。

李歸錦看出李治有政務要和狄仁傑商量，有意支開李叔玥和李季玖，雖然他沒有防備自己和武媚娘，但她覺得留在這裡不方便，便邀武媚娘去街邊的小攤轉一轉。

李治滿意地點了點頭，叮囑她們不要走遠，並派魏柯、楊威等人保護，之後就喊了狄仁傑到雅間的屏風後說話。

李歸錦和武媚娘一起逛著各色小攤，魏柯他們遠遠地跟著，武媚娘乘機向李歸錦道謝。「妳送給我的幾套衣服都很好，解了我的燃眉之急。」

李歸錦不甚在意地說：「何必說這些？若是要謝，我也得好好謝妳，想必妳在皇上面前說了我不少好話。」

武媚娘說：「我說的都是實話，妳待我那麼好，我不能為妳做什麼，只能設法讓皇上多關心妳一些。」

聽她說出這些話，李歸錦心中激盪不已。這樣一位知恩圖報又柔弱的女子，最後究竟如何成為一代女皇？又是如何變得心狠如蠍？

一陣陣熱鬧的叫賣聲將李歸錦從沈思中喚醒，走著走著，她停在一間小攤前，攤子上有各種動物的小擺設，質料也很多樣，有銅、瓷、象牙等。

李歸錦覺得有趣，拿起一隻銅牛說：「這牛有點意思。」

小販看她穿著華貴，連忙拿起一個象牙雕刻的小象說：「小姐，您看這個，這種雕刻相當精細，很適合您把玩。」

李歸錦看了小象一眼，眼睛還是盯著銅牛不放。

武媚娘看她拿的銅牛共有四隻，形狀差不多，模樣十分生硬，並不太好看，不知道李歸錦為什麼那麼感興趣。

「這組銅牛有什麼特別之處嗎？」她問道。

李歸錦朝武媚娘笑了笑，卻不回答，而是問小販：「這組銅牛怎麼賣？」

小販有些失望，這批擺設之中，就數這幾件銅牛最不值錢，它們做工粗糙，青銅還有些生鏽，他縱使想敲李歸錦一筆，也不好意思開口。

「小姐要是喜歡，四隻算您五十文錢。」小販答道。

李歸錦大大方方地拿出一貫錢，足足有一千文錢給小販。「全都給你！」說罷，她捧著四隻銅牛，催武媚娘回去茶館。

小販一時反應不過來，看著手上沈重的一貫錢，喃喃自語道：「我的姑奶奶，這小姐出手也太大方了吧……」

武媚娘也驚訝不已。「五十文錢的東西，妳為什麼要給他一千文錢？太浪費了！」

李歸錦卻笑得合不攏嘴，一直等回到雅間，她才笑著說：「賺了賺了，竟然讓我找到寶貝了！」

武媚娘不解地看著她。

李治和狄仁傑聽到李歸錦止不住的笑，便從屏風後走了出來。

李治問她：「妳這是怎麼了？」

李歸錦把四隻銅牛放在桌子上擺好，說道：「皇上，您快看，我從小攤子上撿到寶貝了！」

李治和武媚娘一樣搞不清楚，狄仁傑因為知道她對古玩很有研究，驚訝地問道：「莫非它們有什麼來歷不成？」

李歸錦連連點頭道：「若我沒看走眼，這可是商代青銅器！」

李治不信。「商代？那可是非常值錢的古董，能讓妳從小攤子上撿到？定是看走眼了！」

在這種問題上，李歸錦非常具有學術精神，一定要解釋清楚好證明自己的眼光。

「皇上，您看牛腹這條線，這是「合範」留下的痕跡。商周世代的青銅器都用陶範法鑄造，這對合的範痕是鑑別年代和真偽的主要依據。您再看這銅牛和牛角的樣式，前朝之中，唯有商代的銅牛是這樣的，在古刻畫中都能見到。還有，您聽這青銅的聲音，不像是新銅所鑄！」

她噼哩啪啦地講了一大堆聽起來很有道理的話，李治也傻住了。「妳真的懂古玩？」

李歸錦點頭道：「我家以前是開古玩店的。」

李治想了想，好像有這麼回事，不禁笑著說：「那依妳看，這四隻商代銅牛值多少錢？」

李歸錦沈吟道：「不好估算，但肯定值千兩銀子。」

武媚娘倒吸一口氣，她方才還覺得給小販一千文錢太多，不料李歸錦竟說這些東西值千兩，讓她有些不相信。

不信的人不只是她，李治也很懷疑。「妳這是誇下海口了，哪裡這麼值錢？」

狄仁傑笑著替李歸錦說話。「皇上，李小姐她在古玩上的造詣，是并州有名的，她的眼光一般不會錯。」

李治被他說得來了興致，拿起銅牛反覆觀看，說道：「朕還是不信，朕要讓宮中的老學究來辨辨真偽。」

他要魏柯把銅牛收回宮去給內侍省的人鑑定，李歸錦非常捨不得，強調道：「好生收著，別弄丟了，誰要都不能給，要還給我！」

李治被她逗得大笑。「朕還會貪妳的東西不成？」

「唉，這真的是從天上掉下的寶貝呢！」李歸錦嘀咕道。

李歸錦見過不少古玩，按理說這四隻銅牛不會讓她這麼震撼，但意外發現的寶貝就像被彩票砸中的感覺一樣，讓她非常驚喜。

看完龍舟比賽，李治得回宮了。他原本想帶武媚娘去其他地方逛逛，但時間已來不及，只好帶著魏柯趕回去。

李歸錦看著他離開，念念不忘那四隻銅牛。想了想，她吩咐楊威：「你去查查剛剛那個小販，看看他平日都是從哪裡進貨的，也許還能有意外的收穫呢！」

狄仁傑搖頭笑道：「哪裡有那麼多古玩等妳撿？肯定是有什麼特殊原因。小心那小販回過神來，找妳討回去。」

李歸錦雙手一攤，說道：「找我也沒辦法，他只能找皇上要了。」

眾人不禁噗哧一笑。

待他們回家，李二夫人得知兒子們今天見了皇上，還一起喝過茶，激動不已，趕忙帶了一對上好的玉鐲去南院找李歸錦。

「妳這麼幫妳兩個堂弟，真教我不知道該怎麼感謝才好！」李二夫人真心誠意地說道。

李歸錦連連推辭。「二伯母不要這樣。這都是弟弟們自己的機緣，再說他們今天為我出頭，我還未謝過呢，妳怎就為了這點事來謝我？」

李二夫人嘆道：「叔玥和季玖這兩個孩子雖然聽話又勤學，但學問並不是拔尖的，而妳二伯父又說勛貴之家不一定要考科舉，若真如此，那他們以後只有同他們哥哥一樣，靠著祖宗庇佑，向皇上討個差事。

「只是這京城的勛貴子弟何其多，若不能入皇上的眼，一輩子也就這樣渾渾噩噩地過了，咱們衛國公府也會沒落。皇上因為妳的緣故，高看他們一眼，這可不是什麼小事啊！」

李歸錦有些驚訝，她不知道他們把皇上的一言一行看得如此重要。

眼見推辭不了，她只好收下那對玉鐲，又要琬碧找出兩塊好硯回贈給李二夫人，當作兩兄弟下午幫她的謝禮。

李治帶了李歸錦買的四隻銅牛回宮，要內侍省的人仔細檢驗真偽。

不過三天時間，內侍省太監就用紅漆盤捧著銅牛回報。「啟稟皇上，這四隻銅牛乃殷商時的器具，迄今應有兩千年之久。」

李治笑道：「竟讓她說對了！」他對內侍省太監吩咐道：「把這東西送去衛國公府，好生交到李歸錦手上。」

內侍省太監不知這銅牛從何而來，聽見皇上要把它們賜給李歸錦，猶豫道：「陛下，這些東西……」

李治打斷他的話，興奮地吩咐道：「去把前朝各個時期的古物都找幾件出來，一併送去衛國公府，讓李歸錦一一辨認，若她能說得出朝代和由來，就賞給她！」

「啊？」內侍省太監驚訝得不得了，但見皇上興致高昂，不敢勸阻，只好去皇家的藏庫挑選古玩。

李歸錦見到宮裡送來的古玩，又聽內侍省太監說皇上要她辨別這些古玩，若答對就把古玩賞賜給她時，眼睛立即笑彎了。李治這哪裡是考驗她？分明是送禮來了！

她取出自己在并州時辨別古玩用的小器具，一本正經地坐在桌前鑑別，一一說出朝代，其中幾件東西她甚至能指出原主人是誰，把內侍省太監嚇得下巴都快掉了。

最終二十件古玩之中，李歸錦留下了十九件，她指著最後一件石印說：「這個是假的，我就不要了。」

內侍省太監臉色蒼白，腦門上出了汗，說道：「這可是戰國時期的郢爰印。」

李歸錦搖頭道：「假的。」

內侍省太監不敢再多說，這東西若是假的，他們可就要遭殃了！

李治在宮中得知內侍省太監滿載而去，卻幾乎空手而歸，喃喃道：「她竟這麼厲害？」他見過琴棋書畫樣樣精通的才女，也見過吹拉彈唱舞藝絕佳的美女，卻第一次遇見博古通今、慧眼獨具的女子。他愈想愈有意思，哈哈大笑了一陣，說道：「她收了朕這麼多寶貝，宣她明天進宮謝恩！」

李歸錦接到詔令時十分想吐槽，又不是她要他的東西，他先是自動把東西送上門，現在還反過來要她去謝恩？

話雖如此，她還是得領命進宮，只是心情多少有點忐忑不安，李治該不會心疼他送的這些古玩了吧？早知道就手下留情，少拿一些了……

隔天李歸錦進宮見到李治，李治笑著說要帶她到一個地方去，她正感到不安，卻發現他們去的是藏書閣，裡面不僅有古籍，還有名畫。

辨識古籍和名畫，除了要博古通今，在文學和繪畫上還必須要有一定的造詣，他不信李歸錦也懂這些！

李歸錦看著閣樓中盡是珍寶，偷笑道：「若我今日依舊能辨認出來，是不是也一併賞賜給我呀？」

李治不禁愣住了。「妳這丫頭怎麼如此貪心，昨天已得了那麼多寶貝，還不夠嗎？」

李歸錦趕緊陪笑道：「是皇上的寶貝太多，讓我看了愛不釋手。再說，全天下的東西都是皇上的，就算賞賜給我，依然是皇上的呀。」

「姑娘家也如此油嘴滑舌！」李治笑著說道，並沒有責怪之意。

他拿出一本古籍，要李歸錦說說它的來歷。

李歸錦捧過那本古籍，小心察看紙質，又放在鼻端聞了聞，是近些年新印的書，沒什麼特殊……她不禁有些疑惑。

不過看李治一臉得意的模樣，她不得不用心仔細翻看書裡的內容，這一看，她驚訝地叫出聲。「這是『三體石經』！」

李治訝異不已。「妳也懂這些？仔細說來聽聽。」

李歸錦說：「這本書是當朝新印的，沒什麼特殊，但裡面拓印的內容卻是曹魏洛陽南郊太學講堂西側石經上的內容。石經上用戰國古文、小篆、隸書三種字體刻寫了《尚書》、《春秋》，還有一部分《左傳》的內容供學子研讀。不過石經歷經戰亂與遷城過程，損失大半，皇上您這裡怎麼有這麼多拓本？難道……難道這是先皇要魏徵大人尋回的那些殘經？」

李治徹底嚇呆了，追問道：「妳竟連先皇讓魏大人去尋殘經的事也知道？」

李歸錦意識到自己說漏嘴，連忙掩飾說：「我在一本雜記裡見過相關記錄，很多人就石經作者是誰的問題辯論不休，所以多留意了一些。」

李治問道：「那妳查清楚石經作者是誰了嗎？」

李歸錦搖頭道：「有人說是邯鄲淳，也有人說是衛覬，還有人說是嵇康，但更多人說是曹魏書法家多人臨摹所刻，真實情況為何，我也不知。」

李治收起拓本，目光灼灼地打量李歸錦，說道：「妳真是個奇女子！莫非民間長大的女子，都像妳一樣博學多識？」

李歸錦被誇得臉紅。「術業有專攻，我不過是喜歡這些，所以知道的比較多罷了。」

像她這樣一個學習考古，又曾從事考古工作數年的現代人，多少還有些知識，但她所知仍然有限，不敢在李治面前誇大。

李治對李歸錦所知的東西十分感興趣，他帶她回書房，細細問起她平日都看些什麼書、如何練就一雙慧眼。這些問題問得李歸錦冷汗直流，辛苦撒謊、圓謊，才勉強應付過去。

待李歸錦出宮，李治對魏柯說：「這樣的女子，倒讓朕生出欽佩之心！」

魏柯聞言相當震撼，皇上乃九五之尊，怎麼會佩服起一個女子？

李治又說：「今天還有點時間，朕想去燕太妃那裡坐坐，好久沒去看她老人家了……」

魏柯回過神，連忙安排起聖駕。

端午過後，天氣愈來愈熱，驕陽似火。李歸錦趴在房間臨窗處看李季玖幫她從弘文館帶回來的詩集，琬碧則在一旁幫她打扇。

琬碧跟著李歸錦識字已有些時日，她看著李歸錦手中的詩集，唸道：「浮香繞曲岸，圓影覆華池。常恐秋風早，飄零君不知……大小姐，這書裡的詩和小少爺的詩，誰寫得好？」

李季玖在家時喜歡來找李歸錦玩，曾在李歸錦的扇子上寫了一首詩，當時李歸錦誇李季玖的詩寫得好，琬碧才有此問。

李歸錦笑著說：「這本詩集裡的詩，都是當今有名的年輕俊傑所做。妳剛剛唸的這一首是出身幽州的盧照鄰所寫，這人很有才氣，以後會聲名鵲起的。季玖和他相比，還要多學多悟呢！」

琬碧乖順地點了點頭。

主僕兩人正悠閒地看著詩集，有個丫鬟卻急匆匆地衝了進來，打擾了她們的興致。

「大小姐，二老爺請您過去，說是有急事相商。」

李歸錦聞言起身，問道：「二伯父找我？」

丫鬟說：「是，二老爺一從宮裡回來，就要人請大小姐和三老爺過去，非常著急。」

李歸錦理了理頭髮，對琬碧說道：「把我和父親都請過去，看來是宮裡有什麼消息和咱們家相關，我們快些過去吧。」

她匆匆趕去李德獎的書房，李德淳人已在裡面，兄弟兩人四手相握，一副十分激動的樣子。

李德淳見李歸錦來了，上前說道：「歸錦，皇上今日下旨，赦免妳大伯一家了！」

李歸錦驚喜道：「真的?!」

端午節時，李治曾在茶館問過李德謇被流放一事，當時她和叔玥就猜測李治會有些打算，但這段時間過去，李治再沒提起過，她還以為是他們想多了，誰知竟突然來了消息，怎不讓她驚喜？

李德獎激動地對李歸錦說：「皇上下旨赦免大哥，讓他們舉家遷到吳郡。我聽叔玥說過皇上微服私訪的事，一切都多虧妳！」

從嶺南到吳郡，一個是流放之所，一個是魚米之鄉，其中的差別可大了！

他們兩兄弟激動地商量著如何派人去接應，如何協助他們在吳郡安置，又想著大家總該見一面才好。

李德獎說：「他們才剛剛被赦免，皇上的意思是讓他們家定居在吳郡，此時我們不能接他們進京，只能等以後有機會再去吳郡看望大哥一家了！」

李德淳想了想，說道：「二哥有差事脫不了身，我卻無要事，不如讓我帶著管家去吳郡走一趟吧！這麼多年沒見到大哥，我有好多話想跟他說，他吃了這麼多苦頭，我也怕他心中鬱悶，需要人開導。」

能得到皇上赦免是好事，只要子弟齊全，到下一輩再揚眉吐氣也是指日可待，就怕他們一家在嶺南受盡疾苦，非但不領情，還對當年遭到流放之事心生怨懟，的確需要人開導一番。

李德獎表示同意。「你願意親自去一趟再好不過，也全了我們兄弟之情。」

李德淳點了點頭，叮囑李歸錦在京城不要亂跑，有事的話要跟李德獎說，而後就找管家張羅南下之事。

第二十九章　非分之想

衛國公府上下在得知大房一家被赦免這個好消息之後，眾人臉上全都洋溢著笑容，只有李二夫人心中有些不痛快。

自從衛國公去世，衛國公的爵位一直沒能承襲下來。李二夫人原本想著大伯一家被流放，丈夫若能建功，承襲衛國公的爵位也不是不可能。就算丈夫不行，她的三個兒子總有一個會有出息，到時再請封世子繼承家業，她此生也別無所求。

誰知峰迴路轉，大伯一家竟然被赦免了！

李二夫人心裡那關一時之間過不去，因此在李德淳請她整理一些女眷用的東西，要帶到吳郡去給大嫂時，她便有些怠慢。

李德淳平日不理家中庶務，此時見二嫂列出的物品分量不足，以為是家中情況困難，便去找李歸錦商量，打算從自己這邊補貼一些進去。

三房就他們父女兩個，開銷少，李歸錦自然痛快地讓洪箏開倉庫挑東西去。

父女兩人在挑東西時，李德淳憂心忡忡地和李歸錦商量道：「以後妳大伯一家在吳郡過日子，最好用些禮物打點刺史和縣太爺，只是不知是否要去吳王府走動走動……」

李歸錦輕呼了一聲，她只顧著高興，竟沒想到大伯一家是遷到吳王的勢力範圍內。

「當初大伯父與太子結黨而被流放，我想還是與吳王劃分得清楚些比較好。何況皇上對吳王……」李歸錦輕聲說道。

李德淳點了點頭。「我正是憂心這個，我會同大哥好好說一說。」

待李德淳這邊準備妥當，帶著滿滿五車貨物去吳郡迎接李德奢一家之後，李德獎又從宮裡帶回一個消息，不過他只悄悄講給妻子聽。

「今天燕太妃娘娘特地派人傳話給我，叫妳明天進宮一趟，不要讓歸錦知道，妳一個人悄悄的去。」李德獎低聲說道。

李二夫人訝異道：「要我進宮？還要瞞著歸錦？」

李德獎點點頭，琢磨道：「我猜測是為了歸錦的婚事。妳進宮之後，燕太妃娘娘怎麼樣安排，妳聽著就是。歸錦的婚事，可不是咱們說得上話的，縱使有想法，也要等回來以後我們再商量，明白嗎？」

李二夫人說道：「這些事我自然知道，想來燕太妃娘娘也不會虧待歸錦，我一個做伯母的，能有什麼想法？」

李歸錦自然不知道李二夫人明天要進宮，她正在聽楊威回報他打聽到的事。

「大小姐要我查一查賣銅牛的小販，先前查不出什麼異常，但那個小販昨天卻被人打了，傷勢很嚴重，沒個一年半載下不了床。打他的人是高陽公主府的人，說是家裡的丫鬟偷了東西賣給這小販換錢，被查了出來。高陽公主府的人想找回東西，但最值錢的一組銅牛已經被那小販賣了，他又說不出去處，那些人便把他往死裡打。」

楊威說著，忍不住看向一旁的紫檀木櫃，那四隻不起眼的銅牛，正放在那裡面。

李歸錦搖頭嘆道：「我就說一般小販手裡怎麼會有這樣的古物嘛，原來是丫鬟從高陽公主那裡偷的。只怕那丫鬟是揀最不起眼的東西偷，卻不知這物件十分值錢，枉賠了性命。」

高陽公主能把不知情的小販打得半死，那偷東西的自家丫鬟，肯定是被活活打死了。

楊威問道：「那大小姐打算怎麼辦？」

李歸錦想了想，說道：「這組銅牛經過了皇上的手，我倒也不怕高陽公主賴到我頭上。只是我也不想因為這東西與她交惡，等我找到機會，就把銅牛送還給她。」

雖說高陽公主再過兩年就會被皇上處死，但眼下她卻得罪不起。高陽公主不同於巴陵公主，她曾是太宗最寵愛的女兒啊……

夏日暮晚，芮國公夫人送了一張帖子到李歸錦手中，請她和李二夫人及許紫煙明日過府小聚。

送帖子來的僕婦見了李歸錦，笑著說：「我們家世子從江南大營回來了，今日才剛到家，夫人便想請小姐明日去做客，一是因為小姐和世子原本就是故交，再則小姐的身分已今非昔比，夫人想讓世子重新見一見您。」

李歸錦笑著收下帖子，說她明日一定去，僕婦得到肯定的回覆，滿臉笑容回去了。

和豆盧欽望一別，已將近一年未見，想起那個直率到有點冒失，卻十分仗義坦蕩的朋友，李歸錦有些迫不及待跟他見面。

她讓琬碧把帖子送去李二夫人那裡，琬碧沒多久就回來了。「二夫人說中了暑氣，明日沒辦法出門，她要大小姐最好也別出門，在家裡歇夏。」

李歸錦驚訝地說道：「怎麼就中了暑？我瞧瞧去。」

她趕到李二夫人跟前時，李二夫人正躺在床上，見她來探望，就說道：「天黑了，何必跑一趟？我只是有點頭暈，沒有大礙。」

李歸錦問候過她的身體，就說起明天去芮國公府做客的事。「二伯母身體不適，我應該在家照顧的，只是我和豆盧世子原本就有交情，加上已答應了芮國公夫人，所以我得去一趟。」

李二夫人答道：「那就去吧，只是男女有別，妳與豆盧世子也要避避嫌。」

她說出這些話，讓李歸錦很是意外，她以為二伯母會很樂意她和豆盧世子「有些什麼」呢！

其實現在李二夫人心中非常忐忑，她不知道燕太妃召她明天進宮，到底是不是為了這個姪女的婚事。若是為了婚事，也不知是指了哪戶人家，怎麼豆盧世子偏偏在這個節骨眼上回來了？

從李二夫人房間裡出來後，李歸錦帶著琬碧去挑明天赴宴的見面禮。她指著一尊馬俑問琬碧：「妳說把這個送給豆盧世子怎麼樣？」

琬碧點頭說：「世子是從伍之人，應該會很喜歡吧！不過我覺得不管大小姐送什麼，世子都會很喜歡。」

李歸錦用食指輕輕點了她的額頭，說道：「妳變調皮了，這是跟誰學的？」

琬碧吐了吐舌頭說：「我記得以前世子和大小姐一起玩的時候，只要大小姐願意和他說話，他就會很開心，大小姐若是對他笑，他就更歡喜，我在旁邊都看著呢！」

李歸錦被琬碧這麼一說，神情有些恍惚。

當初豆盧欽望的心意，她是揣著明白裝糊塗，沒想到身邊的人都看出來了。

這麼久不見，她偶爾會想起那個聒噪不已、卻又直率表達自己心意的人，內心竟覺得十分牽掛。

琬碧見李歸錦出了神，輕聲問道：「大小姐，我曾聽二夫人身邊的姊姊說，芮國公夫人十分喜歡您，想讓您當兒媳，世子又這麼喜歡您，您會不會嫁給他呀？」

李歸錦訝異地問道：「有人這麼說？」

琬碧點了點頭。「芮國公夫人總是派嬤嬤送東西過來，大家都這麼說。」

當初她雖然明白豆盧欽望對她一片真心，但是她認為他們根本不是同一個世界的人，她不過是商戶之女，怎麼可能嫁入國公府呢？所以她不曾考慮過豆盧欽望，早早就否定了他。

沒想到時過境遷，她已不是最初那個古閨秀了。那時以為以後沒機會再見，如今卻都是京城勛貴，能常常來往，又可以一起玩，想到這裡，李歸錦嘴角不禁勾起一抹淺笑。

琬碧又自言自語道：「雖然大家都說大小姐和世子門當戶對，可是奴婢覺得狄大人也挺好的，大小姐和他在一起時，很自在、很開心。」

這話說得李歸錦臉上微赧，一時之間心有些亂。

雖然她十分適應現在的生活，可是她從未想過會和一個唐代男子白頭偕老，眼下真到了無法逃避的時候了嗎？

李歸錦輕輕搖了搖頭，收了收心，對琬碧說：「妳不要瞎說，我和狄大人只是好朋友，我欣賞他的為人和才幹。再亂說，我不要妳跟在我身邊了。」

琬碧嚇了一跳，忙說：「我再也不敢亂說了，只是今天接到芮國公府的帖子時，有人說世子回京了，芮國公府肯定會馬上來提親，所以我才多聽大家說了一些……」

一股躁熱猛然爬上李歸錦的雙頰，她忽然覺得手上那尊馬俑有些燙手……

隔天，李歸錦前往芮國公府，如往常一樣，芮國公夫人在花廳迎接她，拉她到自己院子裡坐。

「妳二伯母今日怎麼沒來？」芮國公夫人問道。

李歸錦解釋道：「她中了暑氣，從昨天下午就沒精神，我二嫂在家服侍她，我便一個人來了。」

芮國公夫人把手中的團扇往李歸錦面前搧了兩下，說道：「原來如此……替我問候妳二伯母，要她注意身體。今年夏天比往年熱得早一些，得特別小心。」

李歸錦見沒有別的客人，便問道：「姨母和羅姊姊今天沒來嗎？」

芮國公夫人說：「妳羅姊姊懷了身孕，永安伯夫人心疼媳婦，天天在屋裡幫她養胎。」

「有這種喜事我竟然不知道？回頭我探望她去！」李歸錦笑著說。

芮國公夫人說：「過了頭三個月才會放出消息，妳到時再去也不遲。」

李歸錦點了點頭，心想：原來芮國公夫人今天只邀請她們一家人過來，該不會真像下人們議論的，她要和二伯母談論她的婚事？可二伯母和二嫂今天都沒來，就剩她一個人，到時見了豆盧欽望，會很尷尬吧……

說曹操，曹操便到。李歸錦才剛想到豆盧欽望，就瞧見他的身影逐漸接近。

豆盧欽望穿著水藍色的常服走進屋裡，對著芮國公夫人和李歸錦行了一禮。

豆盧欽望比之前看起來成熟許多，軍中的鍛鍊讓他由少年轉變成男人，舉手投足之間都有著軍人的威武，十分有氣勢。

芮國公夫人忙說：「兒啊，你看誰來了，是你歸錦妹妹。」

豆盧欽望順著芮國公夫人的話，微笑著說：「歸錦妹妹來了啊，好久不見。」

不知是許久未見生疏了，還是因為有長輩在場，豆盧欽望表現得非常客套。

李歸錦看他一眼，還了一禮，覺得這一聲「歸錦妹妹」從他嘴中喊出來，有說不出的彆扭。不過芮國公夫人和汝南公主情同姊妹，豆盧欽望喊她一聲妹妹，也無不妥。

李歸錦笑著問道：「世子這些日子在軍中過得還好吧？」

他點點頭，說道：「一切都好，不過聽母親說，這段時間妹妹發生了很多事，讓我十分驚訝。」

芮國公夫人笑著說：「你們許久未見，肯定有很多話要聊，不如去櫻花園的涼亭，坐下來慢慢說。」

李歸錦心中直打鼓，芮國公夫人這般明顯地讓她和豆盧欽望獨處，是為了確定他們彼此的心意嗎？這可真是件頭疼的事！

她正感到為難，不料豆盧欽望突然說道：「母親，我聽說歸錦妹妹來做客，所以來看一看，不過我待會兒還有事要出門，就不久留了。」

芮國公夫人驚訝地看著兒子。「你才剛回來，能有什麼事？」

豆盧欽望微笑地說：「正因為剛回來，許多昔日的同僚和故友都等著我呢。」說罷，他拱了拱手就出去了。

芮國公夫人尷尬地看著李歸錦。「這孩子出去磨練，性子倒變野了，想來也是他的朋友催得急了……」

李歸錦微笑道：「沒關係，他有應酬自該去，怎好因為我而耽誤了？」

嘴上這麼說，李歸錦望著豆盧欽望的背影，內心不禁感到失落。去年他們道別時，明明還是朋友，過年時他也曾寫信問候，怎麼如今這麼疏離呢？

她一時想得有些走神，以至於芮國公夫人後面說了什麼，她都沒聽進去。

豆盧欽望站在母親房外的廊下，側耳聽著裡面的動靜，半晌沒聽到李歸錦的聲音，便嘆了口氣大步離去。

他回到自己的院中取出隨身佩劍，在院子裡舞了起來，直到大汗淋漓也不曾停下。

臨近午時，他的小廝突然跑來報信。「世子爺，李小姐剛剛急匆匆地走了，夫人喊您過去！」

豆盧欽望皺眉問道：「沒用午膳就走了？」

小廝點了點頭。

豆盧欽望心中微微不安，是自己表現得太疏離，讓她難堪了嗎？

他握了握拳，收起佩劍，換了身乾淨衣服，往芮國公夫人那裡去。

衛國公府中，李二夫人剛從宮裡出來，她面色蒼白，一雙手忍不住發抖。剛到家，就催著管家去把李德獎和李歸錦找回來。

她坐立難安，許紫煙想近身服侍她，她卻不肯。

李德獎早李歸錦一步回到家，見到妻子這副模樣，神色也沈了下來。他支開所有人，問道：「燕太妃娘娘說了什麼？」

李二夫人嘴唇顫抖，好半天才小聲說：「皇上想納歸錦為妃，燕太妃娘娘勸阻不下，問我有什麼主意……我、我能有什麼主意啊！」

她聲音雖小，但李德獎聽在耳中卻如五雷轟頂。「胡鬧！歸錦是皇上的外甥女，怎能……怎能納她為妃？」

李二夫人顫抖著說：「燕太妃娘娘也是這麼對皇上說，但皇上說他與汝南公主並不是一母同胞，且……且前朝這樣的例子很多……」

李德獎冷汗直冒，坐在椅子上緊緊地握著扶手。

李二夫人將燕太妃的話傳達給丈夫之後，忽然覺得輕鬆許多。

今天燕太妃宣她進宮，與其說是和她商量，實際上是要她回來傳個話罷了。不管歸錦入不入宮，她都沒有決定權。

她看丈夫跟她剛聽到消息時一樣緊張到冒冷汗，反而不再害怕，索性大膽說出自己的心思。

「其實這未必不是件好事，皇上明知納歸錦為妃會有困難，卻執意如此，說明他對歸錦十分看重。以後歸錦若是進宮，肯定會很受寵，這事對她和對咱們家，說不定是天降的福氣啊！」

李德獎瞪了妻子一眼，憂心忡忡地說：「這事若放在別人家，自然是大喜事，誰家姑娘得了皇上欽點進宮，不會視作天大的福氣？可一旦和皇上沾上關係，一個弄不好，唾沫星子就能淹死人。」

李二夫人問道：「那我們要怎麼向宮裡回話？說我們不同意？皇上會怎麼想？公公已經不在了，若皇上動怒，咱們家誰能頂得住他雷霆一怒？」

李德獎從椅子上站了起來，焦急地踱步，有些心煩意亂地說：「早知有這種事，就不讓老三去吳郡了，這是他閨女，總得問過他的意思。」

李二夫人道：「自然要問三弟的意思，可就算三弟知道，能有什麼辦法？」

李德獎嘆氣道：「是啊，皇上執意如此，我們做臣子的，又能怎麼樣？」

經過最初的震撼，李德獎現在已經冷靜下來，他思忖道：「這件事若真成了，也就罷了，可若是傳出消息，卻遭大臣彈劾而不了了之，那歸錦和我們這輩子就別想抬頭見人了！」

李二夫人靠了過去，問道：「老爺，那您說該怎麼辦？」

李德獎用手指輕敲起桌面，說道：「這件事成與不成，除了皇上的意思，還得看長孫大人的意思。妳過兩天再進宮一趟，就告訴燕太妃娘娘，歸錦的情況特殊，咱們做伯伯、伯母的不敢拿主意，全聽她老人家的。但也要間接告訴她，能勸得動皇上的，唯有國舅長孫大人，請她老人家要長孫大人出面。」

李二夫人聞言問道：「長孫大人若不同意，那咱們就真的算了？」

李德獎怒道：「妳想怎麼樣？硬把歸錦塞進宮？若皇上連說服長孫大人的決心都沒有，歸錦就算進宮，遲早也有失寵的一天。咱們不如乘機看看皇上的決心，若他真那麼喜歡歸錦，咱們就算要被人嘲笑也不怕！」

是呀，皇上的心意才是他們的倚仗！李二夫人見丈夫思慮周全，眉角立刻洋溢出笑意。她先前還在為皇上的「荒唐」感到擔心，但現在一想，若家裡真能出一位備受寵愛的貴人，那她還需要為懸而未決的「衛國公」爵位擔心嗎？就算讓長房拿走又怎麼樣？到時宮中有人照應，兒子們的前景就不用操心了。

只要歸錦進宮，以後有了兒子，不就和蕭淑妃一樣了嗎？說不定他們家還能出個太子呢……

李二夫人愈想愈遠，想到兒子們未來說不定能成為國舅，她的心跳得越發快了。

「我明天就遞牌子進宮回話！」李二夫人說道。她的臉因為過度興奮，顯得有些泛紅。

兩人商量得差不多時，李二夫人跟前的人敲門傳話，說大小姐回來了。

李德奬眉頭一豎，問道：「妳把她喊回來做什麼？難不成八字還沒一撇的事現在就要告訴她？」

李二夫人緊張地說道：「我之前被嚇得沒了主意，所以把你們都喊回來，既然老爺說不告訴她，我這就說是我身子不好，才急忙喊她回來。」

李德奬點頭道：「等我們得了確切的消息，再告訴她，免得她胡思亂想。」

李二夫人點頭，急忙去房裡的床上躺下。

李歸錦從芮國公府趕回來，見李二夫人躺在床上喘氣，急忙問道：「這是怎麼了？」

李二夫人跟前的丫頭說：「夫人覺得房裡悶，在院子裡走了幾步，誰知道竟昏倒了，我們都沒了主意，所以才把大小姐請回來。」

李歸錦一面讓丫鬟去化糖水給李二夫人喝，一面派人去請大夫，待大夫來看過說沒有大礙，她才回南院用午膳。

李歸錦吃著午飯，愈想愈覺得不對勁，便喊了楊威和琬碧到跟前問道：「今天上午家裡發生什麼事了嗎？二伯母和嫂嫂都在家，怎麼二伯母暈倒了，卻沒人去請大夫？」

楊威想了想，說道：「二夫人一大早就出門了，臨近中午回來時，就要管家去把您和二老爺找回來。二老爺早您一步回來，還與二夫人說了很久的話，並未聽說二夫人暈倒的事。」

琬碧也說：「是呀，我也沒聽說二夫人暈倒的事。」

李歸錦覺得其中有古怪，現在天氣雖熱，但還沒有到隨隨便便就會中暑的程度，何況她看二伯母今天的裝扮，那妝容與髮型，明明是盛裝打扮過的，而且大夫為她看過病之後，也是一副欲言又止的樣子。

她為什麼要在自己面前裝病？又為什麼要急匆匆把自己喊回來？

李歸錦吩咐琬碧：「妳去打聽一下，看看能不能問出二夫人今天一早去了哪裡？」接著又對楊威說：「你注意一下二伯父和二伯母接下來的行蹤。」

琬碧年紀小，府裡的人對她比較不設防，她很快就打聽回來了。「轎夫今天早上抬著二夫人進宮了！」

「進宮？」李歸錦嚇了一跳。

隔天，楊威來告訴她，李二夫人又進宮了。

李歸錦心中非常不安，愈想愈覺得二伯父夫婦有事瞞著自己，而且是關係到她的大事！

她在考慮要不要進宮去拜訪燕太妃，也許能從她那裡問出什麼……

正在思考時，琬碧前來稟報。「豆盧世子在府外求見。」

「他來了?!」李歸錦覺得自己現在看不透的人太多了，二伯母到底在她背後做些什麼，她先不考慮，但她很想弄清楚豆盧欽望這是在玩哪一招？她去他家的時候，他愛理不理，現在又主動來找她……

「請他進來吧。」李歸錦輕嘆了一口氣。

李歸錦在南院的小花廳招待豆盧欽望。

豆盧欽望走了過來，看花壇中的月季開得正豔，不遠處的池塘也是荷花盛放，笑著說：「妳如今的生活不錯，我也放心了。」

李歸錦不解地望著他，說道：「世子放心什麼？先前又在擔心什麼？」

雖然離別前說好要叫他和狄仁傑為「豆子」與「小傑」，可當初的心境與現在已大不相同，他們三個人也各自忙碌而鮮少見面，不知不覺間，已有了距離。

豆盧欽望看李歸錦神色淡淡的，問道：「妳該不會是在為我之前在我母親面前冷落妳的事而生氣吧？」

李歸錦問道：「這麼久不見，你見到我，卻沒說幾句話就轉身離開，我不該生氣嗎？」

豆盧欽望有些赧然，他鼓足了勇氣才說道：「我十分掛念妳，也有很多話想對妳說，可我母親……妳難道不知道她心裡打什麼算盤嗎？我早知道妳不願嫁給我，又何必在她面前讓她誤會？我已經向我母親說了，要她別亂點鴛鴦譜……」

李歸錦聞言滿臉通紅，比月季花還要嬌俏。

她沒想到豆盧欽望是這麼想的，還直截了當地告訴她。虧她先前還彆彆扭扭地想了好久，不知道怎麼面對芮國公夫人的熱情。

「原來是這樣……是我錯怪你了。」她輕聲說道。

豆盧欽望看著李歸錦，她因為羞赧而低著頭，潔白的脖子如天鵝一般微微彎曲，在嫩綠色的糯裙襯托下，如白玉般光潔，看得他臉熱。

他急忙轉過頭去，說道：「我之前因為自作多情，差點丟了妳這個朋友，同樣的錯，我不能再犯。我們母親情同姊妹，我也會把妳當親妹妹一般照顧的。」

他這麼說，倒讓李歸錦有些無地自容，卻又不知該說些什麼。

豆盧欽望又問她：「衛國公府的人對妳好不好？」

李歸錦點頭道：「都挺好的。」

豆盧欽望說：「那就好。妳的堂兄李仲璿在安州時我便認識他，聽說他已調回京城，改天我會見見他，要他好生對待妳這個妹妹，別讓妳吃半點虧。」

李歸錦笑道：「他是我正經的哥哥，還要你叮囑嗎？」

見她笑了，豆盧欽望鬆了口氣，問道：「對了，我聽說狄仁傑也調進京了，是嗎？」

李歸錦點頭道：「對，他現在在大理寺當差。」

「那改天約他一起出來坐坐。」

「擇期不如撞日，我現在就派人去請他，要他離開大理寺後直接到我這裡來用晚膳，我們三個人好好說說話。」

商量好了之後，李歸錦就派人去告知狄仁傑，又要琬碧去廚房張羅晚飯。

李二夫人身邊的丫鬟在廚房碰到琬碧，聽說今晚大小姐要宴請豆盧世子和狄大人，便急匆匆地去向李二夫人稟報。

李二夫人嘀咕道：「她怎麼與男子往來得這樣密切，傳出去多不好聽啊？這以後若是……」

她看了坐在身邊的長媳一眼，沒再多說。

許紫煙寬慰道：「我看小姑是非常有分寸的人，母親不用擔心。」

李二夫人卻焦躁地說了句：「唉，妳不懂……」

許紫煙心中相當疑惑，婆婆什麼時候開始派人盯著小姑了？之前不是不願干涉她的事嗎？

雖然疑惑，可她這個做媳婦的並不敢多言，轉而哄著芸娘玩風車。

第三十章　露出馬腳

狄仁傑收到邀請，從大理寺出來後就往李歸錦這邊來。

李歸錦斟了酒，笑著敬他們二人。「我們三人有這樣的緣分實屬不易，我敬你們一杯，希望我們的友誼地久天長。」

豆盧欽望笑著一飲而盡，狄仁傑則若有所思，心中琢磨著李歸錦所說的「友誼地久天長」。

豆盧欽望放下酒杯，一掌拍在狄仁傑的肩頭，說道：「不錯嘛，聽說你是皇上親自欽點進大理寺的，看來你以後會平步青雲啊！」

「哪裡！」狄仁傑忙說：「皇上只是高看我一眼，給我一個機會，承君之恩，忠君之事，我不過是做我分內的事罷了。」

豆盧欽望搖頭笑道：「在我們面前，你還說這些有的沒的，沒意思。」

狄仁傑又舉杯敬他。「我可沒敷衍你。」

豆盧欽望痛快地飲酒下肚。「你啊你，這麼好的機會，得了皇上青睞，就應該乘勝追擊，靠自己掙點功績也好，讓狄家幫你走動走動也行，務必在每年考核中拿到好成績，這樣才有機會早日晉升到正五品。」

五品以上和五品以下是兩個非常不同的境界，若能趁年輕就躍上正五品，以後必定前途不可限量。

李歸錦知道狄仁傑是個大器晚成的宰相，一點也不替他著急，而是笑著說：「你們年紀輕輕，這麼急著升官做什麼？正所謂欲速則不達。」

豆盧欽望抱著雙臂，靠在晚風徐徐的小軒窗旁，說道：「我是不急，反正就在軍營裡混著。今年在江南，明年去江東，後年去西南，高興了再去西北混兩年，等混到各地軍營的資歷，回京再混進禁軍，怎麼也能當個校尉。老了就繼承家業，做個閒適的國公爺──我們這種勛貴子弟，不都是這麼過的嗎？可狄大人不同，我覺得他是有能耐的人，有些事可是時不我待的，你要好好把握！」

說到最後，豆盧欽望握著狄仁傑的手臂，手心用了用力。

狄仁傑一手端著酒盅，仔細地思考豆盧欽望別有意味的一番話，最後看向他的眼神帶著感激，又敬了他一杯。

李歸錦一手托腮，歪頭看著豆盧欽望，覺得他似乎長大了不少，考慮的事情和過去完全不一樣了。

三人喝酒聊天，豆盧欽望中途嚷嚷著要喝酸梅湯醒酒，還要李歸錦親自去盛來。

李歸錦以為他醉了，拿他沒辦法，只得親自去小廚房張羅。

等李歸錦一離開，豆盧欽望矇矓的眸子瞬間晶亮起來，他用拳頭搥向狄仁傑的胸口，問道：「喂，你這人真沒意思，我今晚說了這一籮筐的話，你到底聽懂了沒，怎麼一個正面的回覆都沒有？非得教我支開歸錦逼問你嗎？你到底怎麼想的啊！」

狄仁傑搖了搖頭，無奈地說道：「你的意思我明白，我也知道有些事拖不得，可……」

豆盧欽望急了。「你別吞吞吐吐的！你對歸錦那點心思可瞞不過我，我知道她也樂意和你親近，可你們相處了這麼久，怎麼還跟我去年離開時差不多啊？你再不向她提親，以她現在的出身，可輪不到你了！」

狄仁傑苦笑道：「我又何嘗不知？去年我便打算把京城之事辦好，回鄉向古家提親，也準備說服我父母和族人，豈料她搖身一變，成了衛國公府的小姐，依狄家今時今日的地位，如何開口向衛國公府提親？」

豆盧欽望追問道：「那你就這樣作罷了？」

狄仁傑握緊酒杯道：「我自然不願這樣。眼下有個機會，我也許可以替皇上辦一件要緊的差事，若辦得好，到時就向皇上求個恩典。」

豆盧欽望聽他這麼說，鬆了口氣。「唉，總之你加把勁吧，若不是我娘有意在外頭散布一些消息，許多人家早就上衛國公府提親了。」

狄仁傑抬眼看豆盧欽望，問道：「芮國公夫人想替你求娶歸錦吧？」

豆盧欽望苦笑，仰頭飲盡一杯酒，說道：「歸錦不喜歡我，我又何必為難她……」

他彷彿又看到去年中秋節，李歸錦和狄仁傑從護城河橋上笑鬧跑過的樣子，她笑得那麼開心自在，他這輩子大概都擁有不了那樣的她吧！

他收起了思緒，又說：「其實，你也不必等到皇上給你恩典，歸錦並不在乎名利，管你是皇親國戚還是窮酸書生，只要她喜歡，她就敢嫁。與其等皇上恩典，還不如提前詢問她的心意，她若真答應嫁給你，你就不用怕誰上門提親了，我敢保證她比她親娘還要固執，誰也逼不了她。」他嘆了口氣。「唉，這也是為什麼我不敢讓我娘來提親的原因，我怕我和她到最後連朋友都做不成。」

狄仁傑沈思道：「我知道她不在乎，可我不想讓她受委屈，我希望她能風風光光地嫁給我。」

豆盧欽望笑了一下。「這倒也是。」

他們倆且聊且飲，豆盧欽望有了幾分醉意，突然揪住狄仁傑說：「你以後若敢對她不好，我絕饒不了你！」

狄仁傑看著有些傷感又有點不甘的豆盧欽望，覺得他十分坦蕩，從不掩飾自己對李歸錦的喜愛和關懷，初識時覺得他像其他勛貴子弟一樣有些傲慢，但他為了心愛之人的幸福，卻可以放下一切。

他伸手拍拍豆盧欽望的肩膀。「她是我見過最特別、最美好的女子，我絕不負她。死生契闊，與子成說。執子之手，與子偕老……」

此時李歸錦正親手捧著酸梅湯走來，前面的話沒聽到，偏聽到狄仁傑說的最後兩句，再看他和豆盧欽望摟在一起，立即笑彎了腰。「喂，你們兩個快清醒清醒，都喝醉了嗎？醉得想與子偕老了！」

狄仁傑和豆盧欽望自然沒喝醉，見她笑著打趣，連忙分開來坐好。

豆盧欽望紅著臉說：「我才不和他偕老，我喜愛的是窈窕淑女，我可沒斷袖之癖！」

李歸錦笑得掩嘴捂肚，原本還強裝鎮定的狄仁傑也忍不住了，板著臉說：「不該這麼取笑人。」

李歸錦忙說：「好好好，我不笑你們了，只是覺得我來得不是時候，打擾你們花前月下了。」

夏月皎潔，高掛半空，李歸錦的花廳裡擺滿了時令鮮花，還真是「花前月下」。

他們三人打量了一下環境，不約而同笑成一團。

直到明月高升，酒席才散場。李歸錦怕他們喝多了，便要楊威安排馬車送兩人回家。

待李二夫人得到李歸錦已把客人送走的消息之後，不由得憂慮道：「這真是不像話，和男子飲酒作樂到這麼晚……」

許紫煙不由得偷偷用眼光打量起婆婆，她總覺得婆婆這些日子突然變得和以前完全不同了。

先前她陪在婆婆身邊主持清明和端午節宴時，覺得婆婆待客周到，對渭州那些族親禮數周全又大方，可後來在準備給長房所用的遷徙物資時，隱隱有刻意削減分量的意思，讓她十分驚訝。

若說這件事是她多心了，那婆婆最近對李歸錦的態度轉變，可是騙不了人的。

她把這兩件事放在心裡細細琢磨，對李二夫人的日常舉動格外上心起來。

不過數日，許紫煙便發現李二夫人派人盯著李歸錦的一舉一動，而且她變得非常容易因為李歸錦的事情感到高興、焦躁或憤怒。

例如李歸錦應豆盧世子之邀出門去吃冰，李二夫人就焦躁地在家嘮叨一整天；例如李歸錦不聽她的勸阻，出門沒有戴紗笠遮面，李二夫人就能氣得吃不下飯；又例如，皇上傳召李歸錦進宮，李二夫人就高興得通宵睡不著，一直想著李歸錦進宮該穿什麼衣服才好……

這完全超出了許紫煙的理解範圍，婆婆到底是怎麼了？

「紫煙，妳去歸錦那裡走一趟，看看她明天進宮要穿的衣服熏好香了沒有，濃淡要適宜！」李二夫人吩咐道。

許紫煙今天已經奉命去南院走了好幾趟，眼見天快黑了，婆婆又要她去一趟，雖然很為難，但她不得不去。

再見到小姑，許紫煙已經有些不好意思。「婆婆要我來看看衣服的熏香是否合適……」

李歸錦哭笑不得，忙請許紫煙進屋坐。「二嫂今天跑了這麼多次，肯定累了，坐下歇歇吧。二伯母未免太緊張了，我又不是第一次進宮。」

許紫煙說：「這我也知道。不曉得是不是天氣的緣故，婆婆最近變得很奇怪，不過也不是什麼大問題，咱們做晚輩的聽著便是。」

李歸錦本來就在注意李二夫人，聽許紫煙提起，立即問道：「二伯母最近怎麼了？我也覺得有點不太對勁，可是又說不上是怎麼了。」

許紫煙因李歸錦之前特地指點她與丈夫，一直很感激她，便提醒她說：「最近婆婆只要聽說妳出門會友，總會很著急，一會兒說妳不該和男子出門，一會兒說妳的容顏不該讓尋常人見到。我見她乾著急，便提議她若覺得不妥，可以來跟妳說一說，妳定然會聽她的話。可是婆婆又說，不能得罪妳，還要我小心對待妳，說妳日後必定會貴不可言，咱們全家都要指望妳……」

許紫煙說了這番話，把李歸錦的臉色都說白了。

見李歸錦變了臉色，許紫煙忙問：「妳怎麼了？原是我多嘴，可我也是憂心妳，最近婆婆言行如此奇怪，總該有些原因，可我又不知是什麼事，只能告訴妳，要妳自己小心一些。」

李歸錦回過神，握著許紫煙的手說：「好二嫂，多謝妳告訴我這些，我大概知道是怎麼回事了。妳不用擔心我，也別在二伯母面前問起，我會看著辦的。咱們親人間該怎麼相處便怎麼相處，不要生分了。」

許紫煙鬆了口氣。「那就好。我先回去了，婆婆那裡還等著我回話呢。」

送走許紫煙，李歸錦呆坐了半晌，看著衣架上精心挑選的芙蓉穿蝶襦裙，李歸錦感覺到前所未有的危機。

她先前就知道二伯母自從進宮一趟之後就變得有些奇怪，現在二嫂又這麼說，靜下心來細想，能分析出的結論，只有一個……

什麼貴人、什麼容顏不能被外人看見、什麼要小心對待……二伯母變成這樣的原因，只怕是要她嫁進宮裡去。

皇上相當年輕，擴充後宮是很正常的事，但李歸錦從來沒想過這種事會發生在自己身上！

到底是誰的主意？燕太妃？皇后？還是皇上？

李歸錦看向案桌上那張金黃色的帖子，那是皇上親自下的傳詔，要她進宮。

她心中忽然一跳，這已是皇上這個月第二次召她進宮了。他是皇上，不召見朝臣，見她一個女子做什麼？

先前他賜她那麼多珍貴的古董，緊接著又赦免了她大伯一家，當時她只以為是順了皇心，現在想起來，天底下哪裡有免費的午餐？

李治竟然是看上她了！

「荒唐！我可是他的外甥女！」李歸錦慢慢握緊雙手，轉而冷笑自語道：「他連他父親的女人都敢碰，又怎麼會在乎同父異母的外甥女這層關係？」

她不得不承認，李治在感情上真的很大膽，不然也不會一手造就歷史上唯一一位被承認的女皇帝！

要她進宮做皇上的女人，在那個黃金鑄成的牢籠裡爭寵鬥狠致死，還不如讓她現在就死掉算了！

也不知李治召她明天進宮做什麼，在見李治之前，她打算想辦法先聯繫上燕太妃！

李歸錦豁然站起身，把琬碧喊來。「讓人把消暑的冰塊都搬到我屋裡來。」又要琬碧放了半桶冷水在房間裡。

等下人送來一桶冰塊，李歸錦又要琬碧和她合力將冰塊搬進浴桶內。

琬碧驚訝地問道：「大小姐，您難道想洗冰水澡嗎？會生病的，再熱也不能這樣啊！」

李歸錦搖頭道：「妳放進去就是了，我自有分寸。」

琬碧半信半疑地把冰放進去，之後李歸錦便將她趕出房間，自己脫了衣服泡進冰水中。

縱然是炎炎夏日，泡在冰水中也十分難受，她凍得不住打哆嗦，卻咬牙忍住，直到幾塊冰全部化掉，她才從浴桶裡爬出來。

李歸錦穿上衣服，喊琬碧進來再加冰。琬碧見她面色蒼白、嘴唇發抖，嚇得說什麼也不肯加。

李歸錦不得不冷著面孔命令她，甚至要自己動手，琬碧才不得已又放了一桶冰到水中。這次，李歸錦索性穿著衣服泡在冰水裡。

「大小姐，您這是怎麼了？別嚇我啊！」琬碧嚇得快要哭了。

李歸錦安慰她。「別怕，我沒有瘋，我現在必須生病，妳得幫我，千萬不要聲張，一直幫我加冰就好了。」

琬碧怯怯地問道：「好好的為什麼要故意生病啊？」

李歸錦說：「我明天不想進宮見皇上，只有病倒了才能抗旨不從。不然皇上怪罪下來，說不定還要砍頭呢。」

琬碧點了點頭，「砍頭」實在太可怕，還是讓大小姐病倒比較好。

皇天不負苦心人，在加了四次冰、泡了兩個時辰之後，李歸錦終於開始打噴嚏、流鼻水。

此時已近午夜，李歸錦從水裡爬出來，穿著濕衣服站到院子裡吹夜風，並開始安排明天的事。

「琬碧，明早卯時妳去告訴二伯母，就說我病得下不了床，請她讓二伯父進宮幫我向皇上解釋。然後再去找楊大哥，要他安排人把我生病的事告訴燕太妃娘娘。」

琬碧點頭記下，眼見李歸錦開始晃悠悠地站不穩，急忙上前去攙扶。

李歸錦被凍了那麼久，現在又被風一吹，只覺得腦袋發暈，有點輕飄飄的，臉上卻像火燒——她知道自己要發燒了。

在琬碧攙扶下，她踉蹌著進屋，換了乾淨衣服躺到床上，迷迷糊糊地睡去。

這一夜，李歸錦一直睡不安穩，一會兒熱得想喝水，一會兒冷得想加被子，不過她都忍著沒有吭聲，她一定要「病得起不了床」才行！

天色微亮，琬碧趴在李歸錦的床頭，看她縮在被子裡瑟瑟發抖，忍不到卯時，就急忙跑去找李二夫人。

李二夫人還在睡夢中就被丫鬟喚醒，聽說李歸錦病重，嚇得趕緊起床，草草穿戴一番就趕往南院，一路上忍不住說道：「昨天不是還好好的嗎？怎麼就病了？」

李歸錦的臉龐紅得像紅蘋果一般，嘴唇已乾裂。李二夫人伸手探她的額頭，才剛碰到就「唉唷」一聲收回手。

道。

「天哪，怎麼燒得這麼厲害！身邊的人都是怎麼伺候的？快去請大夫！」李二夫人吩咐道。

說罷，她趕緊折回去找丈夫，告訴他李歸錦今天不能進宮了。

李歸錦昏昏沈沈的，待她被人扶起身，灌了一碗苦藥，她才清醒了一些。

見到是許紫煙在幫她餵藥，她艱難地開口向她道謝。

李二夫人聽見聲響，從外廳轉進來，說道：「唉呀我的祖宗，妳可算是醒了，突然病成這樣，嚇死人了！」

李歸錦沙啞著聲音說：「昨晚我覺得熱，睡前吃了一碗冰，不知道怎麼會變成這樣……」

「大夫已經來看過，幫妳開了藥，妳喝過藥就趕緊睡一覺，不要說話了。」

李二夫人要她快點躺下，李歸錦卻掙扎著說：「我今天還要進宮，耽誤了可怎麼辦……」

李二夫人嘆氣道：「妳二伯父已經進宮幫妳向皇上解釋了，相信皇上疼惜妳，不會怪罪妳的。」

疼惜妳……

李歸錦聽了心中一跳，許紫煙扶著李歸錦的手也緊了緊。

到了下午，宮中來了兩批人馬，一批是皇上跟前的人奉命送藥和補品來，另一批是燕太妃跟前的嬤嬤前來探病。

李德獎負責接待皇上的人，李歸錦則單獨留下嬤嬤說話。

那嬤嬤見她病得臉上一絲血色都沒了，著急地說：「小姐千萬要保重身體，太妃娘娘看到了，不知會心疼成什麼樣子！」

李歸錦點了點頭，從枕頭下抽出一封信，塞到嬤嬤手中。「請嬤嬤把這封信親自交到太妃娘娘手中。」

她在信中向燕太妃打探宮中的消息，並表明了自己的擔憂，希望燕太妃能給她一些提示，她也好知道該怎麼做。

那嬤嬤見她避開了衛國公府所有人悄悄給她信，還以為李歸錦之所以生病，是因為在衛國公府受了委屈，立即收好信，低聲說：「小姐放心，老奴這就回去交給太妃娘娘，您再忍半日，太妃娘娘會替您作主的。」

李歸錦並不多做解釋，讓琬碧送嬤嬤出門後，才躺回床上，沈沈地睡了一覺。

到了晚上，她迷迷糊糊聽到屋裡有男人說話的聲音，她撐起身子睜眼看去，這一看，把她嚇壞了！

半掩的珠簾外，是她二伯父正恭敬地陪著李治說話！

「大夫說已經沒有大礙了嗎？」

「是。只是病得突然，又來得凶猛，所以有些嚇人。只要按時喝藥，休養些日子，就會好起來。」

「那就好。朕看她神色憔悴，實在讓人痛惜。你們好生照顧她，若需要什麼名貴的藥材，只管向宮裡要。若明天喝過藥還沒起色，朕就讓御醫過來重新診治。」

「皇上如此厚愛，微臣替歸錦謝恩！」

李歸錦難以置信地看著眼前的人影，她現在不想見李治，怎料李治竟然會出宮來探望她！

因為沒預料到，一時之間她竟覺得頭暈目眩，手臂撐不住身體，一下子倒回床上。

跟在李治身邊的桂公公眼尖，察覺李歸錦醒了，忙開口說：「皇上，李小姐醒了！」

李治毫不避嫌地掀開珠簾走到床邊，目光灼灼地問道：「錦兒，妳現在覺得怎麼樣？」

錦兒?!李歸錦只差沒口吐鮮血。

他們之間發生了什麼事？不就是在宮外偶遇，然後一起看龍舟，又討論了一番古玩嗎？他這樣就喜歡上自己了？

李歸錦想不通，卻不知道她對柴源的強硬性格和對古玩的癡迷精通，對李治來說是那麼獨一無二，而且光彩奪目。

她索性裝出病得迷糊的模樣，沒有回答李治。

李治乾脆坐在她床邊，說道：「朕聽說妳病得下不了床，十分擔心，正好下午去了一趟芮國公府，所以順道來看看妳。」

李歸錦很好奇他去芮國公府做什麼，但眼下不是問這個問題的時候。

李德獎見李歸錦一直不回話，著急地說道：「皇上，歸錦現在想必是病迷糊了，您放心，她醒後我們會告訴她陛下親自來探望她了。」

李治點頭道：「時候不早，朕該回宮了。」

說罷，他轉身走得乾脆，只是惹得李德獎和李二夫人激動不已。

李治回宮後，太監稟告燕太妃娘娘在甘露殿裡等他。

李治心頭一喜，進去向燕太妃問安後，迫不及待地說道：「太妃娘娘，您聽說歸錦生病的事了嗎？方才朕出宮去探望，見她氣色果然很不好，朕想把她接進宮養病，將她放在您身邊，朕也安心一些。」

聽他說了這一段話，燕太妃只淺笑著說：「皇上，稍安勿躁，本宮正是來同您商量歸錦的事。」

李治不由得挺直了背脊坐著，問道：「太妃娘娘考慮得如何？應允了嗎？」

燕太妃嘆了一聲，說道：「歸錦這孩子從小命苦，但能得到皇上垂青，是天大的福分，只是她是否承得起這份福氣，不是由我說了算。不說那些喜歡進諫的御史，就只說這宮裡的兩位，皇上必須讓她們先同意才行，後宮納妃的事，本就該讓她們作主。」

李治聞言，不禁皺起了眉頭。

燕太妃繼續說道：「皇后雖然心腸仁厚，但您和歸錦是舅甥，她會接受歸錦嗎？何況蕭淑妃是皇子的母親，您得考慮她的感受。」

燕太妃把話說得很委婉，但李治心裡很清楚，皇后雖然性子好，但迂腐古板，必然沒膽量出面作主讓他娶自己的外甥女；而蕭淑妃善妒，肯定不會出面幫他。若後宮裡當家作主的人都不同意，這件事就很難辦了。

「所以，皇上您若真有納歸錦為妃的心思，不如先同皇后與蕭淑妃商量，不然就算歸錦強行被您接進宮，只怕也沒什麼好日子過。您是在宮裡長大的，自然知道有哪些凶險，本宮也就不和您說那些粉飾太平的話了。歸錦在民間長大，如何受得了後宮的折磨？」

燕太妃這番話將李治說得臉色陰沈，但他也不斷點頭。「可見太妃娘娘是真的疼愛錦兒，是朕想得簡單了，這件事我會同皇后和蕭淑妃說的。」

燕太妃點了點頭，又問候了皇上的日常作息，便告辭了。

出了甘露殿，燕太妃走在寬闊的宮道上，問扶著自己的宮女。「王嬤嬤和齊嬤嬤那邊，都遞了信吧？」

王嬤嬤在王皇后身邊服侍，齊嬤嬤則在蕭淑妃身邊服侍。

宮女低著頭答道：「已經按照太妃娘娘的意思交代清楚了。」

燕太妃滿意地點了點頭。

宮女見四下無人，低聲問道：「太妃娘娘，您為什麼不讓小姐進宮？她若能進宮，不但對太妃娘娘很好，以後越王在宮內也有個照應。」

燕太妃搖頭道：「她進不進宮，對我而言沒什麼關係，我和越王只希望守著這太平江山安然終老，若和後宮糾纏不清，反倒惹皇上懷疑。妳要知道，皇上今年才二十有三，若是想圖謀百年後的事，未免也太早了！」

宮女點點頭，又問：「既然太妃娘娘心中早有定奪，為什麼要把消息透露給衛國公府？是為了試探他們嗎？」

燕太妃說：「本宮想看看衛國公府有沒有個明白人，也想看看歸錦自己的意思。她這孩子倒是讓我意外，她遞給我的信中話裡話外都說不想進宮，天底下有幾個女子拒絕得了皇上的垂青？」

宮女說：「奴婢也很意外，有這種機會，小姐竟然不願意進宮……」

「進宮成為皇上的女人，若不能成為一人之下、萬人之上，這輩子便永遠要低頭做人。歸錦她雖是國公府的嫡小姐，但衛國公府如今的勢力根本不足以支撐她登上后位，她不如嫁給有出息的王公貴族做主母，這輩子照樣有享受不盡的榮華富貴，也更自在得多，比較適合她。」

雖然燕太妃沒成為後宮之首的皇后，卻備受尊重，她能爬到如今這個地位，其中的艱辛自然無須贅言。正因如此，她十分不願李歸錦被納入後宮。

「是奴婢目光短淺了……」宮女低頭說道。

燕太妃淺笑著說：「本宮知道妳是揣著明白裝糊塗，等以後本宮投奔越王，歸錦和感業寺那位，就都要交給妳了。」

宮女笑著說：「奴婢也想陪著太妃娘娘出宮去過自在日子呢！」

燕太妃淡淡一笑，拍了拍宮女的手背，一主一僕相伴走遠。

李歸錦在家中養病，燕太妃派嬤嬤前來送藥，順便帶話給她。她知道燕太妃打算利用皇后和蕭淑妃對李治施加壓力，讓他打消納妃的念頭。

這雖然是條好計，可李歸錦依然相當不安，將來李治可是能把武媚娘弄回宮當皇后，他會乖乖聽皇后和蕭淑妃的話嗎？

她琢磨著，心想不能坐以待斃，自己在宮外也得做點什麼才行。

好巧不巧，此時蕭淑妃娘家的人竟然下帖子請李歸錦赴「全荷宴」。

蕭淑妃的娘家是南朝士族蘭陵蕭氏，其後代子孫曾建立南齊與南梁兩個朝代，隋煬帝的皇后蕭皇后、初唐凌煙閣二十四功臣之一的蕭瑀，都出自這個家族。

這次蕭家出面宴客的人，是先皇之女、蕭瑀之媳、宋國公蕭銳之妻，襄城公主。

李歸錦見到襄城公主，還得喊一聲「姨母」。但是她當初認祖歸宗時，襄城公主都未與衛國公府打交道，此時卻突然下帖子請她，讓李歸錦不得不聯想到是否有蕭淑妃的關係在裡面。

現在蕭淑妃寵冠六宮，突然聽說皇上要納一個外甥女為妃，一定很好奇這個外甥女長得怎麼樣吧？

李歸錦自言自語道：「那便讓蕭家的人都看個清楚吧！」

全荷宴當天，她將李二夫人請來，請她好好幫自己打扮一番，她要光彩照人地參加全荷宴。

若所有人都說她長得好看，蕭淑妃一定會著急，不會讓她進宮吧！

雖然李二夫人很樂意李歸錦和有身分的女眷來往，但仍然有些擔心。「妳病還沒有好全，這個時候出門不要緊嗎？」

李歸錦道：「長輩邀請，我必須去，何況還是淑妃娘娘的娘家，要知道，淑妃娘娘可是連巴陵公主都不放在眼裡呢。」

李二夫人點點頭，不再多說，精心為李歸錦挑選了衣服、首飾，派丫鬟為她梳頭後，遣馬車送她前往宋國公府。

第三十一章　再遇冤家

烈日炎炎，宋國公府卻完全感覺不到夏日的燥熱，庭院裡古樹參天，廊下也放著冰塊納涼。

襄城公主所居的正院熱鬧非凡，屋子裡坐滿了前來參加全荷宴的女眷，其中不乏年輕的少女。

生在蕭家的女孩也算天之驕女，從小錦衣玉食，自幼學習琴棋書畫，雖然長相各有不同，卻都賞心悅目，讓人喜歡。

有幾位夫人想討襄城公主歡心，一個勁兒地誇獎她這些女兒和姪女長得好、調教得好等等，惹得那群少女笑鬧不已，活潑的倒在襄城公主懷裡撒嬌，害羞的則躲到屏風後面。

大家正鬧著，有僕婦前來傳話，說衛國公府的李歸錦小姐來了。

聞言，眾人不約而同往門口看去。

一個身形修長的女子穿著蠶絲白的齊胸襦裙，外罩淺紫色孔雀紋寬袖墜地罩衫，頭上梳著雙鬟髻，髮髻上插著足金的花簪，光潔的額頭上，一枚鮮紅的荷花鈿貼在眉心，越發顯得五官生動。

她打扮得耀眼卻又端莊，款款走了過來，眾人都忍不住暗讚一聲「好模樣」。

不管有沒有見過李歸錦，京城的人都聽說過她的事，只因為先前的御賜冥婚太過驚世駭俗！現在看到真人，心中頓時了然，難怪皇上和衛國公府那麼乾脆就認了此女，他們還擔心是什麼上不了檯面的村姑，想不到竟是這麼體面的一個可人兒。

李歸錦走進屋內，只覺得滿屋子都是人，偏偏她誰都不認識，只好朝主座上的貴婦行禮。

襄城公主四十餘歲，體態精瘦，目光看起來有些犀利，她見到李歸錦後，端詳半晌才笑著說：「依稀記得汝南就是這副俊俏模樣。快起來，不必多禮。」

李歸錦笑著起身，按著禮儀在襄城公主下首坐下與她說話。

由於客人已來得差不多，襄城公主便請眾人移步荷花池，池中有一艘大船舫，正是今天舉行全荷宴的地方。

大家魚貫上船，正要入席，又有人領著一名貴婦上船，有僕婦唱道高陽公主到了，眾人又連忙起身見禮。

高陽公主是先皇十七女，比襄城公主小了足足十八歲，也比李歸錦大不了幾歲。她張揚而高調地走上船舫，見到眾人後便是一陣抱怨。「今天可真是要把人氣死了，我已經出門了，卻被我婆婆喊回去，糾纏半晌才讓我出來！」

今天襄城公主邀請的都是些宗室之女或者宗婦，高陽公主的婆婆盧氏性格剛烈，她們婆媳不和是眾所周知的事，高陽公主認為在座這些人都和她攀親帶故，自然該站在她這一邊，所以十分大膽地抱怨起家事。

有好事者問道：「您婆婆又怎麼樣為難您了？」

高陽公主道：「還不是因為之前家裡丫鬟偷東西的事！她一直問我把東西找回來了沒有，說那是公公生前十分喜愛的物品，一定要我找回來。這教我去哪裡找啊?!」

襄城公主接過話，說：「妳且坐下來說話，別這麼急躁。妳家的中饋由妳大嫂杜氏掌管，要妳婆婆去找杜氏就行，為什麼天天為難妳？」

高陽公主在襄城公主身邊坐下，有些撒嬌地說：「大皇姊，還不是因為東西是在我房裡丟的，我只是借去擺幾天，誰知道有小賤蹄子手腳不乾淨！現在婆婆和大嫂天天找我要東西，我真是要煩死了！」

襄城公主無奈地搖頭道：「那妳不如去報大理寺，叫他們查。」

高陽公主搖頭道：「不要，傳出去丟死人了！知道內情的人，都曉得丫鬟是我大嫂管教的；不知道內情的，都當我管束無方，我才丟不起這個臉。」

眾人紛紛幫她出主意，卻也沒個真正的好方法，最後高陽公主忍不住說：「罷了罷了，不說我的事了，今天是來參加全荷宴的，快讓我看看宴席上的菜都是怎麼做的！」

宴席美食輪流上桌，李歸錦沒注意到底有哪些奇珍，卻想著高陽公主的事。她要找的物品，就是她先前買的四隻銅牛吧？她該怎麼不著痕跡地把東西還回去呢？

李歸錦想了半天，席間忽然有人說起六月十三日是皇上的生辰，問大家準備了什麼禮物送給皇上。

李歸錦心生一計，對襄城公主說：「大姨母，我第一次為皇上過生辰，不知道準備什麼禮物才好。前些日子在機緣巧合之下，我得到四隻商代的銅牛，聽說還算貴重，您說我送這個給皇上怎麼樣？只是銅牛只有半個拳頭大，不知道是不是顯得太小氣了些。」

襄城公主客套地說：「皇上不會在乎是什麼東西，有這個心意就行了。」

高陽公主卻瞪大眼睛問道：「妳得了四隻商代銅牛？在哪裡得到的？具體長得什麼樣？」

李歸錦便說起她端午節逛街的事，又將李治派內侍省鑑定的事說了出來。

高陽公主激動不已。「唉呀，正是我家丟的那一套，妳快派人取來讓我看看！」

李歸錦便交代宋國公府的僕人去衛國公府要楊威把東西送來，她又笑著對高陽公主說：「若真是您丟的那一套，可真是巧了，您正好尋回去，給婆婆一個交代。」

高陽公主鬆了口氣說：「但願就是我丟的那套，也好教我的耳根子清靜清靜！」

在等東西送來時，高陽公主才問道：「咦，妳是誰？我怎麼沒見過？」

襄城公主在一旁說：「這是妳三皇姊的嗣女，衛國公府的李歸錦。」

高陽公主打量著李歸錦，說道：「原來是妳。聽說妳和三皇姊長得十分相像，原來我三皇姊長得這麼漂亮！」

她出生不久汝南公主就離宮了，所以她不曾見過。

李歸錦一邊道謝，一邊又重新向高陽公主見禮。

待楊威把東西取來，高陽公主一見，連忙說就是她丟的那組銅牛，李歸錦便當場用雙手奉還給她。

高陽公主說：「妳把這個還給我，我不會讓妳吃虧的，回頭讓府裡補銀子給妳。」

李歸錦搖頭道：「賣東西的小販不識貨，我買下它們並沒花幾個錢，既然是十七姨母您的，自然要還給您，補償就不用了。」

高陽公主很是開心，對李歸錦說：「好，算我欠妳個人情！」

解決了她心頭的牽掛，高陽公主情緒高漲，一頓飯吃得熱鬧不已，連帶李歸錦也成了焦點人物，許多人都問她是如何看出那銅牛值錢，又如何懂得古玩的。

李歸錦並不避諱她在并州的生活，將她以前幫古爹爹開質庫和古玩店的事說出來，大夥兒都聽得津津有味。

待到宴後，眾人移步到宋國公府後院花園中的別屋歇息，大家三五成群，只李歸錦一人單獨走在人群中。

正走著，忽然有人將李歸錦撞了個踉蹌。她穩住腳步側頭看過去，那人竟然是柴沐萍。席間人多，李歸錦先前並沒有注意到柴沐萍也來了。

李歸錦雖不想惹事，卻也不是怕事之人，見她毫無善意故意撞自己，便說：「柴小姐，走路當心些，若像妳哥哥一樣惹得滿身是傷，可就不好了。」

柴沐萍橫眉怒目，惡狠狠且直接地罵道：「賤婢，敢這樣跟我說話！」

李歸錦冷笑道：「賤婢罵誰？」

柴沐萍還嘴道：「賤婢罵妳！」

旁邊有幾個同她結伴而行的姑娘比她腦筋好一點，連忙扯住柴沐萍的袖子，低聲提示道：「她拐彎抹角地罵妳呢。」

李歸錦不禁搖頭笑了起來，柴源腦筋不好，柴沐萍的腦子也不靈光，半天都沒意識到她被自己引進坑裡了。

待柴沐萍低頭想了個明白，李歸錦已經走到了前面，她心中憤怒，衝上前去攔李歸錦的路，伸手推她。「妳好大的膽子，不過是個野種，也敢裝成國公府的小姐和我們同進同出，還敢對我出言不遜，我今天非得教訓教訓妳不可！」

李歸錦冷冷問道：「野種罵誰？」

柴沐萍嗆道：「野種罵……」

她又差點掉進李歸錦的文字坑裡，被旁邊的女伴提醒了一下才沒說完，硬生生把話吞回去，差點咬了舌頭，不由得怒火攻心，叫罵著就要揮手打李歸錦。

李歸錦早對她有提防，自然不會被她傷到，躲躲閃閃之間，她被柴沐萍逼到一棵樹後。

柴沐萍身邊的女伴見狀況有些失控，便勸起柴沐萍。「罷了，不要再追了，今天客人多，一會兒還有郎君們會來後院參加茶會呢！」

可柴沐萍氣昏了頭，根本聽不得勸，一直追著李歸錦跑。她又喊又叫地這麼一鬧，走在前面的長輩都聽到了。

高陽公主看著柴沐萍追打李歸錦，皺眉對襄城公主說：「七皇姊的女兒怎麼還是這麼刁蠻？上次才被皇后罰抄書，一點兒記性也不長！」

襄城公主聞言，吩咐身邊一個侍女。「跟過去瞧瞧，把柴小姐勸回來，別讓李小姐吃了虧。」

李歸錦被柴沐萍追惱了，偏偏身邊一個人都沒帶，她又不能在這個場合和柴沐萍繼續鬧下去。

她一邊跑一邊覺得心煩，沒看清楚前面的路，不小心一頭撞進了一個堅實的懷中又彈了回去，幸好她的手腕被人抓住，才沒有倒地。

「歸錦，妳這是怎麼了？」

李歸錦聽到詢問，抬頭一看，發現是豆盧欽望，不由得大喜。「世子，是你，太好了！」

豆盧欽望今天也來宋國公府做客，上午在前院陪一些長輩和少爺們說話，用過午膳，他們這些年輕的郎君被請到後院參加茶會，他隔著小湖就看到李歸錦神色匆匆地在花園中穿梭，便尋了過來。

片刻間，柴沐萍已追了上來，但見到有男子在場，她也不敢丟了形象動手打人。

豆盧欽望看了看兩人，猜出李歸錦是被柴沐萍追，便將李歸錦護在身後，轉頭問柴沐萍：「妳想做什麼？」

柴沐萍瞅著豆盧欽望，忽而拍手一笑，說道：「啊，是你！那天沒來得及問你的名字，今天我們又碰到了，可真是有緣啊！」

李歸錦看著兩人，露出好奇的神色。

豆盧欽望卻疑惑地看著柴沐萍，微微皺眉問道：「妳在說什麼？」

柴沐萍說：「前幾天我家馬車走在路上，被別人家的馬車撞了，是你派人幫我家車夫把車軲轆換好的，你忘記了嗎？」

豆盧欽望不甚在意地說：「喔，是這件事啊。妳和別人家的小姐在那裡爭吵哭鬧，車馬人流堵住了整條街，我急著趕路才出手幫你們，妳不用放在心上。」

柴沐萍見豆盧欽望英俊瀟灑，又感念他那天出手幫忙，便羞怯地說：「你出手幫我，我定然要報答你，你告訴我你的名字！」

豆盧欽望搖了搖手。「妳還是說說妳為什麼要追著她跑吧？」他的手指著身後的李歸錦。

柴沐萍看到李歸錦躲在豆盧欽望身後，一隻手還抓著他半截袖子，一顆心不由得翻江倒海，剛要發怒，又看了看豆盧欽望的臉色，忍下怒意說：「沒什麼，我找她去參加茶會。」話一說完，她就凶巴巴地對李歸錦說：「喂，妳還躲在那裡做什麼？妳驚擾到這位公子了，還不快跟我走?!」

豆盧欽望見她凶李歸錦，冷然道：「不用了，我帶她去參加茶會就行了，妳請便。」說罷就帶著李歸錦走了。

柴沐萍看著兩人一同離去的背影，又揚聲問道：「喂，你還沒告訴我你的名字！」可豆盧欽望卻不理她，柴沐萍著急地跺腳，卻什麼也做不了。

待離柴沐萍遠了，李歸錦忍不住擦了擦額頭的汗，鬆了口氣，對豆盧欽望說：「幸好遇到你，不然柴沐萍非得追到我，打我幾下才肯罷休。」

豆盧欽望問道：「妳們有什麼過節不成？姑娘家竟要動手打人，真是少見。」

李歸錦嘆了口氣，把她打了柴源兩次的事告訴他。

豆盧欽望聽了面色陰鷙，冷冷道：「柴源……別讓我碰到他，不然就要他吃不完兜著走！」

李歸錦搖了搖頭，不願節外生枝。「沒必要再計較這些了，他已經吃了苦頭，且被皇上警告過，不敢再對我怎樣。說起來，你英雄救美，鬧得柴小姐芳心大動，說不準回頭就找上你家了，你可要考慮好怎麼應付喔！」

豆盧欽望揚起下巴，一副傲然的樣子。「不需要想該怎麼應付，讓我娘把她打發走就是。那樣的刁蠻女子，我懶得和她多說。」

李歸錦以袖掩嘴笑道：「你懶得和她那樣的刁蠻女子多說，卻和我說這麼多話，在不少人眼裡，我敢叫護衛打人，也刁蠻得很呢！」

豆盧欽望轉頭看著她。「妳不一樣，怎麼能把自己和她相提並論？」

李歸錦本是跟豆盧欽望開玩笑，故意逗他玩，但見他如此認真地回答她，黑亮的眸子裡能映出自己驚愕的倒影，不由得有些羞澀。

「咱們是朋友，所以你看重我。我和柴小姐都是芸芸眾生中的一個人，沒有什麼可不可以相提並論的……」李歸錦輕聲說道。

豆盧欽望卻執拗地說：「妳不要妄自菲薄。」

李歸錦不好意思地轉開話題，問道：「對了，你今天怎麼也來宋國公府了？」

豆盧欽望說：「本來應該是我娘來的，但她今日身體不適，加上宋國公在我父親面前叨唸過我幾次，所以我就來這裡坐一坐。」

豆盧欽望的祖父豆盧寬是隋文帝的外甥，與蕭家是姻親關係，因此芮國公府和宋國公府是世交，老爺與女眷彼此之間走動得很頻繁。

李歸錦聞言，問道：「你娘身體怎麼了？我這段時間有點事，都沒去看她。」

「不是很要緊，昨天桃子吃多了，有點不舒坦，已經讓大夫看過了。」豆盧欽望說。

李歸錦點了點頭。

兩人邊聊天邊走到別屋前，和前院走過來的一群郎君碰了個正著。

年輕少爺們見到李歸錦，不由得多看了兩眼，和豆盧欽望關係好的人，便直接問道：「這位小姐是誰？以前沒見過，你怎麼不介紹給我們認識認識？」

豆盧欽望見他們一個個盯著李歸錦看，偏不介紹，只說：「待會兒參加茶會，自有長輩跟你們介紹，急什麼？都走開些，眼睛盯著哪裡看呢！」

說罷，就和李歸錦一起走進別屋。

後頭有人笑鬧道：「哈哈，看他緊張的樣子，你們之前誰見過他這樣？又不是他的……」

話語戛然而止，靜默一陣子之後，眾人又是一陣哄笑。

李歸錦自然知道他們笑的是什麼，她不在意，但見豆盧欽望繃著臉，微微有些臉紅。

別屋內的眾人聽到郎君們說笑而來，紛紛探頭看去。

李歸錦快步走進去，與身後的郎君們拉開了幾步距離，早一步和年輕姑娘們坐在同一邊。

宋國公府這間別屋建得十分特別，是由四間相對的屋子延伸而出，屋角接屋角，飛簷碰飛簷，如四合院一般，別屋中間空了出來，好似天井。

別屋內，婦人們坐東、西方向，年輕姑娘們則坐在南方，剛剛進來的郎君們坐在北方，眾人合坐一起，圍住中間一口青石井，以及表演茶藝的侍女們。

李歸錦擇了一處比較偏角落的地方，才剛坐下沒多久，便聽到旁邊有少女低聲議論。

「襄城公主請這麼多郎君來參加茶會，是為了替她蕭家搶女婿吧？為何我們非得當蕭家女兒們的綠葉？」

另有一少女著急道：「知湘，別亂說話，若被蕭家的人聽到，只會讓妳母親難堪，何必呢……」

李歸錦隔著柱子悄悄回頭，那個叫做知湘的姑娘嘴角微垂，表情明顯不高興，但是這般神色並沒有讓她如白茶花般高潔的面孔失色，反倒添了一絲孤傲的味道。

李歸錦忍不住多看了兩眼，卻被知湘和另外一個姑娘看到了，她們以為李歸錦是為了知湘所說的話而盯著她們，臉上不由得浮現幾絲尷尬和慌張。

李歸錦不願她們誤會，主動坐過去笑著說：「兩位妹妹，我第一次參加這樣的茶會，又不認識什麼人，妳們能和我講講這是怎麼一回事嗎？」
叫做知湘的姑娘冷冷答道：「妳剛剛不是都聽到了嗎？還問什麼？」
李歸錦依然笑著說：「正是聽到了那一點點，才想了解得更清楚，不然在這種場合說錯話、做錯事，可要鬧大笑話的。」
之前勸知湘不要亂說話的姑娘問道：「妳是衛國公府的李歸錦小姐吧？之前在船舫上，我依稀聽人聊到妳。」
李歸錦點頭道：「正是我。」
那姑娘說道：「我叫崔靜怡，她叫裴知湘，我們都是渤海靖王的外孫女。」
李歸錦曾惡補過皇室的族譜，知道渤海靖王是太宗李世民的堂兄，也就是李治的堂叔，因此眼前這兩位姑娘與她同輩。
李歸錦笑著說：「原來是靖王家的兩位妹妹。」
崔靜怡看李歸錦笑臉盈盈，心想傳言說李歸錦是私生女，知道她沒有娘照顧，一個人不明所以地來參加這種聚會，便好心道：「蕭家把族內待字閨中的姑娘全都接到京城，又時常舉辦這種宴席，便是有意為蕭家挑女婿。從去年至今，蕭家陸續訂親的姑娘已有五位，妳看那邊，還有六、七位沒訂親呢！我們只是被邀請來當陪客，一會兒襄城公主會讓對面的郎君與我們互相敬茶，妳不要接對面的茶，也不要送茶出去，安靜坐著便是。」
李歸錦恍然大悟，這竟是皇家內部聯誼。她意識到這一點，差點笑了出來，唐代風氣果然開放！

裴知湘見李歸錦竟有心情笑，皺眉道：「妳還笑得出來？聽說妳今年二十有一了呢，還來為別人作陪。」

崔靜怡連忙拉扯裴知湘的衣袖，要她別亂說話，就怕得罪了李歸錦。

李歸錦並不在意，只道：「我沒想過要用這種方式選擇夫君，所以來作陪我也無所謂，反而想到這席間的男男女女各懷心思，能看到他們或羞澀或忐忑或警惕的神色，妳難道不覺得很好玩嗎？」

裴知湘低頭想了想，她一開始只覺得自己被人輕視了，所以非常惱怒，但若把自己當成旁觀看戲的，的確有些意思。

她難得露出微笑。「妳這樣說也是。她們挑她們的，我們看我們的。」

崔靜怡也笑著點了點頭，心情好轉許多。

第三十二章　主動出擊

李歸錦與裴知湘、崔靜怡三人在角落裡說話，襄城公主等人則開始主持茶會。

果真如崔靜怡所說，這個茶會是為蕭家姑娘準備的，襄城公主安排蕭家姑娘陸續獻藝助興，彈琴、唱曲、跳舞、作畫，場面十分好看。

李歸錦一邊觀賞一邊思索，她今天既然有所圖，總不能落寞而歸，總得留下點名聲傳到宮內，讓蕭淑妃警惕她，不想讓她進宮才行啊！

她想來想去，眼神便落在柴沐萍身上。

柴沐萍一直盯著坐在她對面的豆盧欽望，臉上癡迷的表情讓李歸錦都有些感動了。

少女情懷總是詩啊！

她在心中說了聲抱歉，走到柴沐萍身邊，感嘆道：「蕭家小姐六藝卓絕，真是羨煞旁人，比起她們，不知柴小姐才藝如何？」

柴沐萍自然不甘落於下風。「我自小從師甚多，她們會的我也會。」

李歸錦故意說道：「可我曾聽說柴小姐為了逃課，竟然連自己的夫子失蹤數日都不知道，這樣的學藝態度……」

柴沐萍的脾氣一下子就被她撩起。「妳什麼意思，妳是說我比不上她們嗎？」

李歸錦笑著搖頭說：「柴小姐剛剛在外面想打我，實非淑女所為。我在想，我們兩人之間的過節不如以『比藝』的方式做個了斷。咱們也別讓長輩們知道，就藉今天的茶會比試一番，妳若贏了，我不僅向妳道歉，還向妳哥哥道歉；妳若輸了，就要答應妳和妳哥哥別再找我麻煩，好不好？」

柴沐萍一聽李歸錦說要向她和她哥哥道歉，滿口答應道：「這可是妳說的，妳等著！妳說，怎麼樣算贏？」

李歸錦說：「妳和我都上去獻藝，等贈茶時間一到，誰獲得的茶多，自然就誰贏。」

「好，就這麼說定了！」

說罷，柴沐萍就找旁邊的女子商量去了，只見她悄悄用手指著豆盧欽望，問別人那男子是誰，恰有一女子認識豆盧欽望，就笑著告訴了柴沐萍。

沒多久，李歸錦就聽到柴沐萍主動請纓道：「大姨母，萍兒見今天茶會熱鬧，也想獻藝助興。」

她主動開口，襄城公主自然不能拒絕，便問：「妳有這個興致很好。妳想表演什麼？」

柴沐萍翩然上場，說道：「我要舞一曲〈鳳求凰〉，但要請對面的郎君替我奏樂。」

高陽公主在一旁聽了，十分感興趣。「唉呀，妳倒大膽！快說，妳要誰替妳奏〈鳳求凰〉？」

柴沐萍往郎君們的方向看去，羞澀地回頭說道：「我想請豆盧世子奏樂。」

豆盧欽望一口茶差點噴了出來，李歸錦亦然，萬萬沒想到她無意間竟害了豆盧欽望！

郎君之中有人開始起鬨，豆盧欽望卻大手一揮。「我不會彈〈鳳求凰〉，妳找別人幫忙。」

柴沐萍卻不肯罷休。「不會彈琴也可吹簫，無妨。」

勛貴男子或多或少都會一、兩種樂器以陶冶性情，但豆盧欽望堅定地搖頭，說不會就是不會。

有男子說：「思齊，你笛子明明吹得很好，柴小姐如此盛情邀請，你不可掃興啊！」

思齊，是豆盧欽望的字。

豆盧欽望滿臉不高興地說：「我今日沒帶笛，也從不吹別人的笛，柴小姐還是請別人吧。」

眼看兩人僵持不下，襄城公主出面調解道：「我記得治平的古琴彈得好，就由治平來為柴小姐奏樂吧。」

雖然柴沐萍很不甘心，但有人給了臺階下，她也只好順從。

柴沐萍走到天井之中，伴著〈鳳求凰〉的琴聲舞了起來。

她的舞姿還算不錯，難怪她敢上去表演。只是獨舞的好壞，會因編排不同而差異較大，她的表演到底算不算好，便是見仁見智了。

一曲舞畢，大家都很給面子地鼓掌稱讚，柴沐萍便昂頭對李歸錦的方向說：「李歸錦，輪到妳了！」

襄城公主微微皺眉，不希望有人陸陸續續跳出來搶蕭家女兒的鋒頭。

高陽公主以為柴沐萍故意為難李歸錦，便說：「獻藝湊趣乃是自願，並不見得人人都得表演，不要勉強她。」

她認為李歸錦生在民間、長在鄉野，怕她琴棋書畫或歌舞都不會。

柴沐萍自然不肯聽高陽公主的話，她見李歸錦動也不動，高傲地笑著說：「莫非妳什麼也不會？現在怕了？」

早先在外頭看到柴沐萍和李歸錦起衝突的那些姑娘一個個側頭低笑，聚在一起小聲議論道：「萍兒慣會欺負人。先前沒打到李歸錦，現在卻要她獻醜，可見這小祖宗不達目的不肯罷休，李歸錦今天可要難堪了！」

而坐在李歸錦身邊的裴知湘和崔靜怡也有些替她著急，崔靜怡小聲地為她出主意道：「妳可會唱什麼曲子？就算是民間小曲也無妨，興許大家沒聽過，反而覺得有趣。」

她們也都以為李歸錦長在普通人家，必然身無技藝，十分為她擔心。

李歸錦笑著起身，對眾人說：「我歌舞琴藝十分普通，便不在此獻醜，不過心有所感，得了一首好詩，想寫出來，請大家雅正。」

眾人都感到相當驚訝，她一個女子，不表演女子擅長的琴藝歌舞，竟然要賦詩，還要寫出來?!

作詩和書法，是男子的專長，雖然唐代女子也讀書，但能被稱為才女的卻不多，她一個在鄉野間長大的女子，能有什麼才學，敢在這麼多郎君面前作詩、寫書法？

這些男子既然能被宋國公府看上，除了出身非凡，也都不是庸碌之輩，她一個小小女子，怎敢在這種場合賣弄？

蕭八娘瞪圓了眼睛，拉著蕭六娘說：「三姊是京城有名的才女，之前參加詩會作了首詩却被人取笑，羞得她月餘不敢出門，李歸錦竟然說她要作詩?!」

蕭六娘不屑地說：「她只怕是學會寫了幾個字，就自以為了不起，不知道京城臥虎藏龍，不是她能翻出浪花的地方。真是不知者無畏，等著看她丟人吧！」

李歸錦心中有些惴惴不安，倒不是怕丟人，而是因為她準備了「未來古人」的詩作來撐場面，覺得有些內疚……

至於書法，她上一世學考古時，為了鑑定出土的古籍，特地去學過書法，臨摹過多種字帖，也跟著教授補習過，但她當時總覺得十分可惜，若她從小就能學習書法，肯定能寫得比半途出家來得好。

所以當她重生到唐代，古爹爹送她上女子私塾時，她別的東西學得一般，但書法卻下了很大的功夫練習，她對自己一手毛筆字十分有信心。

待文房四寶準備妥當，李歸錦並不多言，提筆寫下一首唐詩——

世間花葉不相倫，
花入金盆葉作塵。
唯有綠荷紅菡萏，
卷舒開合任天真。
此花此葉長相映，
翠減紅衰愁煞人。

這是李商隱的〈贈荷花〉，李歸錦覺得很適合今天的全荷宴，便借來一用。

詩一寫完，她便擱下毛筆，輕輕吹了吹墨跡，將字拿起來展示給眾人。

郎君們早就因為李歸錦長相出眾而注意她，現在更想知道她能作出怎麼樣的詩、寫出怎麼樣的字。

不知是誰先叫了一聲「好」，北方的坐席突然議論聲大作，紛紛討論起來，更有人迫不及待地走到天井中，近距離欣賞這首詩與筆法。

而南方的女子坐席，先前等著看笑話的人不由得覺得奇怪，而有些原本不甚在意的人，也紛紛投以關注的目光。

裴知湘遠遠看著白紙上幾行字，抓著崔靜怡的手，喃喃說道：「花入金盆葉作塵……我與她今日同是做那入塵的綠葉，為蕭家的紅花作陪，她能卷舒開合任天真，我卻自添煩惱惹人生厭……她的心境這般豁達，真是個不簡單的女子！」

說完，她的眼眶竟然濕潤了。

她的外祖父渤海靖王因為聚斂奢靡，在清明時曾被皇上斥責，當時李治賞賜諸王錦帛，獨獨不給渤海靖王。裴知湘、崔靜怡兩人也因此在京城中被很多人看不起，所以曾經非常自傲的裴知湘變得怨天尤人，認為她們如今艱難的境地，全起因於長輩的不檢點，以及外人的落井下石。

如今看了李歸錦的詩，她竟有一種看透世態炎涼之感！

崔靜怡點頭說道：「妳我如今境遇愈是不好，就愈該有她這樣的心境，妳要想開一些才是！」

而柴沐萍看見男子們都圍上去對李歸錦的詩作看個不停，忿忿地道：「不就是會作詩，有什麼了不起，竟要這樣吹捧她?!」

她的女伴中有一位也喜歡寫書法，看到李歸錦的字，她雙眼發亮道：「她的『真書』寫得真好，頗有鍾繇的精髓！」

真書尚未脫盡隸書筆意，但已屬楷體，是唐初頗為流行的寫法。

好詩、好字，讓李歸錦一下子從「得了天大便宜僥倖成為宗親女」的好運之人，變成「秀外慧中的才女」，宛如今天茶會的中心。

李歸錦因借用李商隱的詩，對眾人的稱讚有些心虛，笑著回了座位。

襄城公主對她和柴沐萍搶了蕭家女兒的鋒頭感到不快，又怕別的賓客有樣學樣，起了攀比之心，便出言止住大家的議論，讓丫鬟們上茶。

有心之人都知道宋國公府舉辦茶會的意思，也知道贈茶的涵義。北方坐席上的郎君們紛紛端著茶贈給李歸錦，一輪下來，她面前的茶杯已有七只，而來參加茶會的郎君，也不過十多人而已。

柴沐萍看到李歸錦面前案桌上堆滿的杯子，臉上又紅又臊，心裡又急又氣，可她比藝輸了，就不能再找李歸錦的碴，她憋得兩眼泛出淚花，只得轉頭離去。

宋國公府內的茶會熙熙攘攘，豆盧欽望安靜地獨坐在一個席位上品茶，覺得今年的茶比往年都苦。

他又看向李歸錦面前的茶杯——那麼多，她喝得下?!

豆盧欽望放下茶杯，看了對面的人群一眼，不少男子圍著李歸錦說話，問她師從何人、問她可還有別的詩作、問她鍾繇和王羲之的書法更喜愛誰的……

聽著他們的談話，豆盧欽望覺得煩透了。之前他一直在注意李歸錦，看到她主動去找柴沐萍說話，沒一會兒柴沐萍便主動獻藝，還拉上了李歸錦。

他實在不明白李歸錦為什麼要在這種場合，做這種出鋒頭的事……

豆盧欽望起身重重撣了一下衣襟，走到人群裡，對李歸錦說：「我現在準備回府了，妳之前說要去探望我母親，要跟我一起走嗎？」

李歸錦來宴會的目的已經達成，正不知道該怎麼脫身，見豆盧欽望詢問，立即說：「好，我跟你一起走。」

眾人見豆盧欽望和李歸錦這般熟稔，十分疑惑，同豆盧欽望熟悉的人便解釋道：「芮國公夫人與汝南公主情同姊妹，芮國公夫人把李歸錦小姐當自家女兒一般對待，思齊也當她是妹妹。」

有人聽了，便怪豆盧欽望。「你有事先走便是，偏偏要拉上李小姐，我們才同她說了幾句話，你這哥哥當得太小氣了！」

周圍的人也紛紛說道：「是啊，太可惜了，我們還想和李小姐多品詩論字呢，京城多年沒見過這樣才學出眾的才女了。」

李歸錦對眾人致歉道：「芮國公夫人身子欠妥，我今天本該去探望，如今時辰已晚，再耽擱不得。至於品詩論字，以後還多得是機會呢。」

眾人想想也是，李歸錦就在衛國公府，下次聚會再邀出來就是，也不急在一時。

豆盧欽望不理會這些人，他和李歸錦一起向襄城公主與眾人告別，襄城公主巴不得李歸錦早點走，便讓丫鬟送他們出去。

高陽公主看著兩人的背影，偷笑著對襄城公主說：「妳瞧他們兩人走在一起，還挺般配的！」

襄城公主望了高陽公主一眼，並沒有說話。

她知道皇上想納李歸錦為妃一事，所以並沒有對豆盧欽望和李歸錦的關係多想。

襄城公主望著李歸錦窈窕的背影，回想這幾個時辰的事，心想這個丫頭長得漂亮、會討好人，又有才學，難怪李治不顧倫常想要她。她若真的入宮了，恐怕會給蕭淑妃造成很大的威脅。

蕭淑妃之前才傳話出來，要她在宮外幫她注意一下李歸錦這個人。她原本以為蕭淑妃眼下如此受寵，何必在乎一個小丫頭，根本是多此一舉。但見了李歸錦，她已不再這麼想，反而覺得要進宮好好與蕭淑妃說一說了。

李歸錦和豆盧欽望出了宋國公府，李歸錦鬆了口氣，說道：「幸虧你邀我出來，那些人真難應付，問了好些問題，我都不知道該如何回答。」

豆盧欽望沒好氣地說：「我還當妳不願意提前離席呢，眾星拱月的感覺很好吧？」

李歸錦見他神情不對，問道：「你怎麼啦？茶會上誰惹你不高興啦？是因為柴沐萍要你奏〈鳳求凰〉一事嗎？」

豆盧欽望搖頭道：「那點事情還不至於讓我放在心上。」

「那你怎麼了？火氣好像很大的樣子。」李歸錦追問道。

豆盧欽望在李歸錦面前說話向來直來直往，便道：「妳難道不知道這個茶會是什麼用意嗎？妳在茶會上出了鋒頭，說不定會惹得襄城公主介懷，她們這些長輩，最喜歡湊在一起說嘴，若是說妳不好，又沒有人能替妳辯白。再說，就算襄城公主不介意，之前敬茶給妳的男子，一個個全都別有用心，光想就不舒服！」

李歸錦鬆了口氣，說道：「原來你是為了我的事煩心！你就放心吧，這些事我早就想到了，沒事的。」

豆盧欽望無奈地道：「妳總是這樣，別人替妳著急得不得了，妳卻跟個沒事人一樣。」

李歸錦笑道：「那是因為我根本不在乎那些虛無的名聲，只要我能隨自己的心意生活，不論說好說壞，我還是我。」

聽見她這麼說，豆盧欽望只好妥協，誰教她就是如此特別，讓他這麼放不下呢……

「說起來，妳今天那首詩寫得真好，字也好。我以前只知道妳博聞多識、心思靈敏，不知道妳在這上頭還有這等本事！」豆盧欽望說道。

李歸錦見左右無人，偷偷說道：「那首詩可不是我作的，我借用而已！」

豆盧欽望卻不信，若真有人寫了那麼好的詩，怎會沒人知道？李歸錦又怎麼敢在公開場合寫出來？他只當她謙虛，搖頭不再說這些。

豆盧欽望騎馬，李歸錦乘坐馬車，兩人一起來到芮國公府。

進門時，豆盧欽望對門房交代：「若狄大人來了，直接請他到書房坐下，我會在母親院裡，到時去那裡傳話給我。」

李歸錦問道：「你今天約了狄仁傑過來？」

豆盧欽望點頭。「嗯，有些公事要和他商量。」

既然是公事，李歸錦便不多問，隨著他去看芮國公夫人。

芮國公夫人腸胃不好，臉色看起來黃黃的，也沒什麼精神。

李歸錦在她床邊問候她，陪她說話。「桃子雖然是好東西，可以養陰生津、潤燥活血，但醫書上說，多食生桃令人腹脹，易生癰癤，有損無益。」

芮國公夫人笑著說：「好孩子，妳竟然還懂醫書！大夫幫我看病時，也是這麼說的。我不要緊，妳何必辛苦走這一趟。」

李歸錦說：「我有些日子沒來看您了，前幾天我得了風寒沒敢出門，幾天不見，姨母卻要和我生分了。」

芮國公夫人看著李歸錦，心裡有說不出的喜歡，但再看看坐在一旁的兒子，想到兒子強硬請求她不許向李歸錦提親，就默默地嘆了口氣。

說了一會兒話，丫鬟傳話說狄大人到了，請豆盧欽望過去。

豆盧欽望起身說：「我還有點事，歸錦妹妹在這裡陪母親說話，晚上吃過飯我再送妳回去吧。」

最近因為李二夫人的原因，李歸錦也不太想早早回家，便笑著答應。「好，你去忙，不用管我。」

芮國公夫人聽了心頭一熱，一個說要送，一個又乾脆答應，這兩個孩子明明處得很好啊……

待豆盧欽望離開後，她試探地問道：「妳今日怎麼和思齊一起回來？」

李歸錦說：「我們在宋國公府遇到了，說起您身子不適，我就隨他來了。」

芮國公夫人連忙說道：「思齊這孩子以往很少去參加什麼茶會，這次他久不回京，是他父親非要讓他去看望幾位長輩，並不是為了別的事……」

李歸錦聽出她話語中的解釋之意，可是豆盧欽望去宋國公府是為了看長輩還是單純參加茶會，芮國公夫人幹麼和她解釋呢？

她笑著答道：「說起來世子今年二十二歲，多參加這樣的聚會也好。您不知道，他今天參加茶會，就有小姐向他敬茶，只是他瞧不上那位小姐，而我也覺得那位小姐配不上他……」

聽李歸錦這麼一說，芮國公夫人的心涼了半截。原來不僅兒子不想娶她，她也不想嫁他，如此一來，她也只能作罷。

第三十三章　方才大亂

由於芮國公夫人身體狀況不好，加上對孩子的婚事失意，越發顯得沒精神。

李歸錦看她這樣，便要她多休息，說是要去找豆盧欽望。

丫鬟領著她走了一段路，在一個院門前停下。丫鬟說道：「小姐請見諒。世子不許丫鬟進他的院子，所以還請小姐自行進去。沿著小路走，右邊就是世子的書房。」

李歸錦訝異道：「他不許丫鬟進他的院子啊？」

丫鬟苦惱地答道：「是，從世子十四歲開始就是這樣，身邊的丫鬟全都換成了小廝，當初有丫鬟不以為意，最後有好幾個被賣走了。」

李歸錦笑著點頭，自己走了進去。

她在路上琢磨，豆盧欽望從十四歲起就不用丫鬟，莫非是發生了什麼事讓他對丫鬟抱有成見？再往深處一想，十四歲的年紀，正是大戶人家為男子安排通房知曉人事的年紀，難道當初發生什麼變故了？

李歸錦沿著小路走進書房的院子，正要敲門，卻聽到豆盧欽望的說話聲……

「我這次帶回來的消息，皇上說十分關鍵，要我交給你之後同你細說，興許還能有什麼發現。」

「嗯，東西我已經看過了。我覺得比起吳王，荊王的嫌疑更大……」說話的人是狄仁傑。

豆盧欽望又說：「荊王那邊我查不出什麼了，想來皇上另有人手去查。他擔心我的舉動引起吳王注意，已下令要我調回京城，我以後幫不上你了。」

狄仁傑說道：「世子太客氣了……」

李歸錦聽到這些話，一時之間有些進退兩難。他們在說正事，她此刻進去打擾不好；可若退回去，倒像是故意偷聽一樣，顯得鬼鬼祟祟。

想來想去，李歸錦從書房門前退到院子裡，揚聲自語道：「咦，怎麼四處都沒人？這裡是書房嗎？」

豆盧欽望聽到聲響出來察看，見是李歸錦，便問道：「妳這麼早就過來了？」

李歸錦說：「姨母睡下了，我過來找你們玩。你們還在談正事嗎？那你給我一本書看看，我去院子裡等你們。」

狄仁傑聞聲也走了出來。

李歸錦今天出門前特地打扮過，她站在陽光下仰頭朝著他們笑，美麗的模樣驚得狄仁傑心中一跳。

狄仁傑想了想，說道：「外頭太陽這麼大，怎好教妳曬著？」他對豆盧欽望說：「讓她進來等吧，這事她原本也知道一些，聽聽無妨。」

豆盧欽望點頭道：「沒錯，之前的案子，她還參與過。」

李歸錦見他們不避諱自己，倒也覺得自在。

原來豆盧欽望之所以會被派往江南大營任職，是為了幫李治調查吳王和荊王。他這段時間裡認識了不少吳地的地方官員，查出一些事情。這次回京，正是向皇上稟報吳王暗中斂財、招兵買馬的事。

而狄仁傑被李治安插在大理寺，表面上只是個查案、辦案的主簿，暗地裡卻幫李治調查京城官員與各地藩王的聯繫情況。

他們兩人原本不知道彼此在替李治辦同一件事，最近因為李治把豆盧欽望調回來，讓他把資訊都交給狄仁傑，兩人才恍然大悟。

李歸錦在書房的書架前轉來轉去，不時翻著書，耳邊聽他們討論著一些或熟悉或陌生的官員名字，心裡琢磨著該怎麼樣不露痕跡地把一年多以後會造反的那批人告訴他們……只是等他們談完事情，她都一直沒機會插嘴，便把此事暫且放下。反正還有一年多的時間，她又何必急著干涉？

事情討論告一段落，豆盧欽望這才喊小廝為三人添茶。

閒聊之際，李歸錦問道：「你被調回京城了？」

豆盧欽望點頭道：「是。調到禁軍做皇上的侍衛，以後安心在皇上身邊混日子就好了。」

李歸錦問道：「前些日子皇上到你家去，是不是就是和你商量這件事？」

這話一出口，把豆盧欽望嚇了一跳。「妳怎麼知道皇上來過我家？」

為了避免別人知道豆盧欽望是李治特別安插的棋子，李治沒把芮國公和豆盧欽望召進宮裡說話，而是悄悄出宮到他家商議。當時行事隱密，連芮國公府的下人都不知道皇上來了，卻被李歸錦輕輕鬆鬆問出口。

李歸錦也嚇了一跳。「啊？這件事很隱密嗎？」

她有點尷尬，李治去芮國公府的事，是李治自己在她病床前說的，李治以為她昏迷，可她卻聽得清楚。現在……她要怎麼解釋？

豆盧欽望用探究的眼神看著李歸錦，狄仁傑也疑惑地等著李歸錦答話。

李歸錦不安地捋了一下耳邊的細髮，想到他們對自己一向坦誠，也不好編謊話騙他們，便說：「我前幾日風寒，皇上來探病時不經意說的。」

「探病？」

豆盧欽望和狄仁傑都嚇了一跳。

皇上親自探病，那是朝廷股肱之臣才能享有的榮耀，李歸錦在江山社稷上的貢獻沒達到這個程度。況且她只是風寒，並不是垂危的重病，這種小病能讓皇上親自去探視，那皇上的用意是……

在場三人誰都不是傻子，豆盧欽望和狄仁傑心中頓時明瞭。

豆盧欽望的神色陰沈下來，狄仁傑表情也顯得凝重，兩人對視一眼，誰都沒有說話，一時之間場面安靜得不得了。

半晌，還是狄仁傑先打破僵局，問道：「那妳的風寒現在好了嗎？」

李歸錦點頭道：「嗯，已經好全了。」

之後的談話誰也沒有上心，草草用完晚膳，豆盧欽望就說：「我和狄仁傑還有些事要辦，就不親自送妳了。」

李歸錦本就內疚下午耽誤他們的正事，忙說：「不用送，一會兒就到家了，你們忙。」

送走李歸錦，豆盧欽望拉著狄仁傑回到書房，急躁地問道：「怎麼辦？」

狄仁傑原本一直強裝鎮定，此時也不安地說：「也許是我們想多了……」

豆盧欽望大聲說：「我們不約而同都想到一個點上去了，怎麼會是想多了？再說歸錦那麼聰明的人，皇上去探望她，她怎麼會沒察覺到情況有異？如果不是我們想的這樣，她方才必定會解釋，可她卻一直沈默，足以說明她也在憂心這件事！」

狄仁傑說：「可是……歸錦是皇上的外甥女啊！」

「對啊……」豆盧欽望這才意識到這一點，心中略微輕鬆了一些，但他還是不放心。「我還是求我母親進宮打聽，若皇上真的對歸錦有意，宮裡肯定會有些消息傳出來。」

兩人商議了半天，決定還是先弄清楚皇上的意思，免得最後出現烏龍。

豆盧欽望當晚就去求芮國公夫人，請她進宮打聽皇上有沒有將李歸錦許配給誰的意思。

芮國公夫人覺得奇怪。「你又不願娶歸錦，要我進宮打聽這個做什麼？」

豆盧欽望道：「我當歸錦是妹妹，當然要關心她的婚事。」

芮國公夫人卻不是那麼好打發的人，她覺得兒子分明很喜歡李歸錦，卻又不肯娶她，其中肯定有內情。

「你老實跟我說是怎麼回事？不然我進宮要向誰問？又如何問得到點上？你這孩子當皇宮是我們家後花園嗎，能隨進隨出？」

豆盧欽望覺得這件事情很重要，只好說：「我今天下午與歸錦妹妹聊天，聽說她得了風寒，皇上親自去探病……我懷疑皇上對她有意，擔心皇上要她入宮為妃，所以請母親幫我打聽。」

「胡鬧，這怎麼可能?!」芮國公夫人馬上否定，但她一說完話，也沈思起來。「皇上近些日子對衛國公府的賞賜是挺多的……」

母子倆對視一眼，芮國公夫人又想了一會兒，終於說：「過兩天我進宮去看看太妃娘娘，皇上的生辰快到了，有些事得早做打算。」

兩天後，芮國公夫人進宮，與燕太妃聊天時，關心起李歸錦的婚事。「汝南不在了，她祖母也去得早，她的婚事應該是由宮裡作主吧？但這麼久了，也沒半點消息，不知宮裡是讓她二伯母張羅，還是有其他安排？」

燕太妃等於看著芮國公夫人長大，把她當半個女兒，也知道她心疼李歸錦，處處關照她，便說：「歸錦這孩子的婚事是個難題，大福也是大禍！」

芮國公夫人心中一緊，問道：「莫非皇上他……」

燕太妃凝神看她，問道：「妳是不是聽說了什麼？」

芮國公夫人便把皇上去探李歸錦病的事說了出來。

燕太妃這才知道這件事，不禁惱怒道：「皇上真是胡鬧，失了分寸！這事若傳出去，教歸錦怎麼做人?!」

芮國公夫人忐忑地問道：「皇上果真有這個意思？」

燕太妃點頭道：「最近宮裡為了這件事，鬧得不可開交。皇上想讓皇后或淑妃出面幫他張羅，可皇后是個沒主意的人，一直沒說好或不好。淑妃原本覺得只是納個妃嬪而已，順了皇上的心意博他歡心，等歸錦進宮後也在她掌心裡。但淑妃要襄城公主打聽了一下歸錦之後，就怎麼樣都不同意，拿一些倫常道義，把皇上說得抬不起頭，因此皇上最近心情十分不好。」

芮國公夫人聽得心驚膽跳。「我昨天還想，若皇上真有這個意思，歸錦能進宮做娘娘也是她的福分，可聽您這麼一說，歸錦若真進宮，還不被淑妃娘娘視作眼中釘？」

燕太妃說：「可不是。也不知消息是怎麼傳的，硬是幫歸錦冠上了『京城第一美人』和『京城第一才女』的名號，這孩子真是不讓人省心啊……」

「我前幾日身體不適，沒有出門走動，但也隱隱聽到了一些傳言，卻不知傳得如此誇張……」

兩人妳一言我一語地討論李歸錦的事情，而李歸錦則在家裡對著一堆請帖發愁。

自她刻意在宋國公府出了鋒頭，就收到好多請帖，有家中聚會的、有出遊的，還有詩社、書法社邀她入社，一些她從未聽說過的活動，全都冒了出來。

琬碧翻著這些請帖說：「原來京城有這麼多好玩的，大小姐以後可不用悶在家裡無聊了。」

李歸錦道：「參加這些活動很累人，哪裡是去玩的，分明是去『做人』的！」她又隨手翻了翻，看到了裴知湘的請帖，邀她去家中做客。想到那個白茶花一般的女子，李歸錦說：「就去她家坐坐吧，應該沒那麼多紛擾。」

待芮國公夫人從宮中出來，將燕太妃的話告訴兒子後，便憂心道：「看來皇上對歸錦不是一般上心，竟然與淑妃娘娘鬧翻了。以後歸錦進宮可怎麼辦哪……」

蕭淑妃在李治當太子時就頗受恩寵，這麼多年來，還未聽說他們鬧翻過。

豆盧欽望得知以後，低聲罵了一句「該死」，便取了馬鞭，直往大理寺找狄仁傑。

狄仁傑與豆盧欽望在大理寺不遠處的一間茶樓坐下來說話，豆盧欽望將宮中的消息告訴了狄仁傑。

狄仁傑懊悔道：「最近皇上對衛國公府格外關照，不僅為了歸錦的事責罰襄陽郡公府，還赦免李德謇的流放之罪。我早該想到其中有異，但又想皇上微服出訪時身邊帶有宮外其他女子，當時歸錦也在場，皇上又不避諱，我就沒往別的地方多想。」

「微服私訪是怎麼回事？你跟我詳細說一說。」豆盧欽望追問道。

狄仁傑便把端午節的事和豆盧欽望說了。

豆盧欽望焦心道：「歸錦是怎樣的人，你我還不了解？皇上後宮之中的女人雖然多，可都只是漂亮的花瓶，有幾個能像歸錦這樣？皇上沒和她相處過也罷了，既然一起遊玩過，必定能發現歸錦的特別之處，難怪皇上起了興趣，這可真是不好了！」
狄仁傑一時之間說不出話來。以他現在的身分，想求娶李歸錦，原本就差著幾層，豆盧欽望因尊重他和李歸錦的情誼，所以沒有干涉，還多加鼓勵。若是豆盧欽望執意爭取，他連豆盧欽望也爭不贏……
更何況，他的對手不是豆盧欽望，而是皇上！
他的家族、他自己，哪邊不是倚仗皇上的器重？他用什麼去和皇上搶女人？
豆盧欽望見他表情落寞，著急地搥了他一拳。「你該不會就這樣把歸錦拱手送進宮吧？」
狄仁傑憤然道：「我自然不想！」
豆盧欽望說：「那就得快點想個對策，現在皇上的旨意還沒下來，若真的下旨，就什麼都晚了！」
狄仁傑起身來回踱步。「只能搶先一步了，就算沒十足把握，也得一試！」
豆盧欽望抬眼看他，問道：「你準備怎樣？」
狄仁傑握拳道：「提親！」
豆盧欽望驚訝地看著狄仁傑。平日他總催狄仁傑，要他早點娶李歸錦，可真聽到他要去提親了，心中頓時泛酸，費了好大的力氣，才笑著說：「你早該這樣了，歸錦喜歡你，她爹又疼她，必然會依她。」
狄仁傑說出這些話後，驚覺有好多事要辦，忙說：「既然要提親，我得去求長輩出面，還得知會家裡一聲，是不是還得請個官媒啊？」
兩個大小子都沒經歷過這種事，頓時有點慌了手腳。
豆盧欽望道：「這種事長輩定然知道，還是快回家裡去請教他們要緊。」
狄仁傑點了點頭，回大理寺請假後，就去他二叔父家商量。

豆盧欽望離開茶樓後，獨自走在街上，有些失魂落魄。回想起認識李歸錦之後的種種往事，後悔當初在她面前時脾氣不該總是那麼大，應該更體諒、更尊重她一些，若是那樣，她也許就會喜歡自己，更不會有現在這麼多事……

他牽著馬慢悠悠地朝家的方向晃去，路過衛國公府那條街時，不由得駐足。他的神情若有所思，緩緩走到衛國公府門口，卻沒有進去的打算。
夕陽西下，將他的身影拉得極長，他仰頭看去，望著高高的圍牆，也不知道在等什麼。
「咦？是世子爺。」
一個聲音驚醒了正在發呆的豆盧欽望，他轉頭看去，是一頂兩人小轎從他身旁經過，出聲喊他的，正是李歸錦的丫鬟，琬碧。
李歸錦從轎子裡探出頭來，問道：「世子，你怎麼站在我家門口？是來找我的嗎？」
豆盧欽望獨自在這裡傷懷，卻讓人逮住，面子上有點掛不住。「不是，我的馬扭了腳，恰好停在這裡。」
李歸錦看看平整的石板地，再看看健壯的高頭大馬，抿嘴笑道：「既然是在我家門前，就不要過門而不入，進來喝杯茶，我讓府裡的馬夫幫你看看馬。這麼好的馬，若是因為扭了腳落下傷疾，就太可惜了。」

豆盧欽望心裡想拒絕，但嘴上卻說：「好吧，那我喝杯茶再走。」

李歸錦聽了索性下轎，和他一起步行進府，讓馬夫牽走他的馬之後，請他在前廳坐下。

李歸錦問道：「你騎馬要去哪裡？」

豆盧欽望說：「剛去了一趟大理寺。」

「喔？去找狄仁傑啦？」李歸錦替他上了杯茶，隨意地說著話。

「嗯，和他商量了一件大事。」豆盧欽望答道。

李歸錦以為是吳王和荊王的事，便沒有細問，轉而和豆盧欽望說起自己出門的事。「我今天去靖王別院做客了。你知道靖王吧？他受了皇上的責怪，以至於他兩個外孫女在京城中也受人白眼，所以我去替她們撐撐場面。」

說著，李歸錦笑了一下，自嘲道：「沒想到我也可以替人家撐場面了。」

豆盧欽望道：「京城的風氣便是這樣，若大家都說你好，眾人便來捧你；若有人說你不好，就多得是落井下石的人。」

想到李歸錦很快就會嫁人，之後恐怕再沒辦法像這樣自在談話，豆盧欽望胸口悶得慌，情不自禁地說道：「聽說宮裡在操心妳的婚事，妳是怎麼打算的？」

李歸錦端起茶杯品了一口茶，慢慢問道：「你聽說什麼啦？」

豆盧欽望見她還這樣試探自己，不由得有些惱怒。「皇上想納妳為妃，這樣為難的事，妳卻不跟我說，是覺得我幫不上妳，還是覺得我沒必要知道？事到如今，妳還想瞞我！」

李歸錦望著他，說道：「你別生氣，這種事宮裡沒有確切的消息傳出來，我也不敢聲張。再說，此事若真屬實，跟你說了，也只是為你添麻煩呀。你若是不管我，心裡肯定過意不去；若是管這件事，難不成要為了我去違抗聖意？到時不只是害了你，還會連累姨母和芮國公，教我怎麼安心？」

豆盧欽望焦急道：「所以妳打算將我蒙在鼓裡？妳可想過，若妳真的入宮了，我事後得知，又會怎麼想?!」

李歸錦嘆氣道：「我知道你最關心我，但普天之下莫非皇土，誰能違抗皇上的旨意？你不要為我冒險。」

豆盧欽望目瞪口呆地看著她。「照妳的意思，皇上若是下旨納妃，妳就會遵從旨意進宮？難怪妳會在宴席上出鋒頭，是想引起皇上的注意吧？我倒是看錯了妳，沒想到妳也和那些貪圖富貴的女人一樣，什麼感情都可以捨棄！枉費我和狄仁傑這麼為妳擔心，我還催狄仁傑來向妳提親呢，看來我要趕緊勸他放棄，免得壞了事，阻礙妳進宮的富貴路！」

「你怎麼能這麼說?!」李歸錦被他氣到不行，猛然起身背對他。

豆盧欽望一時氣急，這番話一說出口，他就後悔了。怎麼過了這麼久，他還是這般衝動，如此意氣用事呢?!

「唉，我不是那個意思……」看到李歸錦肩膀微微顫抖，他有些無措。「我是一時心急，可是妳心裡到底是怎麼想的，也該跟我說一說，別讓我猜來猜去，我最不會猜女人的心思了！」

李歸錦轉過身看他，眼中霧氣迷濛。「我是最喜歡自由的人，又最討厭男人三妻四妾，怎麼會願意入宮？得知皇上的心意，也是前不久的事，我在全荷宴上出鋒頭，是為了讓淑妃娘娘忌憚我，讓她反對我入宮。若淑妃娘娘能把皇上勸住最好，不然我還有別的打算，自會看宮中的情況，再決定該怎麼做。」

豆盧欽望鬆了口氣，卻依然責怪道：「妳怎麼能什麼事都一個人扛著？這種事情跟我或狄仁傑商量，豈不是好多了？」

李歸錦搖頭道：「你個性衝動，狄仁傑忠君至孝，告訴你們，只會讓你們憂心。況且，若真的到了要忤逆聖意那天，我不想連累你們，芮國公府和狄家世代基業，怎麼能因我而斷送？」

豆盧欽望悔恨道：「是我錯怪了妳。」

李歸錦擦了擦眼中的淚水，問道：「你剛剛說……你要狄仁傑來向我提親？」

豆盧欽望點頭道：「是啊，要趕在皇上下旨之前才行！這個時候向妳提親，還可以推說不知皇上的心意，到時皇上總不能搶臣子的妻子吧？不然聖旨一下，可就不好辦了。再說，狄仁傑喜歡妳，妳也喜歡他，你們的事早該定下來了。」

聽到最後一句話，李歸錦面色微紅，著急地跺腳道：「誰說我喜歡他了？就你知道……」

豆盧欽望猛然起身，問道：「妳……妳難道不喜歡他？我以為妳喜歡他，才把妳讓給他！」

李歸錦面色更紅，忙說：「你這說的又是什麼話，我難道是貨物不成，還要被你們讓來讓去？」

豆盧欽望著急地說：「妳明知道我是什麼意思……」

李歸錦心臟狂跳，連忙正色阻止他說下去。「先別說這個了，我得趕緊去找狄仁傑，別讓他來提親。他這個時候來提親，對他對我都不好。」

「怎麼說？」豆盧欽望問道。

李歸錦說：「我父親去了吳郡，現在不在家，家裡由二伯父和二伯母主事。看他們兩人的態度，都希望我入宮，現在宮中旨意未下，他們絕對不敢將我許配給別人。若狄仁傑前來提親，他們八成會說我父親不在家，要等我父親回府後再商議。」

豆盧欽望說：「妳父親去了吳郡，這一去一回，至少要到八月才回來，如何等得了？」

「所以提親這法子行不通！」李歸錦又瞪著豆盧欽望說道：「最重要的是，我沒說我要嫁給他，你們倆怎麼就替我決定了這件事？」

豆盧欽望微微有些汗顏，又追問道：「那怎麼辦？」

李歸錦說：「我心中有一計，我們還是先找到狄仁傑，再慢慢說吧。」

第三十四章　行宮避暑

李歸錦與豆盧欽望出門往狄仁傑家去，但狄仁傑不在，小廝說他去了二老爺家。

定然是為了提親的事，找他二叔父商量去了！李歸錦急忙吩咐小廝：「趕緊去把你家大人請回來，就說我和豆盧世子有要事相商。」

狄仁傑得到消息後稍微一想，便知提親之事只怕有變，於是辭別了長輩，趕了回來。

雖已料到提親之事有變，但在聽到李歸錦說不要他提親時，狄仁傑的臉色頓時刷白。

他穩住心神，頗不自在地說：「是我唐突了，沒有考慮妳的想法。」

李歸錦怕他難堪，又把事情解釋了一遍。「提親的事不僅會被耽擱下來，若傳到皇上耳中，還會讓他不快。至於不進宮的法子，我這裡有一個。」

狄仁傑和豆盧欽望聽了，立刻追問起來。

李歸錦說：「你們可曾聽過『唐三世之後，女主武王代有天下』這句傳言？」

狄仁傑和豆盧欽望相視一眼，都點了點頭。

豆盧欽望說：「武連縣公李君羨正是因為這句話而死。」

這句謠言在先皇時期流傳於民間，李君羨因為是武安人，被封武連縣公，都與「武」字相關，且小名是「五娘子」，李世民懷疑他是那個名應圖讖的人，便尋了藉口將他誅殺。

李歸錦知道這句謠言，並不是因為李君羨，而是因為武媚娘。

武媚娘在太宗時期只是一個小小才人，所以在「女主武王代有天下」剛剛傳開時，並未有人聯想到她身上。但幾年後她重新回宮，李治要立她為后時，這句謠言又被人提起，以此反對武媚娘為后。

狄仁傑說：「此等民間傳言，本就無憑無據，所謂石上刻天書，也有可能是有心人故意為之……」

他警覺地問道：「妳突然說起這種傳言，打算做什麼？」

李歸錦說：「歷代皇上不是最信天命嗎？不管是天降祥瑞還是上天示警，就算他心知是有人故意為之，也得謹慎看待這些異象，不然如何治理天下百姓？」

古代帝王的統治學之中，其中很重要的一點就是愚化百姓，讓他們相信天命。

狄仁傑和豆盧欽望聞言，都瞪大了眼睛。

豆盧欽望咋舌道：「我以為我已經夠大膽了，沒想到妳膽子更大，這種話都敢說！妳到底想做什麼?!」

李歸錦說：「若皇上真逼我入宮，我就弄出異象，在一個前朝古物上寫下『李唐天下，命歸錦時』的八字讖語，再找人上呈給皇上，到時御史的摺子必定像雪花一樣滿天飛，我就不信皇上還敢要我！」

「不可！」

「亂來！」

狄仁傑拍著桌子站起身，豆盧欽望則氣得眉毛都豎了起來，兩人全怒氣沖沖地看著李歸錦。

豆盧欽望率先發難。「妳瘋了不成？那八個字會把妳往死處逼，妳不想活了嗎？」

狄仁傑雖沒豆盧欽望那樣怒髮衝冠，卻也是面如寒霜。「讖語不是拿來玩的，妳別胡鬧，一定還有其他辦法。」

李歸錦卻輕鬆地笑著說：「你們不要如此緊張，不到萬不得已，我也不會用這個辦法，就算真被逼得用了這個法子，到時只要我不做李歸錦，變回古閨秀，相信皇上會饒我一命。沒了國公府小姐的身分，恢復我以往的自在生活，我求之不得。」

話雖如此，但狄仁傑和豆盧欽望仍然不同意她用這個法子，因為實在太危險了！

李歸錦只好妥協說：「那好吧，現在就看蕭淑妃娘娘能不能勸住皇上，不過我也不想坐以待斃，我打算再讓皇后娘娘幫幫我。」

豆盧欽望疑惑道：「皇后娘娘？她是個不會忤逆皇上的人，求她還不如求燕太妃娘娘。」

李歸錦搖頭道：「你太小看女人了，皇后娘娘可沒有那麼簡單。我有個法子能讓皇后娘娘達成所願，順道再幫我一把。」

王皇后既然敢利用武媚娘來對付蕭淑妃，就絕不是表面上看起來那麼無害的人。

狄仁傑剛剛才聽過讖語的法子，對李歸錦的主意不太放心，追問道：「妳詳細說說妳打算要皇后娘娘怎麼幫妳，我總覺得妳行事太過凶險！」

李歸錦笑道：「我什麼時候變成這麼不可靠的人啦？」

她對兩人一陣低語，聽得他們連連驚嘆……

豆盧欽望感嘆道：「蕭淑妃娘娘何其明智，她這麼強硬反對妳入宮是對的，不然在妳這樣的算計下，後宮哪還有她立足之地？」

李歸錦嘟嘴道：「我這是被逼的，懂不懂？如果有安穩的日子過，誰願意動這些小心思？況且我又沒有害任何人，是在幫他們！」

狄仁傑嘆道：「這一計攻心為上，倒可一試。妳真是愈來愈讓人驚訝了。」

李歸錦說：「那就這麼辦了。」

狄仁傑說：「倒讓我覺得慚愧，什麼忙都沒幫上，還差點幫了倒忙。」

李歸錦抿嘴笑道：「有你們兩人這樣待我，高興都來不及了。」

她這句話各在狄仁傑與豆盧欽望心中引發一些想法。

想到要提親而未能提成，狄仁傑有些尷尬，也有點拿不準李歸錦對他到底是怎麼想的。真的是因為時機不合適才不讓他提親，還是因為不想和他成親才婉言阻止？想到這裡，他心情相當複雜。

而豆盧欽望則很舒坦，李歸錦不讓狄仁傑去提親，他不禁感到竊喜。雖知這不該是君子所為，卻又忍不住慶幸，甚至覺得自己誤會了什麼，也許李歸錦真的只是把狄仁傑當朋友，那自己是不是還有希望呢？

三人各有所思，一起用過晚膳後便各自回家了。

李歸錦到家時，李二夫人在南院等她，她滿臉喜色地迎上前去說：「歸錦啊，怎麼這麼晚才回來？快來，二伯母有個好消息要告訴妳！」

李歸錦心中打了個突，該不會宮中有確切的旨意下來了吧？

「二伯母，有什麼喜事啊？」李歸錦有些忐忑地問道。

李二夫人拉她到花廳坐下，說道：「六月十三日是皇上的生辰，皇上打算去萬年宮避暑，並在那裡過生辰，下旨要妳一起去。三日後啟程，九月上旬歸。」

「我要去陪駕？」李歸錦吃了一驚。李治竟然要她去行宮陪駕！

李歸錦有些慌了，他這是要做什麼？

「二伯母，這次去萬年宮的人還有誰呀？」李歸錦臉色微沈地問。

李二夫人說：「聽傳話的公公說，皇后娘娘和燕太妃娘娘都要去，還有徐婕妤娘娘，但是蕭淑妃娘娘卻被留在宮中主持內務。」

李歸錦心頭又往下沈了一些。李治突然說要去行宮避暑，還單獨留下蕭淑妃，可見他是被煩到不行，有意躲開她。看來蕭淑妃的力量，還不足以讓李治放棄。

李治點名要她陪駕去行宮，極有可能是做給蕭淑妃看的，這可難辦了……

李二夫人高興地說起去行宮要準備的事宜，李歸錦出神地坐著，任由她口沫橫飛。李二夫人以為她受寵若驚，一時之間有些緩不過神，便沒把她的態度放在心上。

萬年宮原名九成宮，是唐代皇室避暑勝地，今年李治才為它改了名字。

李歸錦對萬年宮並不陌生，因為她前世見過〈萬年宮銘〉的碑石，那是李治親自撰寫的，他稱讚萬年宮「復澗澄陰，扇炎風而變冷；重巒潛暑，韜夏景而翻寒」，雖仙都閬苑不能及也。

當然，眼下這個時候，這篇銘文還沒有出現。

此前也有人特地描述過萬年宮，據說萬年宮以紅砂丹墀為階、粉色香椒為牆，雕欄玉砌，茅茨瓊室，是座十分奢靡的避暑行宮。

若無煩心之事，李歸錦倒是十分期待這次出行，只可惜……

萬年宮位於麟遊縣西天臺山上，皇上的聖駕走得慢，用了足足一整天才到達萬年宮。

宮裡早有宮人提前準備好一切，但因天色已晚，李歸錦陪燕太妃用過晚膳之後就歇下，一切問安及宮苑佈置，都等到明天再做打算。

琬碧是跟著裝箱籠的馬車過來的，她監督太監安置好李歸錦的箱籠後，來到李歸錦的寢殿外間歇下。

李歸錦聽到聲響，起床端著燭檯出來問道：「琬碧，妳吃過了嗎？」

琬碧連忙接過燭檯說：「我跟著宮女姊姊吃過晚飯了。大小姐快睡吧，坐了一天馬車，肯定累了。」

李歸錦說：「我半天不見妳，怎麼睡得著？妳再不來，我還當妳跟丟了呢。」

琬碧笑道：「謝謝大小姐關心。我來的路上遇到豆盧世子了，他在打聽大小姐的住處，我們多說了幾句話，所以晚了。」

李歸錦訝異道：「世子也來了？」

琬碧點頭說：「是呀，他說他現在是皇上的侍衛隊長，若大小姐有事，儘管叫我去找他，他把他的住所和值班房位置都告訴我了。」

李歸錦聽了，心中更安定了一些，有豆盧欽望在皇上跟前，若皇上有異常舉動，她也能提前知曉。不過她也有些擔心，怕豆盧欽望因為她而忤逆皇上。他現在是御前親兵，若有異心，是要殺頭的！

她叮囑琬碧。「沒我的吩咐，不得隨意去麻煩世子，知道嗎？若找不到我，或危機當頭，去找太妃娘娘就行了。」

琬碧認真記下，李歸錦摸了摸她的頭說：「咱們都趕緊睡吧，明天一早要去向皇后娘娘和其他娘娘請安呢！」

琬碧點了點頭，熄了燈，與李歸錦各自歇下。

萬年宮的清涼殿中，皇后側臥在燭光下，由王嬤嬤為她輕揉太陽穴，一解舟車勞頓。

王嬤嬤按了半晌，見她眉頭依然皺著，便說：「皇后娘娘還是覺得頭疼嗎？依老奴看，您還是得放寬心……」

皇后睜開眼，嘆道：「個個都不省心，我又如何寬心！如今皇上比少年時更荒唐，他當初因武媚娘之事，將先皇氣得臥病在床，太子之位險些不保，如今又要納自己的外甥女為妃，眾大臣如何能依他？」

王嬤嬤笑著勸道：「皇上想納李小姐為妃，恐怕是不行，不說別的，淑妃娘娘這次就使了全勁跟皇上作對呢……」

「她又能如何？這不是被皇上獨自丟在宮裡了？」皇后想到蕭淑妃被冷落，不禁感到痛快。她從成為太子妃至今，除了名分，處處都被蕭淑妃壓著。

王嬤嬤說：「皇上愈是如此，淑妃娘娘愈不會同意李小姐進宮。您想想，李小姐尚未進宮，皇上就能為了她而赦免被先皇流放的罪臣，還為了她跟淑妃娘娘生分，若是進了宮，淑妃娘娘還能有安心日子過嗎？」

皇后冷笑道：「聽說蕭淑妃還在宮裡大放厥詞，說我與虎謀皮，她以為李歸錦是我安排到皇上跟前的呢，讓我好生冤枉。」

王嬤嬤眼神一轉，在皇后耳邊輕聲道：「不過，老奴也有些擔心，如今李小姐在宮外的名聲日漸高漲，可見她不是個簡單的人物，皇后娘娘最好別讓她進宮……」

「是嗎？她在宮外有怎麼樣的名聲？」皇后問道。

王嬤嬤便將宮外的一些傳聞說給她聽，皇后聽了半晌，嘆道：「難怪皇上如此掛心，不僅是個美人，還有才氣。她若能進宮治治蕭淑妃，我倒也能睡個安穩覺。」

王嬤嬤連忙說：「這可使不得。她若真的進宮受寵，只怕不日就會誕下皇子。憑她的身分，她生的皇子就和蕭淑妃生的一樣，是可以成為儲君的，皇后娘娘如何能讓這樣的人進宮？若是為了對付蕭淑妃，皇后娘娘忘記感業寺那位了嗎？那位的身分擺在那裡，用起來可安全多了……」

提起武媚娘，王皇后問道：「她最近如何？皇上又去看她了嗎？」
王嬤嬤說：「皇上最近不得空，一直沒去看她。她不知從哪裡聽說了李歸錦的事，急得不得了，前幾天才跟老奴傳信，求皇后娘娘幫幫她呢！」
「幫她……我倒是想幫她，可皇上的心若不在她那裡，如何幫？」皇后一臉煩惱。
王嬤嬤聞言，又在皇后耳邊一陣嘀咕。「……她說想如此進宮呢……」
皇后從床上坐起，睜大眼睛說道：「她這是嫌皇上還不夠煩，可使了勁地添亂呢！」
王嬤嬤笑著說：「皇后娘娘不覺得這是件好事嗎？皇上若因為得不到李小姐而動怒，皇后娘娘就用武才人娘娘去彌補皇上，皇上得到補償，一定會念著皇后娘娘的好。」
「容本宮再想想……」皇后雖然有些心動，卻仍拿不定主意。
這一夜，皇后睡得格外遲，以至於第二日起床時，眼下有深深的青黛，隨駕到行宮的宮人來向她請安時，她的神色也有些懨懨。
當皇后看到隨燕太妃來向她問安的李歸錦時，她一身翠青的長裙、鵝黃的綬帶，顯得朝氣蓬勃。想到自己比她大不了幾歲，卻因長年的宮中生活操心勞累，竟如一個老嫗般死氣沈沈，心中越發沈悶。
李歸錦向皇后請安，燕太妃又向她介紹在座的徐婕妤及劉氏、鄭氏、楊氏三位宮人。
劉氏、鄭氏、楊氏三位分別生了忠皇子、孝皇子和金皇子，但因出身卑微，得不到名分。她們平日得不到聖恩，這次能陪駕到萬年宮，全是因李治和蕭淑妃鬧脾氣。
李治將宮裡該帶的、不該帶的人全都帶了出來，偏偏不帶蕭淑妃，倒真是將蕭淑妃氣得在床上躺了兩天。

她們三人誠惶誠恐慣了，見李歸錦向她們問好，紛紛表示不敢當，連位子也沒敢坐，如宮女一樣，親自為皇后奉茶。

皇后倒也不在乎她們三人，客套地對李歸錦說：「妳第一次來行宮玩耍，不要拘束，若有什麼需要，只管同本宮說，想去哪裡就去哪裡，只是得帶著宮人。行宮太大，又有山林，不要跑得找不到路。」

李歸錦笑著說：「謝皇后娘娘關愛。我什麼也不缺，就想多陪皇后娘娘說說話。若皇后娘娘想找人說話，或是遊園、賞花、戲水，一定要帶著我。太妃娘娘嫌我太吵，都不樂意與我久坐，也不願意同我遊園呢！」

燕太妃笑道：「多大的人了，頑皮起來卻如猴兒一般。我老了，怕吵，妳要玩耍，就來給皇后解解悶。」

皇后有些愕然，這一老一少話裡話外都是親近她的意思，到底是何意？是為李歸錦將來入宮後找靠山嗎？

殿中的女人們正閒話家常，突然一聲高唱：「皇上駕到——」

李治穿著明黃色的常服，興致勃勃地大步走進來，眾人紛紛起身見禮。

李治神色歡喜地說：「朕就知道妳們一定都會來向皇后請安，所以朕直接過來了。妳們昨晚睡得如何？在這裡住得可習慣？」

皇后讓出主位給皇上坐，自己則坐在下首。她輕聲說道：「謝皇上關心。臣妾們住得都好，不知皇上昨夜睡得可好？臣妾聽說您昨晚與眾臣有事相談，未敢前去打擾。」

李治點頭笑著說：「嗯，這裡比長安涼快，又安靜，朕的頭風都好了，覺得十分有精神。」

是因為沒有人煩他了吧！李歸錦很壞心地想著。

李治又看向李歸錦，說道：「錦兒，聽說妳和太妃娘娘擠在安壽殿？這裡多得是宮殿，妳大可挑個自己喜歡的，沒必要委屈。」

李歸錦起身回話說：「回皇上，我和太妃娘娘一起住，一點也不委屈，歡喜還來不及呢。我自幼與太妃娘娘分離，有這個機會多陪陪她老人家正好。」

她這麼說，李治倒也沒什麼可挑剔的。「妳這麼孝順，太妃娘娘可有福氣了。」

他又問：「妳最近得了什麼新奇玩意兒沒有？說來給朕聽聽。」

李歸錦搖頭道：「最近並沒有上街。」

她刻意不想與李治聊天，誰知他卻說：「妳沒有，朕有。走，朕帶妳去看〈九成宮醴泉銘〉，那是先皇在此鑿得醴泉時，命令大臣所立的碑，上面的銘文與書法，一般人可見不著。」

李治一直和李歸錦說話，還討好似地要帶她出去玩，使殿中眾人臉色都有點不好看。

李歸錦不想和李治單獨出去，趕緊說：「我剛答應陪皇后娘娘遊園，皇上不如帶大家一起出去逛逛，碑銘要多人欣賞才好看，我聽說徐婕妤在書法上也很有研究。」

李治點頭道：「的確。徐婕妤也喜歡這些，那大家就一起去看看。」
李歸錦這是刻意抬舉徐婕妤，徐婕妤不禁感激地看了她一眼。
萬年宮很大，眾人遊園遊到一半時，太陽已經高升，有些曬人。
燕太妃說自己上了年紀，有點累了，想要休息，李歸錦便要服侍她回去。李治雖然不想讓她走，但李歸錦一片孝心，他也不好開口阻止，便派人送她們回安壽殿，自己則帶著王皇后和徐婕妤繼續賞景。
皇后有些困惑地看著李歸錦離去的身影。她在宮中見多了想盡一切辦法在皇上眼前打轉的，卻沒見過這樣錯過大好機會的。
王嬤嬤像是感嘆一般，低聲說了句。「李小姐像是故意避開皇上似的……」
皇后恍然大悟。李歸錦要和燕太妃一起住不願單獨居住，她還說想多陪陪自己，皇上邀她遊玩她也要拉著眾人……這種種舉動分明是在避嫌，她不想進宮！
想通了這一點，皇后心中頓感舒暢，覺得李歸錦那張漂亮的臉蛋看起來更賞心悅目了。
護送燕太妃和李歸錦回安壽殿的人正是豆盧欽望。待一行人走得離皇上有些距離了，李歸錦便對豆盧欽望豎起了大拇指。
豆盧欽望不明所以，問道：「這是何意？」
李歸錦笑著說：「你穿鎧甲的樣子真帥氣！但是……熱不熱啊？」
豆盧欽望得到誇獎，有些得意。「能穿上這一身可不簡單！瞧起來好看，但這身行頭很重，又悶得很，我背上、腰上都長痱子了！」

燕太妃在一旁聽了，說道：「我那裡有些藥粉，歸錦妳回頭拿一些給他用，這麼好的小夥子，可別悶壞了。」

燕太妃這一段話，說得別有涵義。

豆盧欽望大喜過望，連忙道謝，李歸錦則有些吃驚地看向燕太妃。

回到安壽殿，燕太妃命宮女找出消痱子的藥粉，遞給李歸錦。「妳拿去給望兒吧。」

燕太妃看著芮國公夫人長大、嫁人、生子，對豆盧欽望自然也十分熟悉。

李歸錦臉色泛紅地問燕太妃。「太妃娘娘要賞賜藥粉，直接讓世子進殿，賞賜給他就是，為什麼還要我拿出去給他？」

燕太妃笑道：「妳都誇了他一句『真帥氣』，我老太婆也不是個不解風情的人，這個順水人情還是能送。」

李歸錦臉色更紅了。「太妃娘娘誤會了！我平日和世子說笑玩鬧慣了，沒別的意思。」

「既然是玩鬧慣了的朋友，要妳拿藥粉給他，也不是什麼大事，妳又何須在意？」燕太妃拿李歸錦的話反問她。

李歸錦說不贏燕太妃，滿臉通紅地拿著藥粉走到殿外，塞到豆盧欽望手上。「給你！」

豆盧欽望見她一副很熱、很急躁的模樣，便說：「妳走慢些就是了，這麼急匆匆跑出來做什麼？看妳滿頭大汗，我多等一等又不要緊。」

李歸錦瞪著他，說道：「我才不是怕你久等了。」

豆盧欽望疑惑道：「那妳滿臉通紅的是怎麼了？不是走急了熱的？」

李歸錦大窘，一時有些語塞。「不要你管……你拿了藥粉還不走嗎？原來在皇上跟前當差這麼輕鬆，一點也不趕時間啊？」

豆盧欽望笑著說：「皇上現在陪著皇后娘娘和婕妤娘娘，一時半刻也不會吩咐我當差，若他問起來，我就說是妳拉著我說話，才耽擱了。」

「賴皮，為什麼往我身上推？快走快走。」李歸錦說著就要趕他離開。

豆盧欽望偏不走，反倒說：「妳別急著攆我，我有正事要和妳說。」

李歸錦收手，問道：「怎麼啦？」

豆盧欽望眼看四下無人，便低聲說道：「皇后娘娘那邊已經有人吹過風了，一有機會就會向皇上進言。」

李歸錦吃了一驚。「這麼快？你怎麼知道的？」

豆盧欽望說：「現在我對宮裡比較熟了，打聽消息自有門路。具體的經過妳就別問了，妳自己得抓緊機會。」

李歸錦點頭道：「我知道了。我最近會先躲著皇上，若真躲不了，我再和皇上說，想必他的感受更明顯。」

豆盧欽望叮囑道：「妳說的時候小心一些，千萬別惹了聖怒，不然可就得不償失了。」

李歸錦要他放心，旋即回到安壽殿。

第三十五章　動之以情

燕太妃正靠在椅上休息，見李歸錦回來，便笑咪咪地問道：「送個藥粉用了半炷香的時間，妳還跟我打馬虎眼？」

李歸錦頭疼道：「太妃娘娘！您現在和我……和古護衛之前一樣了，滿心只想把我嫁出去，只怕是個正常男兒，你們就要考慮，是不是？」

燕太妃招手要她坐到身邊。「先前我就在幫妳相看合適的人家，但被皇上一攪和，什麼都擱下了。妳當初說要嫁一個合妳心意的，那副模樣很是坦蕩，我還以為妳不會在兒女私情上害羞呢，怎麼現在說起正經事，妳又滿臉通紅？」

李歸錦搪塞道：「我是要找個合心意的啊，這不是還沒找到嗎……」

燕太妃問：「我看妳和望兒就很合得來，有說有笑的，怎麼不合心意了？妳不喜歡他？」

李歸錦說：「不是不喜歡，是……」

想要正經地解釋一番，李歸錦卻不知道要怎麼講才好。

燕太妃乘機勸道：「望兒他出身好，家中只有他一個嫡子，他母親又疼妳，就算不說這些，就說望兒本身的長相、才能，哪點不好？當初他可是在宮中比武時得了先皇賞賜的，那時他才十幾歲，多少人家想把女兒嫁給他，可他誰都不要……時間久了，還傳出不好的傳聞……但我看他待妳十分用心，可見這都是緣分，他等的就是妳呢！」
燕太妃說得李歸錦一顆心亂糟糟，她和豆盧欽望之間的事，她自己都沒理清楚，只能順著燕太妃的話問：「京中傳過什麼樣的傳聞？」
燕太妃猶豫了一下，說道：「這些事也不怕妳知道，本來就是些無稽之談，妳聽聽就是了。望兒這孩子長相像他母親，十分漂亮，這幾年他在軍中歷練，人曬黑了，身體也結實了不少，可他少年時，真如姑娘家一般漂亮。
「十幾歲開始，就有人上芮國公府議親，但這孩子和妳一樣胡鬧，不願意成親，後來又傳出他十四歲那年殺了一個貼身丫鬟，漸漸的，就有人說他不喜女色、好男風……阿姮為這件事操碎了心，但望兒卻根本不顧忌那些傳聞，一心投在軍營裡，之後上芮國公府議親的人就少了，他的婚事也拖了下來。」
聽著這些，李歸錦想到在并州聽過的一些傳聞。并州衙役曾說豆盧世子最討厭別人說他長得漂亮，說他曾因此被芮國公嫌棄，丟他在軍營裡摸爬滾打多年。
她又想到豆盧欽望之前對她說的一些話，他說：「京城的風氣便是這樣，若大家都說你好，眾人便來捧你；若有人說你不好，就多得是落井下石的人。」
當時她未聽出他的惆悵之意，現在回想起來，不禁有些心疼。他只怕是有感而發，當初被流言困擾的日子，一定很難熬吧？
燕太妃見李歸錦陷入沈思，以為她介意這些傳聞，便說：「這些流言等望兒成親生子，就不攻自破了，不用放在心上。」

李歸錦卻想著另一件事。「他為什麼殺他的丫鬟？」

之前芮國公府的丫鬟也說豆盧欽望十四歲之後就不用丫鬟，身邊只有小廝伺候。

燕太妃說：「那丫鬟倒不是他殺的，是自殺。她是芮國公府為望兒安排的通房，望兒不同意，把丫鬟連人帶衣服丟出了房間，那丫鬟一時想不開，回房就上吊自盡了。」

「啊……這樣就自殺……」李歸錦十分唏噓。

燕太妃笑著說：「其實這也能看出望兒不是個隨便的孩子，以後會一心一意待妳的。」

李歸錦被燕太妃逼得不得不冷靜下來，認真思考……

之前她覺得豆盧欽望脾氣衝動、心高氣傲，言行有時會讓人很生氣，但不管是吵架還是賭氣，她從來沒討厭過他，反倒會因豆盧欽望對她的關懷而感動，但若說這就是喜歡的話，她又覺得不對。

她在心中大罵自己是笨蛋，連自己的感情都弄不清楚，難怪兩輩子都嫁不出去！

什麼是愛？她要和怎麼樣的人結婚？她能躲避婚姻到什麼時候？

李歸錦想得頭痛，搖頭道：「太妃娘娘，我不知道，我真的不知道……」

燕太妃說：「傻姑娘，這有什麼好著急的？」

她看著李歸錦，眼中的笑意止不住地蕩漾開來。

李歸錦因為弄不清自己的心意而苦惱，李治也在為摸不清李歸錦的心意而發愁。

自從來到萬年宮，每次他派人去宣李歸錦來作陪，李歸錦總是在皇后跟前而不得空，不是幫皇后抄佛經，就是幫皇后蒔弄花草，還有一次，兩人竟一起做一種叫做「瑜伽」的奇怪動作。

她們的關係何時變得這麼好了？

李治不知道皇后對他要納李歸錦入宮之事到底抱持什麼態度，所以也不敢強行把人從她面前帶走。

偏偏李歸錦像是故意似的，總是對他派去的人說：「皇上找我有什麼事嗎？為什麼不能直接說？皇后娘娘有什麼不能知道的嗎？」

或者說：「皇上要請我們吃鹿肉？好呀，皇后娘娘咱們一塊兒去嚐嚐。」

再不就是說：「等我和皇后娘娘把這段字抄完，我們就一起去陪皇上說話……」

幾次下來，李治興致沒了，心想李歸錦滿身的靈氣和機靈也不知上哪兒去了，他甚至有些懷疑自己當時的感覺出了錯。

這天他剛與大臣商議完生辰宴的事，覺得在殿裡坐了一下午，有些氣悶，便去園子裡散步。

正是夕陽西下之時，他遠遠就看到一群侍衛圍在湖邊的涼亭裡，人群中傳出歡快的笛聲和歌聲，十分熱鬧。

李治對身邊的侍衛說：「悄悄去看他們在做什麼，不要驚動任何人。」

侍衛察看後回稟道：「回皇上的話，是衛國公府的李小姐帶人採蓮花，唱起了江南小調，豆盧大人帶人巡視時聽見了，就以笛聲相和。宮女與太監被帶動，紛紛唱起了自己的家鄉小曲。」

李治聽了覺得很有趣，便走上前去看。只見李歸錦抱著一捧蓮花，正坐在涼亭裡唱小調，豆盧欽望站在石桌旁吹笛，一旁的宮女與太監有的唱和，有的打著拍子，其樂融融。

「採蓮南塘秋，蓮花過人頭。低頭弄蓮子，蓮子清如水……」

雖然歌聲算不上特別好，但是嗓音中的歡快和恣意，讓李治覺得十分快活，心情也跟著放鬆了。

不知是誰先驚呼了一聲「皇上」，涼亭中的歌聲和笛聲戛然而止。

眾人轉身看到不遠處的李治，紛紛高呼「皇上」，一個個跪下請安。

李治突然覺得自己是那個讓大家掃興的人，要眾人平身之後，他說道：「你們繼續唱，唱得很好聽。」

話是這麼說，但是剛剛那種自在的氣氛終究消失無蹤。

李歸錦請李治到涼亭中坐下，豆盧欽望收起橫笛，與侍衛在他周身保護，而先前玩樂的宮女與太監則紛紛退下。

李治問李歸錦。「妳剛剛唱的是南朝樂府的〈西洲曲〉吧？」

「是，唱得不好，讓皇上見笑了。」李歸錦答道。

李治饒有興致地說：「不，唱得很好聽。妳還會唱什麼？」

李歸錦搖頭道：「因為唱得不好，所以學得也少，拿得出手的只有這首了。」

李治聽了，卻覺得是李歸錦在他面前放不開。

剛剛那般靈動的李歸錦，讓李治有點不捨，於是他便對身後的桂公公說：「讓人把船划來，今天的晚膳朕要和錦兒在船上用。」

李歸錦不禁愕然，豆盧欽望的臉色也不是很好看。

似是猜到李歸錦要拒絕，李治補充道：「錦兒該不會又要掃朕的雅興吧？」

李歸錦強笑道：「怎麼會，只是我今天採蓮玩耍出了一身汗，還望皇上准我回去梳洗一番。」

這個要求李治自然應允。「那妳去，朕在船上等妳。」

李歸錦抱著蓮花匆匆離去，回到安壽殿梳洗後，她換了身灑金長裙，又重新梳了個單螺髻，其餘頭髮披散在背後。而後又找出一條頭巾，配以珍珠，串戴在頭上。

她這一身打扮頗有異域風情，卻不會太誇張。

李歸錦叮囑琬碧：「我今天若是亥時初還未回來，妳就去請太妃娘娘到穹洲池找我。」

交代完之後，李歸錦趕到穹洲池邊，只見豆盧欽望帶著侍衛守在湖邊。

見到她，豆盧欽望走上前，懊悔地說：「我今天不該拿笛聲逗妳玩耍，惹來皇上注意。」

李歸錦搖頭道：「沒事，我正好有些話要對皇上說，差不多是時候了。」

豆盧欽望不放心地說道：「皇上只帶了桂公公上船，妳要多加小心，若真有事，我就在岸邊，儘管出聲喊我。」

李歸錦對他笑了笑，就走上船去，豆盧欽望卻心如刀割，害怕皇上會對她怎麼樣……

飲。

李治坐在由九龍圖案桌布鋪就的圓桌旁，清風徐徐吹進船艙，十分愜意，他正自斟自

伴隨著蓮香，李歸錦提裙而入，別緻的打扮讓李治一陣恍惚。

她的灑金長裙在夕陽餘暉下，顯得熠熠生輝，頭巾和長髮隨風飄動，讓人心隨之浮動。

聽到李歸錦向他行禮問安，李治回過神，問道：「妳這可是波斯女子的打扮？有意思。」

李歸錦答道：「皇上英明。我這頭巾的確是波斯女子常用的東西，只這衣衫並不是，我只是學了個大概，胡鬧罷了。」

李治搖了搖頭說：「不，朕覺得好看，除了波斯進貢的舞姬，朕倒是第一次看到女子這樣打扮，很特別。」

李歸錦笑著說：「皇上就會哄人開心，怎會是第一次看到呢？」

李治說：「朕怎會說假話？平日宮中的確沒人這樣穿。」他要李歸錦坐下。「今日良景如斯，妳要陪朕痛飲兩杯。」

李歸錦依言陪他喝了一杯，放下酒杯後，她輕聲說：「我這樣穿戴，全是因為皇上。難道皇上忘記了嗎？我們第一次見面是在西市，您為媚娘買了許多頭巾和面巾，我頭上這一條，正是媚娘贈予我的。我與媚娘逛街時，還曾談論過波斯女子的裝扮，難道她沒這樣穿給您看過？」

李治一陣出神，望著李歸錦發愣了一會兒，才說：「是啊，媚娘也戴過這樣的頭巾。」

李歸錦繼續說：「來萬年宮之前，我還去看過媚娘一次，聽說您好久都沒有去看她了，她很掛念皇上。」

李治低頭嘆道：「事務繁雜，實在脫不了身。」

李歸錦又說：「在長安，有千萬隻眼睛盯著皇上，皇上自然不敢隨意去探望她，她也不會怪皇上。只是此時既然到行宮來了，沒了御史言官盯著，淑妃娘娘又不在，皇上若還記得媚娘，大可把她從感業寺接過來小住兩日。只要不聲張，誰敢說些什麼不成？」

李治驚訝地看著李歸錦。「妳膽子倒大。」

話雖如此，他卻認真思索起李歸錦的提議。「皇后那裡未必瞞得住……」

李歸錦說：「行宮裡的宮人和後宮裡的不一樣，沒人敢向皇后娘娘報信，再說，就算皇后娘娘知道了，她一向仁德大度，相信她不會為難皇上和媚娘。有一次我去感業寺，還看到皇后娘娘的人訓斥那些欺負媚娘的尼姑呢！」

「喔？還有這樣的事！」李治很是驚訝。

經過李歸錦一番勸說，李治終究動了心，派桂公公連夜去感業寺，悄悄把武媚娘接來。

將桂公公遣走之後，李治有些內疚，本來他打算好好與李歸錦吃頓飯、聊一聊，怎知心思竟放到了別的女人身上。

「好了，不要再說媚娘，省得掃了妳的興致。」李治說道。

李歸錦訝異地說：「怎麼會？常聽人言『煢煢白兔，東走西顧；衣不如新，人不如故』。皇上眷戀故人，讓我十分羡慕媚娘，我以後也想找一個這樣專情待我一人的良人。」

李歸錦話一說完，李治才剛舉起的杯子，就這樣頓在半空中。

她先誇他對媚娘念舊情，又說自己要擇一個專情的良人……他如何能專情於兩個人？這丫頭是在拐彎抹角地拒絕他，還是根本不知道他對她的心思？

見李治猶豫，李歸錦乘機說：「皇上今晚不如少喝兩杯，等明日媚娘來了，再開懷痛飲也不遲。」

李治放下酒杯點點頭，不知怎的，他覺得有些失落，也有些啼笑皆非。

他身為皇上，頭一次被女人拒絕，最重要的是，他不知道她是真拒絕，還是真糊塗……

李治無奈地說道：「妳啊，教朕說什麼才好？妳能把皇后和媚娘都哄得那麼喜歡妳，怎麼就不懂得哄朕開心？」

李歸錦抿嘴笑道：「皇上息怒，我不會哄皇上開心，是因為我知道一時的開心並不永久，一時的好也不會長遠。我希望皇上順泰安康，希望皇上選擇最適合、最好的留在身邊，不要因一時的錯覺而走偏了……」

李治恍然大悟，她果然很聰明，原來她什麼都明白，現在正想法子讓他也明白呢！

他一把扣住李歸錦的一隻胳膊，逼視著她，問道：「妳就篤定朕會如妳所願？這天下都是朕的，朕為何要選擇？為何要捨棄？」

「皇上！」李歸錦有些緊張，第一次真切地感受到皇權的威迫。

什麼叫高高在上？什麼叫唯我獨尊？李治看似平和親民，但他是這國家唯一一個可以任意索取之人，他的意志無人敢違，當他暴怒時，她拿什麼去抵抗？

李歸錦身體微顫，鼓起勇氣說道：「天下萬物、萬民自然都是您的，可感情不隨人心控制，如何能夠禁錮？捨棄是犧牲原本屬於您的，而放手是放下那些從來不是您的。請不要捨棄媚娘，她對您情深意重；請您對我放手，您是我最敬重的皇上……」

李治愣住了，他靜靜看了李歸錦好一陣子，突然仰頭大笑。「是朕糊塗了，感情之事如何能勉強？當初朕也是這麼對媚娘說的，她才隨了自己的心意跟隨朕，朕竟然差點忘了。」

他鬆開李歸錦，坐回位子上，精神突然顯得委頓。

李歸錦早已嚇出一身冷汗。她不知李治現在心裡怎麼想的，又打算如何處置她，萬一他覺得他的尊嚴受損，她就危險了！

良久，李治才說：「天色不早，妳回去休息吧，朕有些想念媚娘了。」

李歸錦懸在喉嚨的一顆心，終於落回胸膛裡。

她踉蹌地走下船，兩腿有些打顫。穹洲池上的風一起，吹得她身姿有點搖晃。

雖然只是在船上吃了頓飯，李歸錦卻覺得自己在閻王殿走了一遭似的，生死都在李治的一念之間。

豆盧欽望迎上前來，一把扶住她，關切地問道：「妳沒事吧？」

李歸錦慘笑道：「好險，差點惹皇上生氣。不過還好，我沒事，往後應該也無虞了……」

豆盧欽望大喜，問道：「妳是說……皇上沒有納妳為妃的心思了？」

李歸錦點了點頭。

豆盧欽望壓住要把李歸錦擁入懷中的衝動，以拳擊掌說：「太好了，可把我擔心壞了！」

他表現得非常雀躍，忽然又覺得這樣不太合適，趕緊補充道：「我明天讓人把這個消息告訴狄仁傑，他這下能睡個安穩覺了。」

李歸錦望著他笑了笑，沒有說話。

豆盧欽望見她的鬢髮都濕了，貼在臉頰上，便說：「妳剛剛肯定受驚了，我送妳回去吧。」

李歸錦回頭望了望船的方向。「你留在這裡吧！皇上一個人在船上，一會兒就會下來了。」

豆盧欽望走不開，只得任由李歸錦一個人回去。

李歸錦走在回安壽殿的路上，突然見到前方一片燈火輝煌，兩列宮女提著宮燈引路，是皇后的儀駕。

領路的宮女見到她，歡喜地稟報說：「皇后娘娘，是李小姐。」

皇后走上前來，上下打量著李歸錦，一手輕撫胸口，說道：「聽說妳被皇上召了過去，還好妳沒事。」

「皇后娘娘！」李歸錦沒料到皇后會因為擔心而親自來找她，不禁有些動容。

皇后牽起她的手，說道：「既然沒事，就回去吧，太妃娘娘還在擔心妳呢！」

「嗯。」

兩人一起往安壽殿走去，路上皇后說起來找她的原因。

近日來，李歸錦時常去找皇后說話，漫漫長日，女人之間能聊些什麼呢？自然是美容保養的話題。

李歸錦費盡心思將一些女子養生、保健、美容的現代知識都搬了出來，像製作花茶、做牛奶面膜、練瑜伽等，都是皇后從來沒聽說過的東西。

皇后羨慕李歸錦膚白美貌、身段又好，便在李歸錦鼓勵下跟著一起弄這些玩意兒，不知不覺間，兩人的關係一下子親近起來。

今天她本來要找李歸錦去她那裡試試黃瓜保濕面膜，看宮女做的對不對，誰知燕太妃卻告訴她，李歸錦被李治召到穹洲池的船上用晚膳。

念在李歸錦這些天纏在她跟前的用意，想到不能讓這樣一個奇特的姑娘變成爭寵對手，皇后便坐不住，親自擺駕到穹洲池「救」李歸錦。

燕太妃見李歸錦安然歸來，也是鬆了口氣，在安壽殿擺晚宴答謝皇后。

皇后說：「太妃娘娘何必謝我，我還沒到穹洲池，她就已經下船了。說起來，皇上怎麼這麼早就放妳下船？只怕晚膳都沒用完吧？」

李歸錦說：「嗯，喝了兩杯酒，說了兩句話，皇上就讓我回來了。」

皇后不解，問道：「這是何意？」

李歸錦不敢說武媚娘的事，怕皇后知道她和武媚娘有聯繫，便說：「皇上英明，聊天之間他看出我的心意，說感情之事不可勉強，皇上乃九五之尊，又怎會勉強我一介女子屈尊於他？便讓我下船了。」

皇后心中忽然掀起驚濤駭浪，冷笑道：「他……是這麼說的？」

她想起她剛剛嫁給李治做太子妃的那段時光。

李治性格平和，她恭順貌美，少年夫妻十分恩愛，但在蕭淑妃進太子府做良娣之後，這一切都變了。

蕭淑妃有數不盡的花樣哄李治開心，即使耍性子、發脾氣，也是風情萬種。她卻做不來這些，眼看著李治的心離自己愈來愈遠。

她曾試圖挽回，也在他面前哭訴過，可是李治卻對她說：「我沒辦法勉強自己的心意，我喜歡她，妳莫要為難她，也別苦了自己。妳放心，既然妳是我的太子妃，我就不會讓妳失了體面，妳該有的尊榮，我不會讓其他女人奪去。」

如今，已經從太子妃成為皇后的她再次聽到類似的話，恨意不減反增。既然皇上如此順從自己的心意和感情，那麼她也不介意利用感情來報復蕭淑妃，以補償她多年的心酸和委屈！

皇后揮了揮手，要安壽殿眾宮女都退下去，對燕太妃說：「太妃娘娘，如今蕭淑妃一個勁兒地給皇上添亂，皇上身邊又沒有一個知心的人……本宮想把武才人接回宮以慰帝心，只是武才人的身分尷尬，想接她回來並非易事。關鍵時刻，還請太妃娘娘幫襯。」

燕太妃面色和善地笑道：「後宮之中，蕭淑妃已不足為懼，皇上現在聽不進她的話。朝廷中雖然會有反對的聲音，但自有討好皇上的人，妳請兵部侍郎出面說兩句話，自有人應和，皇后只要拿出態度就行了。只要帝后同心，什麼事辦不成？皇后如此體貼皇上，皇上若知道了，定會感念妳的賢慧。」

兵部侍郎柳奭是王皇后的舅舅，在朝中的地位舉足輕重。

皇后眼神一亮。「如此……我知道了。」

接下來幾日，李歸錦照例去向皇后請安並與她談天，但皇后經常會出神，想必是李治偷偷接武媚娘到萬年宮的事被她知道了。但皇后什麼都沒說，裝作不知道的樣子。

李歸錦在一旁陪坐，十分佩服。女人有這樣的忍耐力，實在是又厲害又可怕。

自從李治將注意力從李歸錦身上挪開，李歸錦就自在多了，也敢隨心所欲在萬年宮中玩耍。巧的是，她逛花園時，經常會遇到豆盧欽望在巡視。

這日上午，李治在和眾臣商討長安送來的奏章，豆盧欽望得了空，又遇到李歸錦，便喊她到一旁說話。

「昨日武媚娘已被送回感業寺了，是魏大人親自送回去的。不過我看武媚娘神采飛揚，走的時候十分高興，看來她回宮的事要定下來了。」

李歸錦卻沒他這麼樂觀，她依稀記得武媚娘沒這麼早回宮，便說：「現在事情還沒傳出去，若公布出來，反對的聲音肯定很多，就算皇上、皇后娘娘和淑妃娘娘都同意，只怕這事也不簡單。」

豆盧欽望說：「妳是擔心長孫大人和御史們反對吧？」

李歸錦點了點頭。

豆盧欽望說：「這有什麼難？朝廷又不是長孫大人一個人說了算，他能反對，其他人也能支持。禮部尚書許敬宗才因嫁女兒收受珠寶被彈劾，貶去鄭州；中書舍人李義府被長孫大人排擠，快要在中書省待不住了；還有英國公李勣，他的兒子李震身體不好，等英國公百年之後，他兒子靠什麼支撐門庭？這些人都等著機會討皇上歡心，只要放出風聲，他們自會為皇上說話。」

李歸錦驚訝地看著豆盧欽望，他的想法和燕太妃不謀而合，只是他了解朝廷之事，比燕太妃說得更具體。

聽到許敬宗、李義府、李勣這些歷史上赫赫有名的人物，李歸錦也想起歷史上一些記載，這些人和武媚娘的確有不小的關係。

她腦海中雖然有這些知識，但是之前卻沒想到，一是眼界有限，二是不敢將手伸向朝廷。相比之下，她之前的手段真是端不上檯面。

同時，她也在心中感慨，豆盧欽望比她了解的要厲害多了。她一直以為他是個衝動的大男孩，卻不知他已是個胸有丘壑的男子。

「你真厲害，能想到這麼多。可是這些要怎麼讓皇后娘娘知道？我去說的話，只怕會引起皇后娘娘懷疑。」李歸錦擔憂地說。

豆盧欽望說：「這事不用妳來說，自然會有人同柳大人商議。」

朝廷是李歸錦不熟悉的地方，豆盧欽望既然說有安排，她便不再擔憂，安心地避暑度日。

第三十六章　半路遭劫

眨眼快到六月十三日，李治的生辰將至，萬年宮中已瀰漫著濃濃的喜慶味。

陸續有車馬載著宗親和朝廷重臣來到萬年宮向皇上祝壽，李歸錦這才驚覺她的生辰禮物還沒準備好！

她先前惹李治不痛快，若再不表達一下心意，她以後還怎麼在唐代混啊？

李歸錦冥思苦想，終於想起自己的小金庫裡有一塊「長樂」璧，是東漢的宮廷玉璧。此璧為和闐玉，正中鏤刻「長樂」二字，字的兩側有對稱透雕獨角螭龍，以陰線飾龍身和身上的勾雲紋，螭龍身下飾有卷雲紋，使螭龍軀體翻捲有致，看起來十分有氣勢，拿來送給皇上當生辰禮物再適合不過！

拿定主意之後，李歸錦卻又犯起愁來，小金庫的鑰匙在她手上，若要取出長樂璧，只有親自回衛國公府一趟了。

她向燕太妃說明情況，燕太妃便派了馬車和侍衛送她回長安。

既然要動用侍衛送她出宮，豆盧欽望那邊就接到了消息，他非常惋惜地對李歸錦說：「皇上派我明日回宮將淑妃娘娘接來，不然我就能順道送妳回去了。」

李歸錦說：「才一日的路程，誰送我回去不都一樣，自然是你的差事要緊。皇上和淑妃娘娘和好了嗎？怎麼要把淑妃娘娘接來過生辰了？」

豆盧欽望說：「淑妃娘娘見皇上對她不聞不問，慌了神，又聽說皇上不再執意納妳為妃，便同意皇上接武才人娘娘回宮的要求，算是和好了。」

李歸錦微微點頭，看來武媚娘回宮的日子指日可待了。

李歸錦輕車簡從趕回衛國公府取禮物，她傍晚到家時，把李二夫人嚇了一跳，不知她為什麼會突然回府，深怕是她在皇上面前犯了錯。

在李歸錦解釋一番後，李二夫人才說：「妳不在家這些日子，古家那邊來找過妳一次，問他是什麼事，他也沒說。」

李歸錦聽說古爹爹找她，就沒留在府中用晚膳，而是立即趕到古家。

古爹爹見她回來，喜上眉梢，一面差人準備酒席，一面拉她到房中說話。

古爹爹拉著她的手，一個勁兒地笑，半天都不說話，把李歸錦弄得一頭霧水。

「爹，您怎麼了？為什麼只笑不說話呀？」李歸錦好奇地問道。

古爹爹說：「好丫頭，爹都聽說了！」

李歸錦最近值得「聽說」的事情有好幾件，不知古爹爹聽說的是哪一件。「您聽說什麼啦？」

古爹爹說：「前幾日仁傑帶禮物上門提親了！雖說妳的婚事我作不了主，但是仁傑很尊敬我，說妳的婚事得讓我先知道。等妳父親從吳郡回來，他就會正式去衛國公府向妳提親！」

「啊？」李歸錦萬萬沒想到是這件事，她不是和狄仁傑說過提親時機不對，要他先別提親的嗎？

此時狄仁傑忽然提親，讓李歸錦有些手足無措。

她靜心一想，猜測是豆盧欽望告訴狄仁傑皇上已經打消了對她的念頭，而狄仁傑以為傳給他這個消息，是要他提親的意思？

不知道為什麼，李歸錦覺得有些慌張，和上一次聽說狄仁傑要提親時的感覺已有些不同。

她緊張地問道：「爹，您怎麼跟他說的？」

古爹爹高興地說：「他是這麼好的人，我自然高興地答應了。你們認識以來，我都在旁邊看著呢，妳的心思我怎麼會不懂？仁傑有點擔心衛國公府的門第太高，怕妳父親不同意，我到時怎麼也得去和李三爺說一說，這麼好的女婿可不能錯過！」

雖早料到古爹爹喜歡狄仁傑，但沒想到古爹爹已認定他這個女婿了。

古爹爹繼續說：「乖孩子，妳不用害羞，就安安心心等著嫁人吧！」

從古爹爹的住處離開時，李歸錦的心情有說不出來的怪異——有點沈重，又有點忐忑，還有點徬徨。

她不排斥嫁給狄仁傑，他聰明俊朗、正直且有責任心，他們互相欣賞、彼此幫助，他是個可靠的男人，也是個十分不錯的結婚對象。

可是，她對狄仁傑的感覺比較像是欣賞……和一個人成親，這樣就夠了嗎？她覺得有點不知所措。

恍惚中回到家，恍惚地睡了一覺，第二天又恍惚地乘坐馬車回萬年宮。

一路上，李歸錦想了很多，卻找不出理由拒絕這門婚事，就如同燕太妃要她嫁豆盧欽望，她找不出理由回絕一樣。

她想得多了，偶爾會和琬碧唸上兩句，不過琬碧畢竟只是個快十歲的孩子，懂得不多，因此她說的話，李歸錦也沒放在心上，但是琬碧一句話忽然點醒了她——

「大小姐，您為什麼一直想著要拒絕狄大人和豆盧世子？他們對您那麼好，您喜歡誰，就嫁給誰呀！」

是呀，她為什麼光想著拒絕，而不是順從自己的心意？

難道……她是恐婚一族?!

「這……我的想法好像是有點不對，我再重新整理一下。」李歸錦覺得她真是敗給自己了！

從長安到麟遊縣的萬年宮，要經過一片松樹林，其中修有一條御道，以青石鋪地，寬敞整潔，但今天卻倒了一棵松樹在路上，使李歸錦的馬車不得不停下。

護送她的侍衛說：「小姐，前方有樹擋住了去路，請稍等片刻，容我們去把樹抬走。」

「辛苦你們了。」李歸錦感謝道，並撩開車簾看了看，的確有好大一棵松樹倒了下來，擋在路中間。

她覺得奇怪，跟琬碧說：「昨天又沒颳風，也沒打雷，樹怎麼倒了？」

琬碧也正疑惑。「是啊，為什麼倒了？」

她探出頭去看，突然叫了一聲跌回車廂內，恰好撞進李歸錦懷裡。

李歸錦一把接住她，問道：「怎麼了？」

誰知話才剛說出口，馬車突然跑了起來。

一個蒙面人跳進車廂，舉著明晃晃的大刀，吼道：「都給我老實點，不然爺的刀可不認人！」

李歸錦嚇傻了，光天化日之下，這是……綁架？

她的馬車被人劫持了，蒙面人趁著侍衛們去搬樹的空檔，跳上馬車、殺了車夫，將她劫走了！

李歸錦沒敢說話，也不敢尖叫，抱著琬碧縮在車廂最裡面。透過被風吹起的車簾，她看到馬車外還有幾匹馬跟隨著，這一夥人至少有五人！

車廂裡的蒙面人沒對她們動手，也沒有翻包袱，只是劫持了她。

李歸錦腦袋急轉，明白他們絕對不是搶錢劫色的土匪，而是知道她的身分，有預謀的綁架犯！

她明知故問道：「這位好漢，求求您放了我，您要多少銀子，我都可以給，只求您放我回去……」

蒙面人大聲喝道：「閉嘴！」

行事果敢、目的明確，不與她廢話。這樣的人可不一般，是訓練有素之人！

李歸錦非常著急，她側耳傾聽，外面並沒有侍衛追趕的聲音，更沒有打鬥聲。護送她的那些侍衛是怎麼回事，反應不至於這麼慢吧?!

為了得知對方的目的，李歸錦換了個方式問道：「你們有什麼要求，儘管說，若我能做到，一定做，請不要傷害我們。」

那蒙面人見她沒被嚇得失神，還能好好說話，打量了她兩眼，冷笑道：「那就有勞妳跟我們走一趟，過些日子就放妳回來。若妳一直乖乖聽話，我們就不會傷害妳。」

李歸錦聽了這些話，便不再多說，但她心裡卻如裝了沸騰的油一般煎熬。

綁架之事，若不是為了錢，那就是要把她當作人質，利用她去要脅某人以達到目的。是誰要綁架她？是為了什麼事？誰會因為在乎她的安危而妥協？

劫匪們帶著李歸錦與琬碧疾奔至天黑，才在一個山坳裡停下。

車廂內的劫匪已經下車，琬碧縮在李歸錦身邊，悄聲問道：「小姐，他們是誰啊？為什麼要捉我們？」

李歸錦安慰她道：「別怕，不管他們是誰，很快就會有人來救我們的。」

雖然她這麼安慰琬碧，但是心中一點底也沒有。足足半天的時間，卻沒人追上來，情況不太對勁。這些劫匪帶著馬車跑路，速度並沒有多快，而且會留下痕跡，若有人相救，肯定早就追了過來……

「該死，難道那些侍衛是被人收買了嗎？」她悄聲嘀咕著，眉頭皺緊了一些。能買通禁軍的人可不簡單，會是誰？

她最先想到的人是蕭淑妃，但李治已打消了納她為妃的念頭，而且蕭淑妃若要對付她，大可直接讓劫匪殺了她，不用把她帶走。

除了蕭淑妃，最近她還得罪過誰？或是她身邊的人得罪了誰？

一時之間，李歸錦竟然有些摸不著頭緒。

外面的劫匪有兩人守著馬車，另外三人在生火，看來是打算在山林裡過夜。

「大小姐，咱們晚上能逃走嗎？」琬碧忍不住顫抖，小聲地問道。

李歸錦搖了搖頭。

他們人數不少，又是在山林裡，她覺得逃脫的可能性不大。就算逃過了這幾個劫匪，要怎麼回去？她們連自己人在哪裡都不知道！萬一遇上山林裡的猛獸，或是其他壞人，豈不更糟？

再過兩天就是皇上的生辰了，她原定於今晚回到萬年宮，若她沒有回去，燕太妃必定會問，那些侍衛就算要瞞，也瞞不過今晚，明天肯定會有人來救她們。

「這些人看起來沒打算傷害我們，咱們再等一天，說不定很快就有人來救我們了。就算沒人來救，等明天上路到了有人的地方，再想辦法也不遲。」李歸錦安撫著琬碧，也安慰著自己。

琬碧點了點頭。

兩人相擁著在馬車中閉目休息，李歸錦傾聽著外面的動靜，希望能有什麼線索。

只聽其中一個劫匪說：「真是奇了，這個小姐不吵不鬧的，連哭都沒哭一聲，倒是有幾分膽量。」

另一人說：「這樣很好，否則她一鬧起來，出了人命，主上反而不好辦了。」

聽到這一句，李歸錦心裡安定了一些，至少這些人有所顧忌，不敢傷害她。

最初開口的人又說：「她這樣不鬧騰，我反而不安。晚上都警醒著點，別讓人給跑了。」

另外幾人齊聲應諾。

「是士兵……」階級如此分明，又有紀律，只可能是軍伍中人。

外面的五個人開始分時辰輪班，靠近馬車的兩個人小聲抱怨道：「媽的，總算是捉到了，害老子在萬年宮外睡了半個月的野地，終於能回去了。」

他的同伴笑道：「嘿，你沒進車廂不知道，這李小姐長得很漂亮，要是能把這樣的妞兒弄到手，讓我睡半年野地我也願意。」

「是嗎？我瞧瞧去！」

李歸錦心中一緊，趕緊在車廂裡找防身的工具。

幸好那人被同伴拉住。「欸，你別胡鬧，我也就是說說而已。咱們還得走好些天，要是嚇到她，壞了主上的正事，你腦袋還想不想要了？」

李歸錦鬆了口氣，心想——他們口中的「主上」是誰？「正事」又是何事？

李歸錦靠著車廂，迷迷糊糊的，實在睏到不行，但提著精神，不敢真的睡著。

等到半夜，輪到那個方才起了色心的劫匪值夜時，他終究沒能忍住，啐了一口說道：

「個把月沒沾葷腥，連看看都不行？」

說著，便搓著手要鑽進馬車。

他拿著蠟燭掀開車簾時，正好與李歸錦四目相對，見到李歸錦的容顏，他邪惡一笑，正要鑽進來時，只聽見一聲輕輕的箭嘯與箭尖入骨的悶響，他的脖子瞬間被白色羽箭貫穿，倒在車轅上。

人就這樣死在李歸錦眼前，她拚命捂住嘴，才沒叫出聲來。

雖然看到屍體很害怕，但她心中同時一喜，有人來救她們了！

她輕輕喚醒琬碧，說道：「別出聲，有人來救我們了，咱們快下車！」

琬碧大喜，跟著李歸錦避開屍體，跳下了馬車。只可惜，她們雖然沒有驚動火堆旁的劫匪，卻驚到拉馬車的馬兒。

馬兒不安地踏著馬蹄，將其中一人吵醒。「怎麼回事？有野獸嗎？」

他喊醒同伴，看到馬車邊的死屍，以及馬車外的李歸錦，大喊道：「不好！有人！」

四個劫匪紛紛拿出佩刀，一人跳過來將李歸錦捉住，用刀挾持她，另三人則背靠背地朝四方戒備，卻沒發現任何動靜。

李歸錦被刀尖逼著脖子，心中十分焦急，既然官兵帶了弓箭前來相救，剛剛直接射殺這些人就是了，怎麼殺了一個以後又沒了動靜？現在她被挾持，情況豈不是更糟？

她轉念一想，莫非是前來相救的人太少，怕不敵這些劫匪，所以還在伺機而動？剛剛出手，只怕是因為那個劫匪對她心懷不軌，營救之人才不得已提前出手……

四個劫匪警惕了一會兒，卻沒發現其他人。其中一個劫匪不安地說：「怎麼回事？」

領頭之人說：「我們被人發現了，快走，不要讓他們等到援兵！」

他帶著李歸錦跳上馬，策馬就走，其他三人立即騎馬跟上。

李歸錦大驚，而琬碧則從馬車旁跑過去追喊道：「大小姐！你們要把大小姐帶到哪裡去？大小姐！」

李歸錦趴在馬背上，終於聽到了後面有追趕上來的馬蹄聲。

樹林裡黑漆漆的，她看不清楚，光聽聲音的話，後面追趕之人並不多，只有三、四騎而已！

脅持李歸錦的劫匪也發現了，他吩咐另外三人。「你們去把追趕之人絆住，我們在前面五十里外的小鎮會合！」

「是！」那三人策馬掉頭，向後面追趕之人迎去。

完了！李歸錦在心裡暗叫一聲。

敢做這種事的人，必定武藝高強，尋常官兵如何能敵？後面的援兵只怕有來無回！到時這些劫匪跑遠了，還會有人知道她被帶去哪裡嗎？

她急得要哭了，但劫匪還沒跑多遠，他的馬突然一聲嘶鳴，被提前設置在小道上的麻繩絆倒，將他們連人帶馬掀翻在地。

李歸錦被摔得七葷八素，頭暈眼花之中，她被劫匪從地上拉起，扛在肩上就往山林裡跑。

她雖被摔疼了，但好歹安心了一點。能想到在山徑上提前設置機關，足以說明前來營救之人自知不敵，不過還是動了些腦筋，有急智，不是普通的官兵。

也許還有救？李歸錦心中生出希望，便努力保持清醒。因為她篤定這人不敢傷她性命，於是深吸一口氣，埋頭就朝劫匪的耳朵上咬去。

她用盡全力的這一口，將劫匪咬得撕心裂肺，鮮血順著他的耳根流了下來，他吃不住這痛，將李歸錦從肩上甩了出去，抬腳就要踢她。

李歸錦嚇得不得了，練武之人這一腳雖不至於要她的命，但她卻承受不起！她顧不得身上的痛和形象在地上翻滾，勉強躲開那一腳，但劫匪憤怒異常，舉起合著刀鞘的大刀就要打她。

李歸錦躲得了一下，哪裡來得及躲第二下？

她縮在地上抱頭保護自己，突然聽見「鏘」的一聲，劫匪的刀被一把飛旋而來的寶劍打飛。

李歸錦抬頭一望，黑暗之中有人快步奔來，雖然夜色昏暗，但李歸錦一眼就認出他是豆盧欽望！

「世子！」李歸錦驚喜地叫道。

豆盧欽望衝了上來，與劫匪交戰。兩人身手不凡，過招之間，林間枯葉飛起，掀起一陣煙塵。

李歸錦從地上爬起，躲到一塊大石頭後面，不給豆盧欽望添麻煩。

由於性命暫時無恙，她便向正在打鬥的兩人看去，這一看，把她的膽子都要嚇破了！豆盧欽望剛剛為了救她，早就將寶劍擲出，如今是徒手在與劫匪的大刀相拚！

豆盧欽望每每想去撿寶劍，總是被劫匪乘機攻擊，一直無法碰到。明晃晃的大刀招式凶險，豆盧欽望只能被動閃躲，無法有效攻擊對方。

李歸錦心中大急。寶劍離她不遠，她想去撿，可撿到之後如何丟給他？萬一被劫匪鑽了空檔，又劫持住她，豆盧欽望就真的沒辦法了！

她不敢輕舉妄動。只見豆盧欽望放棄撿寶劍，從腰間抽出短匕，跟劫匪搏鬥起來。他的招式快如風、疾如電，速度上的優勢發揮出來，很快就占了上風。

李歸錦心中歡喜，剛鬆了一口氣，卻又見另一名劫匪從山坡上跑了下來。

那劫匪並不急著去幫同伴，而是往李歸錦這邊跑來，明顯是想劫持她，好威脅豆盧欽望停手。

李歸錦豈會坐以待斃？她從石頭後跑了出來，撿起寶劍之後，大喊道：「世子救命！」

豆盧欽望聽到呼救，看到有人朝李歸錦衝過去，竟然不顧身側那把即將傷到他的大刀，逕自往李歸錦身邊飛去。

他縱身飛去時，大刀就這樣砍在他的左臂上，有血珠飛濺到李歸錦的臉上，燙得她心顫！

豆盧欽望硬生生地挨了這一刀，悶聲哼了下，取過李歸錦手上的寶劍之後，將李歸錦護在身後，與兩名劫匪鬥了起來。

寶劍在手的他如蛟龍歸海，就連李歸錦這種不懂武功的人，也能看出他以一敵二卻仍然占了上風。

「噗」的一聲，他一劍劃過其中一人的脖子，見血封喉，劫匪應聲倒地。

至於另一個劫匪，豆盧欽望想活捉他，所以沒有下殺手，但是那人武功不弱，想要生擒，並不容易。

兩人纏鬥了許久，天色漸漸亮了。

豆盧欽望左臂上的傷口一直在流血，他的臉色也愈來愈白，這樣下去恐怕不妙！

李歸錦揪心不已，千鈞一髮之際，終於有大隊人馬從山徑上趕來。

她瞧見是官府的人馬，忍不住跳起來招手高呼。「在這裡，我們在這裡！救命啊！」

劫匪見有援兵來，心知今天是逃不掉了，竟然舉刀反手一刎，自盡了！

豆盧欽望筋疲力竭，用劍拄在地上，半跪下去。

李歸錦衝了過去，用自己臂彎上掛著的彩霞綾為他止血。

豆盧欽望手臂上的皮肉掀開，血不知流了多少。李歸錦看著駭人的傷口，眼淚滾滾而下。「你傷得好重……」

誰知豆盧欽望竟反過來問道：「妳沒事吧？」

李歸錦帶著淚花搖頭。「我沒事，一點事也沒有。你流了這麼多血，快想點辦法呀！你們習武之人不是會點穴嗎？你能不能點穴止血，快點啊！」

「妳這說的是什麼傻話……」豆盧欽望皺著眉說道。

只見他語氣虛弱，讓人心痛！

大隊官兵終於趕來了，領隊的人是魏柯。李歸錦一看到他，便哭訴道：「魏大人，快救救世子！」

日漸高升，李歸錦重新坐回馬車，由魏柯領隊護衛，往萬年宮趕去。

豆盧欽望躺在馬車裡，他的傷勢已由軍醫草草處理過，算是止了血，只是進一步的治療，還得回宮之後才能進行。

李歸錦悉心照顧著他，看到他半邊衣服都被血染成近乎黑色，她的眼淚就控制不住。一滴淚水落在豆盧欽望臉上，他閉著眼睛，聲音沙啞地說：「哭什麼，我又沒死。」

李歸錦自責道：「都怪我，害你受這麼重的傷……」

豆盧欽望緩緩睜開眼睛，望著她說：「不，我要感謝妳。」

李歸錦聽了，疑惑地看著他。

他說：「我要感謝妳，妳安然無恙地被我找到了。」

聽到這句話，李歸錦眼淚流得更凶，嘟囔道：「你這個傻瓜，腦袋裡在想什麼啊！不許說話，快休息！」

豆盧欽望勾了勾嘴角，笑著閉目休息。

待他們回到萬年宮時，皇上、皇后、燕太妃少不了又是一陣詢問。皇上勃然大怒，要求魏柯徹查此事。

李歸錦兩天來沒好好睡過，在看到豆盧欽望被御醫接走，又向燕太妃交代自己沒事之後，便躺在溫暖的澡盆裡舒緩疲勞。

她腦海裡想著魏柯和豆盧欽望在路上告訴她的事……

五名劫匪全部死了，豆盧欽望帶的三個人也全都戰死，其中一人是豆盧欽望的下屬，另外兩名則是李家軍。

豆盧欽望今天原本要回長安接蕭淑妃，車隊走在半路，遇上護送李歸錦的侍衛，他認出那些人，卻不見李歸錦的馬車，便攔下詢問。

那些人告訴他李歸錦被劫持，他們追不上劫匪，讓人給跑了，現在正急忙回宮請求援兵。

豆盧欽望大急，從護送蕭淑妃的侍衛隊中抽調出十個人去找李歸錦，再另外派人去萬年宮稟報皇上。

他帶著人一路追尋，但因時間隔得有點久，馬車痕跡愈來愈模糊，到最後不得不兵分幾路進山搜尋。

豆盧欽望在山裡遇上暗中保護李歸錦的兩名李家軍，得知李歸錦被控制在山坳裡，暫無危險，他便一面派人去把分散的士兵都找回來，一面遠遠地注意著劫匪的動靜。

當他看到有劫匪要對李歸錦不軌，深怕李歸錦有意外，不得不提前出手。

豆盧欽望在馬車中曾對李歸錦說：「跟我打鬥的那名劫匪功夫不錯，怎麼都是個統領級別的人物。」

李歸錦問他：「你也覺得他們是軍人？」

豆盧欽望點頭道：「他們的招式一試便知。只是不知是誰的人，五個人全死了。」

是啊，到底是誰的人？竟然不惜犧牲五名軍官來綁架她！

這件案子發生在皇上生辰之前，不僅從侍衛手中劫走李歸錦，還傷了豆盧欽望，這讓李治覺得顏面盡失。盛怒之下，要求大理寺立刻查出賊人是誰！

第三十七章　追查線索

大理寺卿高大人帶著狄仁傑一干人等，連夜趕往萬年宮。

狄仁傑在大理寺聽聞有宗室女眷在去萬年宮的路上被人劫持，就有些擔心李歸錦，但又想到她已去萬年宮有一段時間，理應待在行宮裡，被劫持的應該是前去賀壽的其他女眷。

他這麼安慰著自己，但心中升起的不祥預感卻依舊揮之不去。

因宮內顧忌該名女眷的名聲，對外並未說是誰被劫持，直到大理寺眾人抵達萬年宮覲見皇上之後，他們才知道被綁架的人是衛國公府的李歸錦。

縱然得知人已平安救回，狄仁傑仍然嚇出了一身冷汗。

狄仁傑在萬年宮的臨時監獄中主動請纓。「高大人，屬下與李小姐乃同鄉好友，曾一起破過案件，這次不如讓屬下負責此案吧！」

高大人搖手道：「皇上震怒，對此案格外重視，本官決定親自負責調查。」

大理寺的人十分吃驚，高大人身為大理寺卿，已經多年未曾親自查案了，他平日主要負責案件的派遣與審理，查案行嗎？

不過他既然已經決定，也沒人敢違抗。狄仁傑非常著急，他想見見李歸錦，問問她如今的情況，卻沒機會相見，反倒被留在監獄值班。

他坐不住，拉著值守監獄的禁軍問道：「不知這次是誰將被劫持的女眷救回的？」

禁軍答道：「是豆盧隊長。」

他怕狄仁傑不知道剛剛上任的御前侍衛隊長，便補充道：「就是芮國公世子，這次多虧了他，不然女眷有個閃失，我們整個禁軍都要被問責。他將人救回來時受了重傷，如今正在養傷。」

狄仁傑聽說之後，立即前往探望豆盧欽望。

豆盧欽望的傷口已經包紮好，但因為失血過多，仍然有些虛弱，不過他畢竟是二十多歲的青年，正是生龍活虎的年紀，精神已恢復了一些。

見到狄仁傑，他精神一振，問道：「你怎麼來了？這次的案子由你調查？」

狄仁傑搖頭道：「高大人要親自調查。我是來探望你的，聽說你傷得不輕。」

豆盧欽望說：「沒什麼事，就是流了些血，皮肉傷而已，沒傷到筋骨。」

狄仁傑看他面色蒼白，且至今沒有下床，足見他這次流血流得極多。「你好生休養，剩下的事，自有大理寺來查。」

豆盧欽望問：「查出什麼沒有？」

狄仁傑搖頭道：「我們今天剛到萬年宮，高大人去見歸錦，詢問當時的情況了，畢茂明則去見護送她的侍衛，一切都要等問過之後才能開始調查。」

豆盧欽望皺眉道：「不知何人如此膽大包天，竟然敢在禁軍的手中劫人！」說著，他略微壓低了聲音，問道：「高大人和畢茂明查案行不行啊？怎麼不是你去查？」

狄仁傑雖然不被高大人器重，畢茂明也跟他有些不和，但畢竟是同僚，他答道：「這次的案子是皇上親自交代下來的，他們自然會盡全力去查，你放心吧。」

豆盧欽望說：「護送歸錦的那批侍衛得好好查一查，當時情況緊急，我沒跟他們算帳，但是歸錦會被人帶走，他們脫不了關係！」

狄仁傑聽聞有內情，問道：「為何這麼說？」

豆盧欽望便說起當時的情景。「我遇見他們時，他們騎著馬不快不慢地走著，臉上不見一點焦急之色，哪裡像是去請求援兵的？更何況，既然是請求援兵，怎麼見到我帶隊路過卻默不作聲，還有意避開，若不是我有心追問，等他們回到萬年宮稟報此事，歸錦早不知被劫匪帶去哪裡了！」

狄仁傑認同地點了點頭。

豆盧欽望又說：「雖然這些劫匪身手不錯，但那些侍衛也不至於弱到連出手的機會都沒有。」

狄仁傑頷首道：「我明白了。」

這樣一來，那些侍衛由誰指派、平日和誰有來往、聽命於誰等，都得好好查一查，肯定能找到與劫匪的關聯。

豆盧欽望又說：「歸錦那邊，只怕還得由你走一趟，高大人和歸錦不熟悉，有些問題想不到。劫持歸錦之人，必定是為了要脅別人。平日和歸錦親近的人，咱們差不多都了解，你去問話，能想得通透些。」

狄仁傑說：「我剛剛也在想劫匪的動機，正要問你，你最近可有得罪什麼人？」

豆盧欽望搖搖頭。「你認為劫匪是為了我而綁架歸錦？」

狄仁傑分析道：「從歸錦身邊的人說起，古家那邊一切正常，沒有仇敵；衛國公府那邊，李三爺不在京中，李二將軍若有對頭，倒不如直接對他的家眷下手，更為方便；燕太妃娘娘的話……這個我不敢隨意揣測，得去問過才知道；除去這些親人，便是你、我。」

狄仁傑繼續說道：「我惹不來這麼大的對頭，但你在禁軍，有沒有什麼仇敵？」

他這樣一說，豆盧欽望不得不沈思起來。想了半天，他才說：「不應該啊，縱然我平日脾氣衝了些，可也不是多大的仇。再者，我……我與歸錦的關係，外人如何得知？」

狄仁傑想了想，點頭道：「這倒也是。看來得去問問燕太妃娘娘了，不知她那裡有沒有什麼值得懷疑的人……」

李歸錦這邊，高大人與她說了半天的話。

她將事情經過，以及她從劫匪那裡聽來的話全都告訴了他，但高大人也沒多說什麼，只告訴她，大理寺會竭盡全力查出凶手。

李歸錦聽他這麼說，便覺得他有敷衍之意，不過她並未提出任何質疑。

這件事情短時間內查不出個結果，雖然惹得李治不高興，他的生辰宴席還是會照樣舉行。

到了李治生辰前一晚，李歸錦唉聲嘆氣地捧著一個盒子求見他。李治聽說是李歸錦要見他，立刻召她進殿。

李歸錦問安之後立刻請罪。「皇上，明天就是您的生辰，可是我拿不出禮物送給您，提前向您請罪來了。」

李治笑著讓她平身，說道：「聽太妃娘娘說，妳這次回長安正是為了替朕取賀禮？妳為了朕的生辰已受了驚、吃了苦，朕已知道這份心意，又怎會怪罪妳？」

李歸錦謝恩道：「謝皇上體諒！」

李治又問：「不過，妳既然是去取禮物，禮物怎麼又沒有了？」

李歸錦捧上盒子，說道：「禮物在這裡，卻在被劫持時摔壞了！」

她打開盒子，珍貴的傳世之寶長樂璧從中間斷成兩半，十分可惜！她心痛得不得了，這是漢朝的寶物，這麼大一塊玉璧何其難得，其工藝和意義更是不凡，卻被她給摔壞了！

李治看了也覺得很惋惜。「果然可惜，這麼好的一塊古璧，竟然碎了。」

他接過盒子，說道：「終究是妳的心意，朕會讓工匠修復的。」

李歸錦將盒子交給他後，又說：「皇上，我還有一事相求。」

李治問道：「何事？」

李歸錦說：「我這次被歹人劫持，我雖不知那劫匪是誰派的，但聽劫匪說話的口音……帶有江南吳語的腔調。我大伯父才得聖恩遷往吳郡，就發生了這種事，雖無證據能懷疑些什麼，但我心中總是難安。如今江南並不太平，我想求皇上恩准我大伯父一家回京或回渭州老家！」

她今天送璧請罪是假，實際上是為了說這段話而來。

根據劫匪的特點、談話，還有他們奔襲的方向，她總會聯想到吳王或荊王。但她沒有證據，只能直接來找李治了。

李治對這種事十分敏感，聽出了李歸錦的弦外之音，但他並沒有答應李歸錦的請求，只說：「朕不會虧待妳大伯父一家，但他們現在還不能回京。」

李歸錦見他不允，也沒有強求，因為李治的話裡分明還有其他意思，只是她不明白他有什麼安排罷了。

李治又問：「妳心中這些疑惑，同高大人說過了嗎？」

李歸錦點頭說：「我直接、間接告訴他了，但他什麼也沒說。」

李治緩緩點頭，想到高大人向他彙報案情進展時，絲毫沒提吳王或荊王的事，是他沒有證據，不敢隨意聯想？還是有意隱匿不報？

李治想了一會兒，說道：「妳要配合高大人查案，不過朕會讓狄仁傑按照妳的意思再暗地查一查，看看此事到底和吳王或荊王有沒有關係。」

「好。」李歸錦不敢確定此事到底是誰所為，但謹慎一些，總沒壞處。

李治見她有些悶悶不樂，便說：「這次妳為給朕籌備禮物而出事，禁軍又失職，朕打算給妳一點補償，明日妳可一定要來宴席。」

「咦？」李歸錦眼神一亮，問道：「皇上要賞賜我好東西嗎？是什麼？」

李治笑道：「是，要賞賜妳一樣好東西，明日妳就知道了。」

李歸錦被他逗得心癢，不停追問，李治卻怎麼也不肯說。

她終究不敢在皇上面前胡鬧，只好忍下好奇心，等明天到了再說。

從殿中退出，李歸錦打算去探望豆盧欽望，卻在宮道上遇見蕭淑妃的儀仗。

蕭淑妃的儀仗近半百人，十分誇張。太監領頭、宮女隨後，旁邊還有禁軍護送，風燈、羽扇、幡、香爐等物品帶得相當齊全，這等陣勢出宮可以，但在宮內做這般排場，卻有些過了。

李歸錦看了坐在紗帳香輦中的蕭淑妃一眼，便避開讓路給她。

誰知蕭淑妃的香輦走到她身邊便不走了，有位宮女問話：「淑妃娘娘問，妳是不是衛國公府的李歸錦小姐？」

李歸錦頷首道：「是我。」

宮女聞言便退後，香輦中的人挑開紗帳說：「本宮也猜是妳。唔……模樣果然長得好看，難怪我幾個外甥被妳迷住，還求到本宮面前來了，本宮正要同皇上與太妃娘娘商量，替妳指門好親事呢。」

李歸錦不知她這話從何而來，抬頭看向她，問道：「我不明白娘娘的意思。」

蕭淑妃鳳冠高聳，珠寶在夜色中依然熠熠生輝，一張看不出年紀的臉貌美出眾，但她渾身散發出的不善之意，卻讓李歸錦感覺很不舒服。

蕭淑妃笑道：「妳去宋國公府做客時，不是接了好幾杯茶嗎？怎麼現在倒裝糊塗了？」

敬茶表示君有意，接茶表示卿亦有情。

李歸錦心中凜然。她當時是和柴沐萍打賭，雖然知道接了郎君的茶會引起誤會，但她想到自己接了七杯茶，別人總不會以為她對那七人都有情吧？於是沒把那件事放在心上。

現在聽蕭淑妃的意思，那七人之中竟有人當真，已到蕭淑妃面前請求賜婚了。原來事情這麼麻煩，難怪當時豆盧欽望面色不善的對她發火了。

蕭淑妃今日請皇上共進晚餐，皇上答應她了，但蕭淑妃左等右等，卻不見皇上前來，又聽聞李歸錦去見皇上了，便惶惶不安地尋了過來。

雖然皇上已答應不納李歸錦為妃，但是李歸錦一日不嫁，蕭淑妃就一日不能安心，又想到襄城公主說的那些事，她便打算快點將李歸錦的婚事定下來，好教皇上徹底死心。

李歸錦聽明白蕭淑妃的意思，但她不是很擔憂，因為她知道皇上和燕太妃不會任由蕭淑妃左右自己的婚事，她還有這點把握。

她笑著對蕭淑妃說：「多謝娘娘看重。我來京城不久，不明白各種規矩，若有做得不對的地方，還請娘娘指正。」

蕭淑妃眉尾一挑，心想——這小丫頭是打算賴帳，要以不知規矩為藉口，不承認她接的那些茶了……

她冷笑了兩聲，也不跟李歸錦在這上頭計較，只要她有心，李歸錦接不接那些茶都不重要，只要讓皇上點頭答應就行了。

「罷了，本宮現在有事，沒空跟妳細說。」蕭淑妃放下紗帳，宮女喊了一聲，儀仗就繼續往前行。

李歸錦目送她離開，回身往目的地走去。

豆盧欽望見李歸錦來探病，十分高興，臉上卻裝出一副不樂意的樣子。「天都黑了，妳怎麼還到處亂跑？就算是在宮裡，身邊也要帶些人。」

李歸錦見他說話鏗鏘有力，放心了不少，便與他開玩笑道：「這是在宮裡，還能有綁匪不成？」

豆盧欽望道：「妳可別以為在宮裡就安全了，禁軍裡恐怕有些人心思不正，萬事都要小心些。」

他這麼一說，李歸錦便想到蕭淑妃的儀仗。「難怪淑妃娘娘要帶幾十個人相隨呢！」

豆盧欽望問道：「妳見到淑妃娘娘了？她有沒有為難妳？」

李歸錦搖頭道：「她為難我做什麼？我又沒要進宮與她為敵。」

她說這些話時有些猶豫，因為她想到蕭淑妃要為她指婚的那些話，雖說不用太擔心，但她還是放在了心上，不禁抿嘴癟了癟嘴角。

豆盧欽望對她的神色和言行十分注意，立刻敏感地問道：「妳還瞞我，必定是有什麼事！」

李歸錦說：「不是什麼大事，剛剛同淑妃娘娘說話，她提起我在宋國公府接茶的事，說要給我指一門親事。不過我想她只是說說罷了，就算是皇上，也得問過太妃娘娘的意思，太妃娘娘疼我，知道這其中利害，怎麼會任由淑妃娘娘操縱我的婚事呢？」

豆盧欽望神色凝重地說：「話雖如此，還是得小心些，淑妃娘娘頗有手段，能讓皇上對她言聽計從。」

李歸錦點頭道：「別說我了，你的傷怎麼樣了？傷口還疼不疼？失血那麼多，現在腦袋還暈嗎？」

豆盧欽望掂了掂自己的肩頭說：「這點傷怕什麼，我今天已經下床散過步了，再過幾天就好了。」

李歸錦連忙拉住他掂肩的手，說道：「這才幾天，傷口怎麼可能那麼快好？你可別又把它碰出血了！」

豆盧欽望見她如此關心自己，內心十分歡喜，恨不得多在床上病個十天半個月。

「啊，對了！」豆盧欽望忽然想到一件事。「皇上見我受傷，召我爹娘來萬年宮參加皇上的生辰宴席，以示嘉獎和安撫。下午我才見過我娘，她說她要去探望妳，妳沒見到她嗎？」

李歸錦說道：「沒有，早知姨母來了，我就自己去探望她，哪裡還要她來看我！她現在下榻在哪裡？」

豆盧欽望說：「西花園的墅山別院。那邊比較遠，妳就別一個人過去了，反正明天宴席上會見得到面。」

說到生辰宴席，豆盧欽望想到李歸錦摔壞的那枚玉璧，問道：「要當作賀禮的玉璧摔壞了，妳打算怎麼辦？如果沒有合適的，我就讓我母親從準備好的賀禮中挑一部分給妳，先把明天的場面撐過去。」

李歸錦準備的玉璧是在和劫匪一起跌下馬時摔壞的，而絆倒馬的草繩則是豆盧欽望提前佈置的，他沒料到劫匪把李歸錦拉上了馬，讓他十分後悔，卻又慶幸李歸錦沒摔傷。

李歸錦說：「我已經為此事見過皇上了，他說不要我另送賀禮，還要找工匠把玉璧修復。」

「喔？皇上真這麼說？」

「是啊，皇上大概覺得我是為了替他準備賀禮才被劫持，所以心中有些愧疚，不僅不要賀禮，還說明天要給我賞賜，有個大驚喜。」

豆盧欽望面色有點陰沈，問道：「什麼樣的驚喜呀？不會是要冊封妳為妃吧……」

李歸錦聽了，也不禁擔憂。「應該不會吧……皇上一言九鼎，都已經想通了，又怎會舊事重提？再說淑妃娘娘都來了……」

「也是。」豆盧欽望說：「是我想多了，擔心過頭了。」

兩人又說了一會兒話，豆盧欽望看天色已晚，便催李歸錦趕緊回去。

李歸錦回到安壽殿時，芮國公夫人剛離開沒多久。

燕太妃說：「芮國公夫人來探望妳，等了妳一會兒，妳都沒回來，她就先走了。讓她白跑了這一趟，妳明日早點去拜見她。」

李歸錦點頭道：「真是不巧，我才去探望豆盧世子的病情，聽他說芮國公夫婦來了，沒想到錯過了。我明天就去向姨母請安，然後和她一道參加宴席吧！」

燕太妃忽然笑了起來，還笑得別有深意。

李歸錦覺得莫名其妙，問道：「太妃娘娘笑什麼？」

燕太妃抿了抿唇，說道：「沒什麼。望兒的傷勢恢復得還好吧？」

李歸錦點頭道：「嗯，我看他精神挺好的。」

「那就好。」

待到翌日，李歸錦去西花園墅山別院向芮國公夫人請安，芮國公夫人拉著她的手，又問了一次她被劫持的事。

芮國公夫人心有餘悸地說：「我聽說妳的事之後，晚上就睡不好，總是夢到妳被人捉走，幸好望兒把妳救了回來。當初汝南走得那麼可惜，妳可不能再有什麼意外！」

李歸錦安慰她道：「姨母別擔心，您看我這不是好好的嗎？只可惜害世子受了傷，這次真是多虧他了，不然後果難料！」

芮國公夫人說：「他是男人，又是軍人，受點傷算什麼？妳不知道，當年妳爺爺、父親，還有思齊的父親，他們帶兵上戰場時，都受過更重的傷。思齊從小就開始習武，又被他父親送進軍營磨練，常常滿身青紫回來，他可不是那經不起事的紈袴子弟。」

李歸錦還以為芮國公夫人會很寵溺豆盧欽望這個獨子呢，沒想到根本不是她想的那樣！

兩人一直聊到午時，直到有太監進來稟報。「國公爺說，是時候去參加宴席了。」

再次見到李歸錦，芮國公心中有些感慨。沒想到他當年為了研製火藥而從并州引薦進京的女子，如今已是衛國公府的小姐，還是皇上及宮中娘娘器重的人。

李歸錦規矩地向芮國公見禮。以前在并州時，她便知道芮國公是一心為國之人，不僅全心為皇上練兵、研製火藥，還慧眼識英雄，引薦了狄仁傑，她很敬佩他。

芮國公對李歸錦點了點頭，說道：「不必多禮。妳沒事就好，我和夫人都很擔心妳。」

李歸錦謝過芮國公後，三人就由太監帶領往宴席走去。到了殿門口，李歸錦便和芮國公夫人去內殿拜見皇后，芮國公則在外殿覲見皇上。

第三十八章　當眾賜婚

內殿之中，熱鬧非凡。

今天在場的人都是宗室女子，包括公主、國公夫人、侯夫人，以及她們的女兒，這些都是平常就有往來的人家，趁著今天向皇上祝賀，齊聚一堂，自然說說笑笑，在皇后面前也十分放得開。

有些消息靈通的人已聽說李歸錦被劫持的事。她進殿時，便有人朝她望去，也有人小聲議論起來。

有個明顯的聲音諷刺地說道：「被劫匪擄走過的人，還有臉出來見人，一個女子被劫匪擄走一夜，只怕什麼事都做盡了……」

李歸錦循聲望去，是巴陵公主。

這等搬弄是非的小人，李歸錦懶得理她，但芮國公夫人卻被她這一句話氣到不行。

「巴陵公主說話真有意思，好像很了解劫匪似的。現在皇上正愁捉不住劫匪，若您知道得這麼清楚，不如直接告訴皇上去！」

芮國公夫人這番話，無異於在說劫匪是巴陵公主指派的。

她如此強勢地維護李歸錦，讓眾人都吃了一驚，畢竟芮國公夫人還未曾在公開場合和誰紅過臉呢！

巴陵公主氣得滿臉通紅，站起來說：「妳什麼意思？」

高陽公主趕緊站起來，拉著巴陵公主說：「七姊，妳一個長輩，還編派小輩的事，像什麼話，不要再鬧了。」

巴陵公主臉上掛不住，怒道：「高陽，妳這是在幫她們說我的不是嗎？」

一旁也有人看不過去，說道：「女兒家的名譽最為重要，巴陵公主說得是過了些，別怪人家生氣。」

也有人勸和道：「好了，人都救回來了，好端端的，大家都知道沒事。查案是男人家的事，咱們就別摻和了。今天是皇上生辰，快說說妳們都獻什麼禮了？」

李歸錦扶著芮國公夫人入席坐下，勸道：「姨母不要和那種人生氣，她一向惡毒，說的話也沒人會相信。」

芮國公夫人卻還在生氣。「她是女人，也是生養了女兒的人，怎能說出那樣居心叵測的話，簡直誅心！」

此時高陽公主湊了過來，說道：「看看，妳何必氣成這樣，莫把七姊的話放在心上。」

李歸錦感謝道：「多謝高陽公主。」

高陽公主說：「我還欠妳一個大人情呢，這算得了什麼？只可惜這次是豆盧世子救了妳，不是我家右衛將軍當值，否則才算徹徹底底還了妳的人情。」

她的丈夫房遺愛是禁軍右衛將軍，此次也跟隨皇上來了行宮。

「上次贈還銅牛也只是舉手之勞，您就別一直掛懷了。」李歸錦客氣地說道。

芮國公夫人對高陽公主剛剛為她們出頭的事有些吃驚，現在在一旁聽著，這才知道李歸錦和高陽公主之間有一些交情。

此時有宮女來請李歸錦，說皇后娘娘要找她說話。李歸錦便暫時向芮國公夫人和高陽公主告辭，隨宮女前去。

高陽公主在後面掩嘴笑著，對芮國公夫人說：「何須咱們給她出頭，連皇后娘娘這個沒脾氣的人也護著她呢！」

皇后找李歸錦，的確是為了剛剛的爭執。她坐在殿上，遠遠看到門口起了口角，差宮女問過之後，十分氣憤，特地找李歸錦來安撫一番。

「不要在意那些閒言碎語，清者自清，妳站得直，就沒人敢說什麼。」

李歸錦真沒把巴陵公主的話放在心上，但關心她的人卻十分擔憂，怕女兒家為這種事情想不開，能出頭的就出頭，能勸她的就多說幾句。

李歸錦笑著說：「是，謹遵皇后娘娘教誨，聽皇后娘娘這麼說，我就安心多了。」

皇后頷首，對旁邊的女官說道：「巴陵公主殿前失儀，請她回去靜心反省吧！」

女官有些吃驚地看著皇后，皇后不高興地說：「還不去？」

女官低頭告罪，連忙傳口諭去了。

李歸錦也吃驚不已，她看著女官在下面的坐席中找到巴陵公主，朗聲把皇后口諭唸了出來，周圍之人全都安靜下來，神色或吃驚、或惶恐。

巴陵公主氣得渾身發抖，站起來時還需丫鬟攙扶，她朝殿上看了一眼，甩袖離去。

高陽公主也很吃驚，吶吶地說：「皇后娘娘為了給歸錦做面子，真是一點情面也不留給七姊啊……」

周遭議論紛紛，皇后卻跟個沒事人一樣，在殿上笑著對李歸錦說：「……隔天用黃瓜或牛奶敷面，皮膚果然好了很多，妳後來說的紅酒面膜，本宮已派人去尋最好的葡萄釀，到時我們一同試試。」

坐在不遠處的蕭淑妃聽聞她們在說美顏的東西，十分好奇，難得主動湊到皇后跟前，問道：「皇后娘娘最近可是得了什麼好東西？」

皇后不待見她，淡淡地說道：「也不是什麼好東西。淑妃天生麗質，想必用不上，只有本宮這種人老珠黃的人才需要。」

蕭淑妃撇了撇嘴，傲氣地不再多問，但她卻瞪了李歸錦一眼，心想她與皇后如此親近，之前果然就是皇后要安排她進宮，幸好被她阻攔了。

內殿爭執的事經由太監傳至李治耳中，他聽聞之後，沒有任何表示，裝作不知道一般。

巴陵公主坐在馬車裡，馬車停在萬年宮門口遲遲不動，等了半晌，才有太監小步跑來。

「皇上怎麼說？」

「皇上……皇上忙著同賓客說話，沒有任何口諭。」

「他沒有挽留我？」

太監偷偷用眼角看向臉色發青的巴陵公主，膽怯地搖了搖頭。

對這個結果，巴陵公主簡直難以置信，頹然地倒在車廂裡。

「不過是個野丫頭罷了，竟然為了她，當眾作踐我！」她又急又氣，臉色非常難看。身旁的丫鬟全都噤聲，深怕被她的怒氣波及。

巴陵公主要車夫立刻送自己回長安，之後便病倒在床。

待到開宴時，所有賓客都來到宴廳，男賓在左，女賓在右，皇上與皇后齊坐在前方，接受眾人賀拜。

恭祝皇上萬壽無疆的頌唱聲一層層從宴廳向外傳去，如潮湧般層層疊疊。

此時，豆盧欽望正被太監從床上請了起來。

豆盧欽望穿上鎧甲，問道：「皇上指名要我赴宴？」

太監笑著幫他穿戴。「正是。雖然皇上知道世子身上有傷，但是您救人有功，皇上想在宴會上獎賞您，這才讓您趕過去。」

「是嗎？」豆盧欽望在心中嘀咕。宮中一向會在事情結束之後才一併賞賜，歸錦遭劫持一案還未偵破，獎賞怎麼這麼早就下來了？

他吃力地穿上鎧甲，束好頭髮，踏著黑靴往宴廳走去。

此刻宴廳中已賀拜完畢，有樂師和舞姬在獻藝，眾人飲酒說笑，十分熱鬧。

太監引豆盧欽望入席坐下，然後向李治稟報人已請到。李治點點頭，交代了兩句，立刻就有樂師擊打殿上的大鐘，隨著鐘聲傳出，宴席上的舞姬退下，說話的人也安靜了下來。

李治清了清嗓子，說道：「今天是朕的生辰，朕很開心，但這兩天卻發生了一件讓朕很不高興的事！有人竟膽敢從禁軍手中劫持女眷，還有人在女眷被救回之後造謠生事，毀人清譽！」

在場之人都想到巴陵公主被請回之事，有些暗地裡說過非議之言的人，紛紛低下頭，深怕被皇上的怒火波及。

不過李治並未繼續發怒，而是招手喊道：「錦兒，妳上前來。」

李歸錦有些緊張，但李治喊她，她只得過去。

李治說：「此姝乃朕的三皇姊汝南公主的遺血，貌美出塵、博學出眾，這次為了替朕準備賀禮，險些遭遇不測，朕心疼她孤苦無依，今天要為她賜一門親事！」

李歸錦整個人如遭雷擊，猛然看向蕭淑妃。難道昨晚蕭淑妃說要給她指一門蕭家親事的請求，李治同意了？

不，她不要！

在場眾人低聲議論起來，皇上是聽到流言蜚語，怕李歸錦嫁不出去，才要為她賜婚吧？不知會點到誰家兒郎？這到底是好事，還是壞事呢？

一時之間，家中有適齡男子的人家，都有些緊張。

李歸錦腦門急得出汗，她不想嫁到蕭家，活在蕭淑妃的掌控下。於是牙一咬，跪在殿中。

「皇上……」李歸錦出聲說道：「皇上如此憐憫、疼愛我，歸錦萬分感激！只是歸錦長在民間，原就不比其他名門閨秀突出，何況這次遭遇劫匪，不管事實如何，名譽已受損，歸錦怎敢接受賜婚，連累名門子弟？歸錦已決定往後侍奉皇上、皇后娘娘和太妃娘娘，這輩子都不嫁了，請皇上收回成命！」

在場眾人皆震驚不已，她竟然說她不嫁了！

李治吃驚得說不出話，皇后則神色擔憂地勸道：「妳要想開一些，原本就沒發生什麼事，怎麼能因為一點謠言就說不嫁？快起來，不要胡思亂想了。」

李治緩過神來，冷冷地說道：「看看，謠言惡毒，不需用刀就可殺人！以後誰敢再造謠，休怪朕不留情面！」

蕭淑妃心思急轉，一面想著無論如何得把李歸錦嫁出去，不然留她在皇上面前，早晚會出事；另一方面又想，皇上如此震怒，她此時若替蕭家兒郎求婚，解了皇上的燃眉之急，皇上肯定會感激她！

於是蕭淑妃開口說：「皇上息怒。造謠之人只是少數，咱們可都是明事理的人，誰不知李小姐譽滿京城，是出了名的有美貌又有才學？皇上既然要賜婚，臣妾斗膽，替蕭家兒郎求娶李小姐，定不會委屈她！」

李歸錦在心中哀號，果然是蕭淑妃的主意，這可怎麼辦?!

豆盧欽望也嚇呆了。一會兒要賜婚，一會兒說不嫁，一會兒又提議要將她嫁給蕭家兒郎！不論是哪一種，他都不能接受！

他之前以為歸錦喜歡狄仁傑才忍痛割愛，雖然那似乎是誤會一場，可如果她不能嫁給她所愛之人，他為什麼要便宜其他人？

蕭家的人想娶她？他不許！皇上要賜婚給其他人？讓他來！

豆盧欽望大步走到殿中，單膝跪下，拱手朗聲道：「皇上，微臣斗膽，求皇上將李小姐賜婚予我！」

李歸錦瞪圓了眼睛，看向豆盧欽望。這……又是什麼情況?!

李治卻突然哈哈大笑，單手擊腿叫好。「好！朕果然沒有看錯！此次是你將錦兒救回，朕原本就有心成全一段英雄救美的佳話，你若有意，再好不過！」

皇后也在旁邊笑著說：「不錯，真乃天作之合！歸錦，豆盧世子是妳的救命恩人，他最能證明妳的清譽，這下妳就沒什麼好擔憂的吧？還不快謝恩！」

豆盧欽望和李歸錦兩個人都呆住了。豆盧欽望是沒料到李治原本就有意把李歸錦賜婚給他，而李歸錦則是沒料到豆盧欽望會主動上前求娶。

一時之間，兩人都跪著，互相看著對方，不知如何應對。他們這副模樣，看在其他人眼中，卻是郎有情、妹有意，十分美妙！

殿中已有人笑著對芮國公道賀，不斷有人附和說「郎才女貌」、「金童玉女」、「珠聯璧合」等祝賀詞。

豆盧欽望看著李歸錦，低聲說：「歸錦，我沒想到是這樣……若妳不願，我再跟皇上說。」

李歸錦皺眉說道：「要怎麼說？皇上定然以為你戲弄他，會勃然大怒的。」

在這種公開場合，可萬萬不能拂了皇上的面子啊！

豆盧欽望內心激動，他多麼想讓李歸錦就這麼嫁給他，但他無法確定她的心意，便猶豫地問道：「那……怎麼辦？」

李歸錦想到豆盧欽望曾經被人說過的那些話，若此時他們的婚事泡湯，只怕更坐實了豆盧欽望好男色的流言吧？

她又想到豆盧欽望救她時不顧安危的那一刀，他是在用性命守護她啊……

李歸錦嘆了一聲，說道：「我現在心好亂，想不到該怎麼辦，先應下來，回頭再做打算吧！」

皇上笑著問道：「你們倆在說什麼悄悄話？快謝恩平身吧，以後有得是時間讓你們說話！」

兩人面色通紅，謝過恩後起身。

李歸錦回到燕太妃身邊，燕太妃握著她的手笑著說：「好孩子，總算是了卻我一樁心事了！」

李治則對皇后說：「燕太妃娘娘向朕提議把錦兒賜給豆盧欽望時，朕還有些猶豫，沒想到他們兩人倒是情投意合，算是歪打正著，佳偶天成！」

皇后笑著說：「是皇上英明。」

生辰宴後，皇上成全「英雄救美」而賜婚的佳話，在宗室和禁軍中傳開了。

臨時監獄內，負責守衛的禁軍和狄仁傑閒聊。「皇上才說要賜婚，豆盧隊長就緊張起來，深怕美人被人搶走，一下子衝上前去跪在李小姐面前求婚，把李小姐感動得哭了！」

「誰知道皇上原本就打算把李小姐賜婚給他，豆盧隊長都高興得傻住了，只知道笑，後來還因為在宴席上喝了太多酒，被御醫罵了好一頓。」

「大夥兒都猜李小姐和豆盧隊長原本就郎有情、妹有意，不然皇上說要賜婚時，李小姐原本嚇得說要終身不嫁，後來見是豆盧隊長求婚，便答應了呢……真是英雄配美人，教人豔羨！」

「要我說，豆盧隊長和李小姐真是有緣分，不然禁軍這麼多人，怎麼就是豆盧隊長救了李小姐？我還聽說芮國公夫人原本就與汝南公主極為要好，兩家十分親近，這才叫緣分哪！狄大人，您說是不是？」

「咦？狄大人，您怎麼不說話？」

狄仁傑根本說不出話，現在他的胸口彷彿被一塊巨石堵住，連呼吸都有些困難。

一個是他喜歡的人，一個是他的好友……他們被賜婚了，是御賜的婚姻！

雖然他很早就知道豆盧欽望喜歡歸錦，可是豆盧欽望分明打算成全他們兩人，之前還催著他去提親，可為什麼臨時變卦了？

狄仁傑的心思非常紊亂，他擔心在禁軍面前失態，便起身道：「我突然想起一件關鍵的事，先出去查案了，回頭再聊。」

他快步走出監獄，一頭栽進園子中，快步走了好一陣子，才漸漸平靜下來。

事情為什麼會發展成這個樣子？

雖然古爹爹已經答應他的提親，可他卻沒親自向李歸錦表明心意，總覺得既然皇上不納她為妃，往後自然有得是時間。

如今歸錦已接受皇上的賜婚，他該怎麼辦？還能向她吐露心意嗎？吐露心意之後，情況會有轉變嗎？

他的內心翻騰不已，有一個聲音在大聲吶喊，要他去把李歸錦搶回來，要他拉李歸錦去皇上面前悔婚；可是另一個冷靜的聲音卻告訴他，這些想法絕非君子所為，更是大逆不道。他自幼讀聖賢書，可不是這樣教導他的！

而且……李歸錦到底愛不愛他？是否願意放棄豆盧欽望，與他奮力一搏？他……並不是那麼有自信。

他非常羨慕豆盧欽望什麼都敢說、什麼都敢做，隨著自己的心意，勇往直前。而他，循規蹈矩、瞻前顧後，一腔情意就要這樣付諸東流……

狄仁傑心中憋氣，一拳打在石亭的柱子上，從胸腔裡發出一聲悶吼。

他頹然坐在石亭中，遙遙看著安壽殿的方向，也不知歸錦現在情況如何？

自從來到萬年宮，狄仁傑一直沒有見到李歸錦，此時此刻，他萬分想念她……

李歸錦知道狄仁傑就在萬年宮中，早先她打算在李治生辰宴過後再找機會見他，可現在……她有些不敢與他相見。

見了面，會不會很尷尬？他會不會生氣？還是很難過？要怎麼向他解釋？可是，她又為什麼要解釋……

狄仁傑不曾對她表白，兩人也沒有確認過彼此的關係。除了他曾對古爹爹提親，他們平日相處時，言行並未踰矩。

想來想去，若要釐清頭緒，她還是得先決定要不要嫁給豆盧欽望，再去見狄仁傑。

李歸錦在房裡呆坐了一整天，頭髮扯掉了不少。正在為難之際，琬碧喜孜孜地跑進來說：「大小姐，世子來見您了！」

豆盧欽望來安壽殿見李歸錦，不但宮女不攔，燕太妃也不管，誰教他們是御賜的一對呢？

「他不好好養傷，跑到這裡來做什麼？」李歸錦擔心地自語道。

見他進來，李歸錦擺起臉色。「你才因酒喝太多被御醫叨唸，現在怎又到處亂跑？」

豆盧欽望是為了和李歸錦討論賜婚之事而來，原本他內心惴惴不安，聽她說這一句，心情立刻舒暢起來，笑著說：「我沒事，那些老夫子太過謹慎，像我們這種練武之人，在床上可待不住！」

李歸錦見他似乎沒事，就不再多說，倒也不是真的生氣。

豆盧欽望坐下之後又有些拘泥，他清了清嗓子，問道：「歸錦，咱們倆的婚事……」剛開口，他就覺得自己說錯話，這樣講實在太怪異了！

果然，李歸錦的臉立刻紅了。

豆盧欽望立刻改口道：「不是，我的意思是說，對於皇上的賜婚，妳是否想清楚了，肯接受嗎？」

李歸錦低著頭，撫弄起自己的裙襬。接受，覺得對不起狄仁傑；不接受，又沒那麼強烈的理由。

豆盧欽望見她沒立刻反對，便燃起一絲希望，連忙說：「皇上賜婚之後，我爹娘高興極了，已趕回家去準備提親之事，想必衛國公府也收到了賜婚的消息。妳若不肯嫁給我，咱們還是得盡快想個妥帖的辦法，不然最後恐怕會傷了長輩的心，也會惹皇上生氣。當然，如果妳肯嫁給我，自然是極好，我對妳的心意，妳也知道……」

李歸錦抬眼看向豆盧欽望，他因情緒有些高漲，眼睛顯得很閃亮，非常認真地盯著她。他的模樣本就長得好看，現在目光又這般璀璨，令她不敢直視。

她低聲說道：「也不是不願意，只是嫁與不嫁，都好麻煩……」

豆盧欽望激動地說：「什麼麻煩全部由我來解決，今天只要妳一個回答，其他事都不用妳操心。」

李歸錦問道：「什麼回答？」

豆盧欽望深呼吸一口，沈聲問道：「妳是不是真的願意放下狄仁傑？我知道妳現在或許還不喜歡我，不過我有信心，只要妳肯放下心中之人，我一定會讓妳喜歡上我！但是我不要妳委曲求全，嫁給我卻想著別人。」

雖然他之前要狄仁傑向她提親，被她知道時，她說的話像是在否定喜歡狄仁傑，可在他心中，依然覺得狄仁傑與李歸錦彼此有意。

其實，李歸錦沒有他想像中那麼喜歡狄仁傑，卻也沒有那麼不喜歡他。

她想了想，緩緩開口說：「我最近一直在想這些事……起先，我覺得你和狄仁傑都很好，我喜歡和你們一起聊天、玩耍，只是我關注狄仁傑更多一些，因為他會破案，還有一些我沒辦法說的特殊原因，但是這種關注，與男女之情無關。

「後來，長輩們都在為我的婚事操心，我很怕他們把我嫁給一個我沒見過的人，於是我就想，既然要嫁人，嫁個我熟悉的人最好。嫁給狄仁傑沒什麼不好，所以當你們都這麼說時，我沒有反對，只不過，現在皇上賜婚，我覺得嫁給你一樣很好，也沒什麼反對的理由，這讓我很徬徨……」

李歸錦皺著眉，繼續說：「天底下是不是沒有我這麼笨的人？我似乎分不清什麼是朋友之情、什麼是男女之愛，可大家非要逼著我現在就嫁人，我不知道該怎麼辦才好。我不想傷害狄仁傑，也不想傷害你……」

豆盧欽望聽了李歸錦這幽幽一席話，說不清是高興還是失望，但有一種心情他能確定，那就是解脫——原來她並不是愛上狄仁傑，非他不嫁！

豆盧欽望以為李歸錦十分愛狄仁傑，為此壓抑自己的感情多時，甚至在接受賜婚時，還為奪人所愛而感到自責。但這一刻，他決定了，他不再壓抑，不再忍讓！

他愛李歸錦，他想娶她，一點也不想把她讓給其他男人。

豆盧欽望鼓起勇氣，握住李歸錦微微顫抖的手，說道：「既然如此，就讓我自私一次、任性一次。我喜歡妳，想娶妳，我希望妳不要拒絕我，也希望妳能相信我，我會給妳幸福，也會讓妳愛上我。至於妳心中的擔憂，全都交給我解決，狄仁傑那邊，由我去和他解釋，好不好？」

李歸錦的手被他緊緊握著，芳心一陣猛跳。

「妳相信我嗎？」豆盧欽望追問。

就如被劫持時看到他出現，李歸錦就相信自己一定會得救一般，這一次，李歸錦也決定相信他。

她鄭重地點了點頭，豆盧欽望內心狂喜，恨不得一把抱住李歸錦，卻又怕嚇到她，只得站起身，對著天空振臂兩下。

李歸錦見他如此，連忙拉住他的袖子。「小心傷口啊！」

這下豆盧欽望再也忍不住，順勢就將她摟進懷裡，雀躍地說：「太好了，妳答應嫁給我了，太好了！」

聽見他歡喜的聲音，李歸錦也笑了起來。「有這麼好嗎？讓你這麼開心？」

豆盧欽望連連點頭道：「當然很好，我太開心了，開心得不知道該怎麼辦才好。」

李歸錦心中動容，她何德何能，竟讓他如此珍視……

豆盧欽望精神振奮地從安壽殿中出來，在宮道上待了一會兒，心情才平復下來。

他提步往臨時監獄走去，神色漸漸變得凝重，他要去和狄仁傑好好談一談。

第三十九章　妯娌相爭

衛國公府門口，一人一騎快速奔來，馬背上的男人一躍下馬，猛烈拍打衛國公府的大門。

門房老僕趕緊開門察看，盯著門前灰頭土臉的男子看了好一陣子，才失神地喊道：「三爺？是三爺回來了！」

李德淳自吳郡騎著千里馬，日夜兼程趕回，一進府就問：「大小姐呢？」

老僕說：「大小姐去了萬年宮，還沒回府。」

李德淳皺眉問道：「萬年宮？」

老僕說：「皇上去那邊避暑，舉辦生辰宴席。」

李德淳顯得有些著急，問道：「二爺在家嗎？」

老僕說：「在，這兩天二爺和二夫人都在忙著為……」

他話還未說完，李德淳已經像陣旋風似地去找李德獎了。

李德獎正在和李二夫人商議皇上賜婚之事，雖然不是入宮做妃子，但也是門好親事，他們很高興。

此時丫鬟忽然傳報，說三爺回來了，他們夫妻還以為自己聽錯了，正要確認，卻見李德淳已經進屋，站在他們眼前。

李德獎吃驚地說：「三弟？你怎麼現在就回來了？也不先報個信，我們好去接你……」
李二夫人則用手帕掩鼻，對丫鬟說：「快去打些水來給三爺洗塵。」
李德淳一路抄山路回家，身上的塵土是有些誇張，他滿頭泥垢，好似十天半個月沒洗頭一般。
不過他現在顧不了這些，開口就問：「家裡有沒有出什麼事？歸錦沒事吧？」
李德獎聽他詢問，滿臉笑意，說道：「你進城時就聽說了吧？皇上給歸錦賜了門親事，是芮國公府的世子。」
李德淳來不及開心，而是滿臉疑惑地問道：「賜婚？除了好事，沒其他事了？」
這是什麼話？李德獎不明白弟弟中了什麼邪，問道：「你想問什麼？直接說吧。」
李二夫人看李德淳一身狼狽又倉促的模樣，想了想，說道：「三弟是不是聽說歸錦被劫持，才急急忙忙趕回來？」
李德淳大驚，問道：「什麼？歸錦被劫持了？」
李二夫人忙說：「是虛驚一場，已經沒事了，正是被豆盧世子救回來的。」
李德淳得知李歸錦沒事之後，稍微鎮定了一些。「二哥，我們到書房裡詳談……」
聽他這麼說，李德獎知道事情不簡單，便點了點頭，兄弟兩人並肩往書房走去。
李二夫人並不管男人家的事，而是差丫鬟把媳婦叫過來，一起商議李歸錦的婚事。
許紫煙聽婆婆喊她，急忙趕來。李二夫人對她說道：「歸錦要出嫁，可她沒母親，這些事就要靠妳、我二人來張羅了。」

許紫煙笑著說：「這是喜事，媳婦自當出一份力。」

李二夫人和許紫煙盤點著李歸錦的陪嫁物品，說道：「皇上賜給汝南公主的陪嫁，到時歸錦都會帶走，這些東西做她的陪嫁物品就已經足夠，只是妳三叔就她一個女兒，必定還要再添一些。南院的庶務他們都自己打理，我們不好直接插手，但還是能列張清單出來，讓妳三叔去準備。」

兩人坐在炕頭桌邊，李二夫人說，許紫煙執筆，開始寫一些陪嫁必需品。

說著說著，李二夫人便陷入沈思，久久不說話，總要許紫煙提醒，她才看看清單，繼續往下講。

許紫煙見她精神不濟，便說：「婆婆勞累，我們改日再寫吧？橫豎現在芮國公府還沒來提親，到訂下婚期過禮，還有好些日子呢。」

李二夫人輕輕擺手，說道：「我不是累，是在想事情……妳小姑如今嫁了好人家，以後不用我們擔心，可是我們自己該怎麼辦呢？妳公公、妳相公，還有兩個小叔，他們又要怎麼辦呢？」

許紫煙不明所以地問道：「家裡不都好好的嗎？」

李二夫人嘆道：「明年守孝期就滿了，宮中該下繼承爵位的旨意了……」

許紫煙這下全明白了，婆婆原本想著大伯父一家被流放，爵位自然該由公公承襲，但現在大伯父被赦免，爵位由誰繼承可就不一定了，婆婆這是在擔心二房的前途。

李二夫人又說：「我原本以為妳小姑會進宮伺候皇上，到時有她在宮裡照應著，也能為幾個兄弟謀前程。如今賜婚的對象雖好，可芮國公府也幫不上咱們……」
許紫煙不敢多說，只是笑著勸道：「公公、相公和小叔他們對皇上忠心耿耿，又勤勉做事，皇上不會不管我們的。」
李二夫人惆悵地嘆了一聲，不再多言。

李德淳在府裡休息了一天，第二天就啟程到萬年宮去找李歸錦，不見她一面，他總是不放心，而且他還有要事要跟女兒商量。
李歸錦聽聞李德淳趕來，十分詫異，但還是歡喜地接他進殿。「您怎麼這麼早就回京了？我以為您至少要到八月才能回來。」
李德淳礙著旁邊有宮女，只說：「吳郡的事安排得差不多了，我不放心妳，所以先回來。聽說妳前不久被劫持了？都怪我不好，讓妳受這種苦。」
李歸錦笑著說：「我沒事了，再說，這事又怎麼能怪您呢？」
李德淳欲言又止，看了看周圍的宮女，沒有說話。
李歸錦心思一動，想起之前自己對吳王、荊王的猜測，便說：「父親，您到我房間坐坐吧，我有些話想跟您說。」
避開宮女與太監，李歸錦讓琬碧在房外守著，直接問李德淳。「我被劫持的事，跟您去吳郡有關嗎？」
李德淳面色沈重地點頭。「我才去吳郡和妳大伯父會合，吳王府就派了長史過來接待，對他一家照顧得十分周到。我心中不安，怕妳大伯父又和藩王有聯繫，便私底下勸他和吳王劃分得清楚一些，可是他不僅不聽我的勸，還說要送伯瑤去吳王府做事，我急得跟他吵了一架。

「我們吵架的事不知怎麼被人傳到了吳王府，吳王派人來說服我，說是要替我找個門路，讓我進幽州折衝府重新領兵。我自然不敢隨意接受他的好意，沒想到吳王的人竟威脅我，意思是我若不投靠吳王，就要讓我再度失去已經找回來的東西。我雖不怕被威脅，但是左思右想，他們分明是在拿妳威脅我，就急忙趕了回來。」

「原來如此，吳王真是膽大包天！」李歸錦凝神問道：「大伯父不聽勸嗎？」

李德淳皺著眉，點了點頭。

李歸錦嘆道：「他既然選擇了這條路，也怨不得我們見死不救了。您既然已經回來，就不要再和吳郡那邊聯繫了。」

李德淳不忍看大哥自取滅亡，但想到女兒或二哥一家也可能會有危險，只好忍痛答應。

「這事要不要告訴皇上？吳王之心，已昭然若揭了！」李德淳問道。

李歸錦搖頭道：「我們沒有證據，就算皇上相信，也奈何不了吳王，還會對我們造成威脅，您不如這麼做……」

李歸錦想來個將計就計。「吳王不是想讓您重新領兵，到時好幫他一把嗎？那就照他的話做，這樣不僅能讓吳王不再出手傷害我們，也許還可以探聽到一些秘密。」

李德淳聽了有些緊張。「要是一個不小心，恐怕會讓自己陷入萬劫不復的境地……」

李歸錦說：「所以我們還得找人幫忙。狄大人正在調查我被劫持一事，請他過來商議一番，再由他將實情告訴皇上。只要皇上心裡明白，想來到時就算吳王出事，也不會連累我們一家。」

李德淳有些不安，但他也怕吳王繼續對付他的家人。俗話說不怕賊偷，就怕賊惦記，他可不敢拿女兒的安危去打賭，只能先「投靠」吳王了。

「那就請狄大人來一趟吧！」

狄仁傑收到消息時，吃驚地問道：「李歸錦小姐請我去一趟？」

太監點頭稱是。

狄仁傑心裡五味雜陳。他剛和豆盧欽望懇談過，雖然知道他們三人之間有許多錯失和誤會，然而當他確定李歸錦同意這門婚事後，他就告訴自己，以後不可再打擾她。

此時李歸錦卻突然請人過來找他，讓他還沒平靜下來的心湖，又泛起漣漪。

狄仁傑來到安壽殿，當他見到李德淳也在時，不知怎的，又是鬆了口氣，又是失望。鬆了口氣，是因為李歸錦請他來，並不是為了兒女私情；但令他失望的，也是這個原因。

李德淳將他在吳郡發生的事說給狄仁傑聽，又推測了女兒被劫持的原因，狄仁傑便凝神沈靜下來。

他就是有這種本事，工作時能摒除雜念，全心投入。

李歸錦又把自己打算讓李德淳將計就計，當「臥底」的想法說出來，狄仁傑不禁目瞪口呆地看著她……

李歸錦尷尬地說道：「怎麼？這一計太過危險了嗎？」

狄仁傑搖頭笑道：「不是危險，只是……」

後面的話，狄仁傑不知該不該說，想了一下，便說道：「我們一起去見皇上吧，有些事你們也許應該知道。」

李德淳和李歸錦吃驚地對視一眼，莫非此事還有內情?!

待他們見到皇上，狄仁傑將他們的談話內容言簡意賅地複述了一遍，而後說道：「皇上，李小姐與皇上的想法不謀而合，所以微臣以為，讓他們知道實情，或許會更好。」

李治聽完也笑了，喊了李歸錦上前。「為何妳是個女子？若生為男兒身，就能像狄卿一樣為朕分憂。先前朕想完全赦免妳大伯父一家的流放之罪，但朝廷上卻有諸多顧忌，狄卿便出謀劃策，好讓他將功贖罪。朕之所以將他一家遷往吳郡，便是要他們替朕找到吳王謀逆的罪證。今日，妳竟也想到這上面去了。」

「原來如此，皇上用心良苦。」李歸錦有種恍然大悟的感覺。

李治想到吳王拉攏李德淳，冷冷道：「沒想到他不僅拉攏所有對先皇或對朕有怨言的人，還迫不及待地在京城中佈置棋子。這次妳被劫持，足以說明禁軍中已有人有異心，妳父親若能取得吳王的信任，說不定能更快查出哪些人投靠了吳王。」

既然李治已經發話，李德淳對「投靠」吳王一計再無後顧之憂，立即領命。同時，他內心也十分愧疚，原來大哥一家並非有謀逆之心，而是有皇命在身。

出了李治的宮殿，李歸錦向狄仁傑道謝。「以前不知你為了我大伯父的赦免而操心，現在才感謝你，希望還不晚。」

狄仁傑不禁苦笑。他並不求李歸錦的感謝，但他真正想要的東西，已經得不到了。

「李小姐多禮了，這也是國家社稷之事，不用特地謝我。」

兩人之間的對話已有生疏之意，李歸錦心中微微感到失落，卻不敢再多說，只怕彼此更見外。

因皇上賜婚和李德淳的歸來，李歸錦提早離開萬年宮回到衛國公府。豆盧欽望則因需要養傷，也被允許提前回家。

芮國公府在得到李德淳已回京的消息後，立即備了六禮到衛國公府提親，因是御賜的婚姻，每個步驟都有禮部官員協助，進行得十分順利。

由於汝南公主早逝，加上是皇上賜婚，雙方議婚之事都是由男主人出面，顯得有些另類，卻也彰顯對此事的重視。

禮部官員拿著豆盧欽望和李歸錦的生辰八字，笑著說：「國公爺、李大人，微臣這便帶著兩位新人的八字去太史局占卜，兩位等好消息吧！」

芮國公與李德淳將禮部官員送走後，李德淳又請芮國公進府小坐。

芮國公因兒子的婚事有了著落，心中感到相當痛快。雖然他過去懶得理會兒子好男風的傳言，但婚事遲遲不定，也是他心頭的一根刺。至於未來兒媳李歸錦，更是他賞識的女子，自然非常歡喜。

李德淳的心情更不用說，以衛國公府如今的情況，能把女兒嫁進芮國公府，他十分滿意，而且豆盧世子與女兒之間本就有情誼，女兒喜歡，他自然一百個願意。

親家之間和樂融融，芮國公笑著說：「聽聞賢弟馬上要出任幽州折衝府的別將？」

李德淳點頭道：「是，本打算等過了守孝期再出任，但眼下正好有這樣的機會，不想錯過。」

芮國公點頭說：「想來皇上也能體諒，以賢弟的本事，若不是早年用情太深，今日早已是一方領將。不過不要緊，為時未晚，日後賢弟必定能青雲直上、功成名就。」

李德淳此時才四十出頭，比芮國公小了十歲左右，正值壯年。

李德淳笑道：「我在寺廟中靜修多年，早已看淡名利，現在想的，不過是盡己所能照顧好家人，報答聖上隆恩。」

芮國公知道李德淳是性情中人，不禁點頭附和。

前面的人相談甚歡，後面的李歸錦卻有些發愁，因為古爹爹要她趕過去一趟，聽傳話的僕人說，古爹爹很是生氣。

在去古家的路上，李歸錦對琬碧說：「完了，爹中意的是狄仁傑，狄仁傑又跟他提過親，我現在卻答應皇上的賜婚，爹必定以為我三心二意，辜負狄仁傑一片心意了。」

琬碧說：「可是大小姐的幸福最重要，古老爺這麼疼愛您，一定會理解的。」

李歸錦嘆道：「希望如此吧。」

古爹爹的確很生氣，在他看來，女兒有玩弄狄仁傑感情的嫌疑，不然她為何要與他這麼親近？不僅經常一起出門玩，日常生活中也十分照顧彼此。

李歸錦頭一次這麼怕古爹爹。見到古爹爹時，她不禁縮著腦袋，說話聲音也不由得小了幾分。

「爹，您找我啊？」

古爹爹繃著臉說：「歸錦，我將妳養大，可從來沒教過妳這樣欺負人。對於妳和仁傑的事，我要聽妳的解釋。」

李歸錦自從答應豆盧欽望之後，感情漸漸理出了頭緒，心意也堅定下來。

她對古爹爹說：「爹，我和狄仁傑之間，以友情的成分居多。我曾經也想過，若要嫁人，嫁給他也不錯，但命運就是這般難測，我和他總是擦肩而過。世子的努力讓我很感動，我和他就這樣陰錯陽差走在一起，這何嘗不是一種緣分？我答應嫁給世子，除了是皇上賜婚，也是順著自己的心意。」

古爹爹責怪道：「若只是友情，妳就不該與仁傑那麼親近，讓人誤會！妳可知他為妳做了多少事？平日對我們的照顧就不說了，當初妳為了自己的身世負氣回并州，不僅不願認祖歸宗，連我也不理。若不是仁傑想出計策，讓太妃娘娘假裝要問我的罪，妳會趕回京城與我和好，並答應認祖歸宗嗎？妳如今的生活，可是仁傑幫妳爭取的！」

李歸錦聽得目瞪口呆，事情真相竟是如此?!

她說不出心裡是什麼感覺……雖然所有人都認為這是為了她好，但是被人算計的感覺並不好。當初她為古爹爹被捉之事，擔心得徹夜睡不著覺，但這竟然只是個逼她認祖歸宗的騙局？

李歸錦垂下眼眸，輕聲說道：「爹，狄仁傑的好我很清楚，但世子同樣也對我很好，我既然已經答應他，就不會再動搖。若我在他們兩人之間左右搖擺，您又覺得我是個什麼樣的人呢？」

她緩緩起身，向古爹爹行了一禮之後，離開了古家。

李歸錦自古家回來之後，心情頗為抑鬱，一個人坐著胡思亂想，愈想愈氣。當初他們為什麼不能敞開心扉和她談一談，偏要用設局的方式引她入甕？

古爹爹、狄仁傑、燕太妃……愈是親近的人，愈是讓她氣惱。

她不想一個人生悶氣，喊來琬碧問道：「去管事那裡，看看我不在家的這些日子，可有什麼人送請帖過來？我想出去走走。」

琬碧跑了一趟，抱了一疊請帖回來。

李歸錦翻了翻，有一張來自「菡萏書社」的集會帖，落款人是個名為「雁卿」的女子。

帖子裡言明，因李歸錦之前在宋國公府中寫的那首〈贈荷花〉裡有一句「唯有綠荷紅菡萏」，恰巧與她們「菡萏書社」的名字相撞，她們便覺得李歸錦與她們有緣，邀請她加入。

李歸錦覺得有趣，又見集會地點竟然是房玄齡的梁國公府，不由得想去參加。「琬碧，妳拿著帖子要洪箏打聽一下，這個叫『雁卿』的女子是房家的什麼人。」

琬碧點點頭，帶著帖子出去。李歸錦又挑出田夫人、永安伯夫人以及裴知湘的帖子，打算近幾日一一拜訪。

傍晚，洪箏親自來回話。「我問過府裡熟悉世家來往的老管事，大小姐所問的『雁卿』，是梁國公府的大少奶奶，房遺直大人的夫人，杜雁卿。」

李歸錦點頭道：「原來是她。」

高陽公主曾在襄城公主面前說她婆婆和大嫂為難她，這個杜雁卿，便是高陽公主口中的大嫂。

李歸錦想了想，說道：「替我回個帖子，說明日午後去拜訪她。」

洪箏猶豫道：「據老管事說，高陽公主和長嫂不和是人盡皆知，大小姐去拜訪杜夫人，高陽公主會不會不高興？」

洪箏身為李歸錦的管事，知道她和高陽公主有「銅牛」交情。

李歸錦淡笑道：「無妨，我並不需要看高陽公主的臉色行事。」

洪箏不再多說，依李歸錦所說去回帖。

第二日午後李歸錦來到梁國公府時，杜雁卿親自在內院相迎，她笑著說：「久聞李小姐大名，今日總算得以相見。」

李歸錦打量起杜雁卿——三十餘歲的少婦，面容姣好、舉止端莊，只是穿著打扮稍嫌老氣，標準大戶人家長媳的模樣。

「能得到杜夫人相邀，歸錦不勝榮幸。只是因為前些日子忙碌，所以過了這麼久才來拜訪。」李歸錦淺笑道。

杜雁卿引她去後院廳中，邊走邊說：「我明白，我家老爺是禮部尚書，他將芮國公世子和妳那段佳話說給我聽了，恭喜！」

房玄齡的嫡長子房遺直是禮部尚書，房玄齡去世後，他便承襲了爵位，如今是梁國公。

李歸錦笑著道謝，杜雁卿又說：「原以為妳要準備婚事，必定沒空出門，現在肯來與我相見，我已十分高興。我們書社的女子，已仰慕妳多時了。」

說著，便向李歸錦引薦在廳中久候的幾名女子。

她們都是菡萏書社的成員，李歸錦一個也不認得，但看身上穿戴，應是富貴人家的女兒或媳婦。

她一一見禮，坐下來與她們說話。

有個年紀小的女孩沈不住氣，說道：「李姊姊，我聽姊姊們唸了妳作的詩，十分喜歡，可是我自幼就不擅作詩，也不妄想寫詩了。不過我學寫了十年的字，大家都說妳的字寫得好，我便想請教姊姊的書法。」

杜夫人說道：「奉玉，妳也太心急了，李小姐才剛到，我們先喝茶說話，晚點再寫字品書。」

那名叫奉玉的女孩嬌聲說道：「我盼了好久呢，等不及了嘛！」

李歸錦笑道：「我的字只是寫得中規中矩，倒也算不上什麼。想必是之前參加宴會時多虧大家捧場，才傳出一些虛名，倒讓妳們笑話。」

一個面色冰冷的女子接話道：「看吧，李小姐自己都這麼說了，妳們還不信嗎？我早說是那些沒見識的男子看到貌美女子寫了幅字，便誇大其辭。」

李歸錦循聲望去，端起茶喝了一口，沒有說話。

杜夫人吃驚地說道：「璟雯，李小姐是自謙而已，妳可不能這樣說話！」

名叫璟雯的女子不以為然，硬氣地抬著下巴。

李歸錦感受到幾人不同的心思，她放下茶杯，向杜夫人問道：「不知菡萏書社平日是怎麼運作的？」

杜夫人介紹道：「菡萏書社最初只是我與幾個閨中好友一時興起取的名字，平日邀些喜愛讀書寫字的女子前來相聚，現在已有二十餘人了。有時是五日一聚，節日忙碌便十日一聚。相聚時，一般是將自己在家寫的字、讀的書拿出來讓大家品評，偶爾也會請夫子過來講授。」

李歸錦點了點頭。沒想到這由女子組成的書社，做起事來還有模有樣的。

杜夫人又解釋道：「今日原本不是書社聚會的日子，所以只有幾個姊妹過來做客，平常大家都在時，場面十分熱鬧。」

李歸錦說：「如有聚會，不知我能不能來參加？我也想長長見識。」

杜夫人高興地說道：「當然可以，我正有此意！」

環雯不輕不重地哼了一聲，李歸錦裝作沒聽見，不理她，杜夫人則皺起了眉頭。

說了一會兒話，李歸錦正要寫字給奉玉看，碰巧有丫鬟來稟報。「高陽公主聽聞李小姐來府裡做客，特請李小姐過去坐坐。」

李歸錦正提起筆，便說：「好，待我寫完字，就去見公主。」

丫鬟領命而去，旋即又回來。「公主說有要緊的事，請李小姐速去。」

李歸錦放下筆，有些不解。

她看著還未寫完的半幅字，對在場眾人說道：「可是不巧了，既然公主有要事，我先去看看，餘下的半幅字，我晚些再回來寫。」

杜夫人的表情有些惱怒，這是她請來的客人，高陽公主這麼急迫地來請人，是什麼意思?!

但她不怪李歸錦，反而一直賠不是。「我這二弟妹性子就是如此，說風便是雨。妳本是來做客，卻要妳這樣奔波，不如我送妳過去吧。」

李歸錦微微頷首，兩人往高陽公主的院子走去。

路上，杜夫人說道：「先前環雯出言無狀，請李小姐不要放在心上。她平日不是這樣的，只怕是遇到什麼不開心的事，所以說話失了分寸。」

李歸錦想到那個女子莫名其妙對自己有敵意，的確很奇怪，但也不放在心上。

她笑著說：「無妨，喜愛讀書的女子，有點心氣和脾氣也是常見。環雯小姐與我剛認識，互相不了解，等時間久了，就算有什麼成見，也會消除的。」

杜夫人見她度量大又懂得體諒，稱讚道：「李小姐這般為人，難怪得皇上和皇后娘娘疼愛！」

先前皇后娘娘為了李歸錦，把巴陵公主趕出內殿的事，京城的權貴人家都聽說了。巴陵公主氣得在床上躺了半個月有餘，被人當成茶餘飯後閒聊的話題。

談話間，兩人抵達了高陽公主的院子。

高陽公主看到杜夫人陪著李歸錦一道來，便沈著臉對杜夫人說：「大嫂怎麼親自送客人過來？怕我將李小姐吃了不成?!」

杜夫人難堪地笑著說：「哪裡的話，李小姐難得過來做客，我送一送，也是該有的禮節。」

若說禮節，高陽公主要請客人去自己院子裡做客，應該自己去杜夫人那裡相邀才是。她失禮便罷，杜夫人還得顧著梁國公府的面子，替她將人親自送過來。

怎知高陽公主卻不領情。「既然人已送到，大嫂就請回吧，我有些話想單獨和李小姐說。」

杜夫人面子有些掛不住，轉身就走。

她離開之後，高陽公主臉色依舊冷淡。「李小姐既然到梁國公府做客，怎不來我這裡坐，反而去了我大嫂那裡？」

李歸錦算是明白了，她們妯娌之間的爭鬥，把她給捲了進去。

「沒提前送拜帖，怕公主不在家。」李歸錦淡淡解釋了一句。

高陽公主想想也是，她平日很少待在家裡，今日剛好在家閒著，李歸錦不知道，也不好貿然前來相見。

於是她又問：「莫非妳要參加她那什麼書社不成？那有什麼好參加的，都是些自視清高的小姐，在那裡裝腔作勢！」

李歸錦說：「我在京城不認識什麼人，平日就算是參加聚會，也都是宗室親戚間的走動。聽杜夫人介紹，書社裡的成員多是些官宦家的夫人、小姐，便覺得以書結緣，認識幾個人也不錯。」

「她們有什麼值得妳認識的？」高陽公主深感不解。

李歸錦笑而不答，反過來問道：「公主說有急事找我，不知是什麼事？」

高陽公主擺了擺手。「也沒什麼事，只是聽說妳到府裡來了，理應由我招待。」

李歸錦不禁苦笑，這高陽公主還真是霸道呢……不過想到她之前曾為自己出頭，李歸錦便由著她的性子，將自己內心的不滿壓了下來。

第四十章　暗潮洶湧

而杜雁卿那邊，奉玉問道：「李小姐還會過來嗎？她這幅字沒寫完呢……她的字果然寫得很好，等她寫完，我想拓印一份帶回去。」

杜夫人不太確定地說：「她之前說要回來寫完，應該會吧。」

但是她們苦候多時，李歸錦卻一直沒回來。

杜夫人派人去問，丫鬟說高陽公主又把三少奶奶荊州郡主請過去作陪，說是會留李小姐在那裡用膳，要她不用操心。

杜夫人氣得不得了，可也沒法子，誰叫她兩個妯娌一個是公主，一個是郡主呢?!

杜雁卿是萊國公、前宰相杜如晦的姪孫女，家世並不差，但杜如晦死後，他的弟弟、兒子接連獲罪，杜家一門便衰落了。杜雁卿缺乏有力的娘家背景，拿什麼去和兩個有靠山的妯娌比？

高陽公主就算了，誰教她是先皇疼愛的女兒，杜雁卿自知比不得，但她沒想到，一個高陽不夠，她的三弟又娶了荊王李元景的女兒為妻！

幸而高陽公主自身品行不端，早年和辯機和尚傳出醜聞；荊州郡主嬌生慣養，不願打理家務，她們的婆婆不待見這兩位尊貴的兒媳，只喜歡知書達禮的杜雁卿。若不是婆婆喜歡她，她在梁國公府早就沒了半點地位。

想到這裡，杜夫人只好忍下怒氣，對奉玉、璟雯說：「看來李小姐回不來這邊了，好在她答應入社，以後有得是機會交流。今天時候不早，咱們就別等了。」

奉玉悶悶不樂地告辭，與璟雯一起出去。

她心心念念地道：「雯姊姊看到李姊姊的字了吧？寫得真好，傳聞果然不假。」

璟雯冷冷說道：「我看也就那樣。」

奉玉與她爭論起來。「雯姊姊的眼光怎麼變差了？妳以前不是最懂這些嗎？」

璟雯看了奉玉一眼，便不再理她。

奉玉無奈地說道：「罷了。下次聚會讓大家一起評評理，就知道好不好了！」

待兩人各自乘轎回家，璟雯的貼身丫鬟便問道：「小姐，剛剛見的那個李歸錦小姐，就是要嫁給芮國公世子的人嗎？」

璟雯點了點頭，拳頭捏得緊緊的。

丫鬟撇嘴說：「定是她勾引了芮國公世子，瞧她長得一臉狐媚，哪裡像正經人家的小姐！」

璟雯冷笑道：「勾引又如何？那也是她的本事。總好過我，淪為別人家的笑話。」

丫鬟替璟雯抱不平。「小姐，事到如今，您別再想著芮國公世子了，他當初招惹了您，回頭便裝不認識，這樣的男子也靠不住。表少爺多好，從小就護著小姐，您就鬆鬆口，答應嫁給他吧！」

璟雯想到三年前，她出城遊玩時掉了頭上的簪子，是豆盧欽望撿到簪子還她，她便一見傾心。

春日桃花叢中，俊美少年拿著簪子攔住她的去路。舉手相詢、下馬遞簪，當時的一幕幕至今仍讓她留戀。璟雯從未見過那麼好看的男子，他騎馬的樣子、說話的神情，都是特別的，無人能比。

後來，她為了豆盧欽望寢食難安。母親知曉之後，曾託媒人去芮國公府議親。芮國公夫人得知兒子與她有過那樣一段機緣，倒是很高興，客客氣氣地招待她們，但豆盧欽望竟然當著芮國公夫人、媒人以及璟雯母親的面，告訴她們他根本就不記得她們所說的那位小姐，教璟雯的母親下不了臺。

璟雯想起過往，幽幽地嘆了口氣說：「從一開始就是我自作多情吧……他撿了我的簪子，只怕真是無意之舉，是我想多了……他既要娶妻，我也該嫁人了。」

李歸錦並不知璟雯是因為豆盧欽望而不喜歡她。此時她正與高陽公主、荊州郡主一起用晚膳，聽她們說自己家中的八卦。

梁國公府與衛國公府情況一樣，到了明年，守孝期結束，宮裡就要下襲爵的聖旨，高陽公主和荊州郡主都十分關心此事。

高陽公主喝了兩杯酒，話匣子便打開了。「我曾求父皇早早將我家老爺立為世子，可父皇不答應，還喝斥我亂了嫡長次序，沒規矩。可他是我相公，他若不能承襲梁國公的爵位，難道要讓給我大伯？我是公主，杜氏算什麼？她如果做了國公夫人，是不是就要踩到我頭上了?!」

荊州郡主附和道：「正是。二伯文武兼備，又得皇上器重，梁國公府在他手上才能發揚光大，就大伯那個軟綿綿的性子，怎麼能支撐門庭？可不能因為他早生了幾年，就讓他得了爵位。」

先皇還在世時，高陽公主就為了立世子的事鬧到先皇面前。房遺直擔心家庭不睦，主動提出把世子之位讓給弟弟房遺愛，但遭到先皇拒絕。之後先皇不僅喝斥高陽公主和房遺愛，還升了房遺直的官位。

自此，梁國公府的世子之位一直懸而未決，所以三個嫡子之中，會由誰襲爵仍是未知數。

她們妯娌兩個說起這些，竟然一點也不避諱李歸錦，倒讓李歸錦有些不好意思。

李歸錦正在想要不要找個藉口離開，高陽公主就拉了她一把，問道：「妳呢？妳有什麼打算？」

李歸錦不明所以地問道：「我？」

高陽公主給了她一個白眼。「傻姑娘，妳家明年也要襲爵，妳就沒想過幫妳父親爭取到衛國公的爵位？妳大伯父雖然早年被立為世子，但他被流放多年，如今就算被赦免，也沒了底氣；妳二伯父這些年庸庸碌碌，未有什麼建樹。妳爹娶了我三皇姊，身分自然與妳的伯父們不同，加上妳即將嫁入芮國公府，妳大可以跟芮國公商議，想個法子把爵位爭過來！」

李歸錦恍然大悟，難怪她們不避諱自己，原來她們把自己當成同路人呢……

李歸錦假裝為難地說：「唉，話是這麼說，可我爹在廟中修行多年，早就沒有爭名奪利的心，只怕不想參與其中。」

荊州郡主說：「妳爹就算不為他自己著想，也該為妳想想。對妳來說，妳是衛國公的女兒還是姪女，差別可大著呢！」

李歸錦在心中嘆了口氣。這兩個人說起來也是為了她好，但這般心術不正，她也不能助紂為虐。

她嘗試著勸道：「我父親曾講禪給我聽，有位得道禪師說：『但得心閒到處閒，莫拘城市與溪山。是非名利渾如夢，正眼觀時一瞬間。』這便是說，想要過得好，只要心中自在便可，不然放不下名利，在深山之中也煩惱重重，不得自由。人生在世短短幾十年，何必為了名利，而讓自己活得那麼累呢？」

高陽公主用奇怪的眼神看她。「妳爹被廟裡的禿驢教壞了，該不會還想把妳渡化成一個尼姑吧？可不能再聽他們說這種話，要就做最尊貴的人，過最好的日子。」

李歸錦笑著說：「春有百花秋有月，夏有涼風冬有雪。若無閒事掛心頭，便是人間好時節。這才是我想過的生活呢！」

高陽公主搖了搖頭，荊州郡主也不再多說。

待李歸錦告辭回家，荊州郡主嗤笑著對高陽公主說：「她畢竟長在民間，沒見過世面，如今的生活她已十分滿足，妳何必替她操心那些事？」

高陽公主點了點頭。「沒想到她是這樣的人，我也懶得管她了，還是想想自己吧。唉，如今大伯甚得帝心，我得找個足夠的理由，才能讓他失去襲爵的資格。」

荊州郡主眼睛一轉，悄聲道：「我父王曾說過，要毀滅一個人，便是將他最得意的東西，變成他最恥辱的東西，這樣任誰也翻不了身。」

「喔？最得意的變成最恥辱的……」高陽公主細細想了一陣，說道：「先皇和皇上一直誇大伯恭謹有禮，還封他做禮部尚書，若他品行有缺，他的『知禮』可就是笑話了。」

荊州郡主笑道：「正是。一個男子若品行有問題，原因最可能出在女子身上。只是以大伯如今的地位，一般女子只怕奈何不了他，想讓他徹徹底底毀掉，那女子的身分和他的關係，必定得不一般……」

高陽公主聽出了端倪，問道：「妳心中已有計謀，為什麼不直接說？」

荊州郡主畢竟膽子小了些，她想了半天，說道：「其實這是我父王的意思，他看不得咱們龍子皇孫受委屈，便叮囑我在家中要處處幫妳。他之前曾對我說，若要毀滅房遺直，妳只要親自去他屋裡走一趟，事情就簡單了……」

高陽公主還是有點迷糊，她又想了一會兒，才吃驚道：「堂叔的意思，是要我去勾引大伯？」

荊州郡主怕高陽公主生氣，連忙說：「不用勾引，只要向皇上說大伯要非禮妳，他就什麼名聲都沒了。」

高陽公主聽完，非但沒有生氣，眼睛還發出賊光。

荊州郡主觀察她的神色一會兒，鬆了口氣，想到了她父親荊王對她說過的話——

「高陽既是能與辯機和尚、道士李晃私通的人，又怎麼會怕損了自己這點名聲？」

荊州郡主不禁在心中暗暗稱讚，父王果然慧眼！

走訪完梁國公府，李歸錦又擇期去探望永安伯夫人的媳婦羅氏。

如今羅氏懷孕約四個月，永安伯夫人十分歡喜，什麼事也不讓她做，使羅氏在家十分無聊，李歸錦來看她，她便高興地拉著李歸錦說起話來。

「我在家養胎這段日子，可是聽了不少關於妳的事。」羅氏說道。

李歸錦說：「該不會又是在宋國公府那些事吧？傳言誇張而已。」

羅氏搖頭說：「那算得了什麼，我是聽說妳把巴陵公主氣得在床上躺了半個月，她一雙兒女還為了妳打起來呢！」

李歸錦瞪大了眼睛說道：「巴陵公主被皇后娘娘趕走，她因為這樣而生氣我還猜得到，但是柴源和柴沐萍打架又是怎麼回事？」

羅氏還未回答，就已笑了半天，好不容易忍住，她才說：「這事太荒唐，我得想想該怎麼講……妳和芮國公世子被賜婚的消息傳回京城時，柴家就鬧了起來，柴源說要去御前求娶妳，柴沐萍則說要嫁芮國公世子。

「這兩件事分明都不可能，柴源便怪芮國公世子把妳搶走了，柴沐萍聽他說世子不好，偏要說是妳勾引了世子，兩兄妹爭得一發不可收拾，在後院打了一架。巴陵公主本就因皇上生辰宴席之事嘔氣，聽說了兩兄妹的言行，更是氣得大哭了一場，真不知道巴陵公主怎麼生了這兩個報應……」

李歸錦吶吶道：「不會吧……這話是聽誰說的呀？」

羅氏說：「私底下都在傳呢，聽說是襄陽郡公府的僕人傳出來的，將兩兄妹如何吵架、如何打架的情形說得十分真切，是我嘴巴笨，說得不好。當時聽來探望我的姊妹說起此事，大家可是足足笑了半日呢！」

李歸錦說：「唉，這可真是……怎會惹出這些事，教我以後怎麼見人?!」

羅氏怕她多想，便說：「妳怕什麼？大家笑的是柴家的人，說起妳和世子，都只有稱讚。你們若不好，柴家兄妹又怎會如此喜歡你們？」

李歸錦無奈道：「真不知道我和世子跟柴家結下了什麼孽緣……」

此時永安伯夫人回來了，她見到李歸錦之後，笑著說：「妳猜我剛剛出門去哪兒了？」

李歸錦向她請安，說道：「我來向您請安時不見您，羅姊姊就說您去芮國公府找姨母說話去了。」

永安伯夫人眉飛色舞地說：「阿姮請我當你們的全福人呢！」

全福人，是上有公婆、父母，下有兒女雙全的福氣之人，永安伯夫人又跟兩家關係都不錯，請她做全福人再合適不過。

羅氏笑了起來。「芮國公夫人必定十分歡喜吧，這麼早就開始找全福人了。」

永安伯夫人說：「可不是！芮國公府裡人來人往，京城數得上名字的店鋪掌櫃都被請了過去，全是商量如何佈置新房、如何採辦彩禮和喜酒。我看她忙得不得了，過一會兒還要接待新興公主，就沒有多坐，沒想到她家的新娘子，竟在我家呢！」

李歸錦紅了臉。「姨母取笑我，我以後不來玩了！」

「唉唷，別生氣，我不笑妳了。」永安伯夫人笑得滿臉通紅，又正經地說：「不過這回你們的婚事可真是長臉，我今天去芮國公府時聽說，皇上指了新興公主做男方媒人，燕太妃娘娘則傳信越王妃娘娘做女方媒人，身分都很尊貴呢。」

新興公主是李治的十五妹，嫁給長孫無忌的族姪長孫曦，如今是一房主母，沒有公主的嬌氣，十分能幹。而越王和汝南公主同被燕太妃撫養長大，關係自是不一般，越王妃等同於李歸錦的舅母，替她出面也很合適。

李歸錦還不知道突然請了兩位尊貴媒人的事，等到她從永安伯府回家時，李二夫人果然找她說這件事了。

「妳前腳剛出去，後腳宮裡就來人傳話了，咱們得趕緊做好準備，迎接越王妃娘娘進京。」

李歸錦問：「既是賜婚，何必再找媒人，這中間可是有什麼事？」

李二夫人說：「聽宮裡傳話的人說，皇上向禮部大臣問起妳的婚事準備得如何，有人提及汝南公主早逝，咱們府裡沒有女主人出面，都是由妳爹和芮國公兩個大男人在商議。皇上說這本是女人的事，怕妳爹不懂，便和燕太妃娘娘商量，讓越王妃娘娘進京來幫忙，而另一邊則請新興公主給芮國公府增臉。」

李歸錦這才明白其中原委，說來說去，都因為她是個沒娘的孩子，而皇上和燕太妃想讓她嫁得體面一些，使足了勁為她添面子。

李二夫人訕訕地說：「說起來是我沒用，若我有個好出身，或是當上了誥命夫人，又怎麼會有這麼多麻煩事？」

李二夫人原以為會由她來張羅李歸錦的婚事，沒想到她根本就不夠格出面。古代婚姻講究門當戶對，和芮國公夫人談婚事的女眷，也該有相應的身分，就算比不上，也不能差太遠。

李歸錦忙安慰道：「二伯母有三個這麼好的兒子，還怕沒誥命在身嗎？您多慮了。我的婚事本就由不得咱們府裡作主，便由得皇上和燕太妃娘娘安排吧！」

李二夫人最喜歡聽別人誇她兒子，她頓時高興起來，隨即又想到一事。「聽說妳從萬年宮回來以後天天出門？這件事雖不該由我管，但是待嫁的姑娘最好少出些門。」

李歸錦嘆了口氣說：「二伯母，您有所不知，我雖有兄弟，卻無姊妹，若我現在不交幾個知心好友，到了出嫁那日，可怎麼辦？」

李二夫人這才想到這個問題。衛國公府就歸錦一個姑娘，那渭州李家的姑娘們跟她也不熟識，就算到時來送親，只怕場面也不熱鬧、不親切。

「是我疏忽了。妳到時出嫁，少不了要一群姊妹送送。」李二夫人說道。

李歸錦原本也是抱著交朋友的心思出去應酬，她不想讓自己那麼閉塞，不僅沒半個同性好友，嫁作人婦後也沒地方應酬，那時丟的就是芮國公府的臉面了。芮國公府上下如此為她增臉，她說什麼都不能給他們丟人。

有了這樣的理由，李二夫人再也不多說李歸錦出門玩耍的事了。

眨眼間，中秋已至，李季玖和哥哥李叔玥趕在天黑之前回家，匆匆吃了晚飯，不待李二夫人多問幾句他們在弘文館的生活，李季玖已迫不及待起身。

「母親，我吃完了，許久沒見姊姊，我去看看她！」

李二夫人道：「天都黑了，明天再去吧！欸，你這孩子……」

誰知她才開口，李季玖已轉身跑了出去，李二夫人喊都喊不住。

她嘀咕道：「他什麼時候和歸錦這麼親近了？」

李叔玥比較沈得住氣，他向李二夫人解釋道：「最近好幾個同窗拿著姊姊的詩作來問我們，想要討一幅墨寶去看看，季玖想必是為這件事找姊姊去了。」

李歸錦作詩的事，李二夫人也有耳聞，但她並沒放在心上，她認為女子還是得靠容貌和品行，學問什麼的，過得去就行了。

「真的那麼好？」她問道。

李叔玥點頭說道：「的確不凡。」

李二夫人聽了，便不再多說。

此時李季玖已小跑著去了南院，李歸錦父女還在用晚膳，見他來了，忙要琬碧添一副碗筷。

李季玖向李德淳問好。「三叔父，我剛回家吃過了，我是來找姊姊的。」

李歸錦看他手上拿著一本冊子，笑著問道：「可是又得了什麼好詩作要拿來給我看？」

之前李季玖就常把弘文館裡流傳的好詩、好字送回來給李歸錦看。

他搖頭道：「姊姊，這是本空白冊子，我是來求妳賜字的！」

李歸錦覺得很奇怪，問道：「要我賜什麼字？」

李季玖說：「我和同窗好友都聽說了妳的詩作，十分敬仰妳呢。」

李歸錦笑開了，說道：「我這算得了什麼？你們弘文館裡的大才子可多著呢，像歐陽詢的四子歐陽通，他的字就寫得好，盡得父法。而說到作詩，盧照鄰的就極好，你應該與他們多親近，別再教我貽笑大方了。」

李季玖目瞪口呆地說：「姊姊怎麼知道歐陽通？前些日子先生的確誇獎過他，盧照鄰最近鋒頭也很盛呢！」

李歸錦說：「金子總會發光，他們各有所長，我知道他們有什麼稀奇？你也要努力向他們學習才是。」

李季玖認真地點了點頭，又問道：「姊姊真的不肯賜墨寶嗎？」

李歸錦先前借詩來寫是情非得已，她並不想再做這種事。至於她的字，她也不想拿出去賣弄，於是搖了搖頭。

李季玖失望地嘆了口氣。

李德淳有些不忍，便說：「你姊姊是女子，而且馬上要出嫁了，她的字和詩現在的確不適合拿出去。若你有同窗真的很想看，你可以邀他們到家裡來玩，讓你姊姊寫給他們看看，應該無妨。」

「原來是這樣。」李季玖恍然大悟，連忙道歉。

他放棄討要墨寶，轉而說起中秋節出去玩的事。「今年皇上在萬年宮過中秋，京城裡都不熱鬧了，咱們去哪裡玩才好呢？」

名工巧匠都被召去萬年宮紮花燈，長安城內的燈市規模連去年的一半都沒有，大戶人家都選擇在自己府內賞燈過節。

李歸錦說：「明天我們要去叔祖父家過節，他那裡臨近昆明池，聽說還是有很多燈船可以看。」

「是嗎？那倒挺好。我還沒來得及聽母親說這件事呢……」李季玖笑得天真。

三人說了一會兒話，李季玖高高興興地離開了。

李歸錦回到房中，琬碧藏不住笑意說：「剛剛楊大哥來傳話，說世子明天也去遊昆明池！」

白天時李歸錦收到豆盧欽望的信，問她明天要不要一起去賞燈，李歸錦便將自家的安排告訴他，現在得到豆盧欽望的回話，他也要跟著去昆明池。

得到肯定的答覆，李歸錦兩頰飛上紅雲，忍不住淡淡地笑了。

第四十一章　中秋賞燈

衛國公府闔家坐馬車去丹陽郡公在昆明池邊的別院過節，兩進的小院都被擠滿了，又因衛國公府近日喜事連連，眾人說起話來特別開心。

李歸錦看著氣氛如此熱鬧，心中卻有些惆悵，因為她想起了古爹爹。

之前因為她的婚事，父女兩人不歡而散。如今過節，雖然李歸錦讓楊威替她送去了節禮，但她沒有親自去看看，總是覺得不安。

她忍了片刻，終究坐不住，找到李德淳，對他說道：「父親，我去古家看看，他一人在京城，挺孤單的。」

李德淳應允道：「是該去看看，我送妳去吧。」

李歸錦搖頭道：「不用了，您在這裡陪叔祖父和二伯父吧，我去去就回。」

李歸錦帶著楊威、琬碧出門，不消片刻就抵達古家。楊威上前拍門，開門的人竟然是狄仁傑。

在沒預期的情況下見面，李歸錦有些驚訝，狄仁傑則有些尷尬。

他主動開口說：「今天過節，我來看看伯父……」

李歸錦感謝道：「讓你記掛了。」

眾人進去屋子裡，古爹爹看到李歸錦，神色有掩飾不住的開心，但他依然繃著臉，不肯開口。

李歸錦主動說：「爹，今天過中秋，我不能陪您吃頓團圓飯，所以帶了兩瓶好酒過來，您有空就和周伯伯一起好好喝兩杯。」

古爹爹指著堂屋桌上一瓶稻花香說：「仁傑已經拿給我一瓶上好的稻花香了。」

李歸錦朝狄仁傑笑了笑，卻不知道該說什麼才好。

狄仁傑起身道：「我還要去我二叔父家吃飯，先告辭了。伯父，我回頭再來看您。」

古爹爹親自送狄仁傑出門，回來之後，他當著李歸錦的面，重重嘆了口氣。

李歸錦喊了聲：「爹……」

古爹爹說：「妳看看仁傑，你們多可惜！」

李歸錦說：「爹，這種話還是別說了，對狄仁傑、對我，都不好。」

古爹爹知道自己改變不了什麼，只能在心中惋惜，不再多說，轉而問李歸錦的婚事準備得如何。

李歸錦答道：「燕太妃娘娘請越王妃娘娘出面幫我打理，她過幾日便進京了。二伯母很早就把我母親的嫁妝交給洪箏，都是現成的，沒什麼可操心。」

古爹爹點頭。「那就好。我還怕妳這裡沒有對應的長輩出面，場面不好看。沒想到太妃娘娘考慮得這麼周到。」

父女倆正說著話，門口突然傳來敲門聲。

古爹爹疑惑道：「今天還會有誰來？」

琬碧跑去開門，只見兩個中年僕婦笑著問道：「請問這裡可是古老爺的家？」

琬碧點頭稱是，僕婦又笑著說：「我們是芮國公府的人，來為古老爺送節禮！」

琬碧連忙請她們兩人入內，她們見李歸錦在這裡，笑得更燦爛。先是對古爹爹行禮，而後笑著對李歸錦說：「您是衛國公府的李小姐吧？我們是芮國公府的嬤嬤。今天過節，我們奉了夫人和世子之命，來為古老爺送節禮！」

李歸錦客氣地說道：「有勞兩位嬤嬤了，替我謝過夫人和世子。」

她們點點頭，放下八盒點心和酒水等物便離去了。古爹爹嘀咕道：「他們怎麼會記得我，不會是妳安排的吧？」

李歸錦無奈道：「我也沒想到他們會往這裡送節禮，不過您之前和世子在并州也有來往，他記得您也不奇怪啊。我記得您先前還挺喜歡世子的，現在為了狄仁傑，您便看不上他了。」

古爹爹看了看堆滿桌上的節禮，不自在地咳了兩聲，沒有多說。

眼看時辰不早，李歸錦還得回昆明池別院。她留下楊威，吩咐道：「你將你爹、洪箏等人都邀到這邊來過節吧，同我爹還有周伯伯一起也會熱鬧些，大家都是從并州來的，乘機團圓團圓。」

說著，又讓琬碧去街上訂一桌宴席送來。

待一切都安排妥當之後，李歸錦才折返昆明池。

回程路上，李歸錦看到狄仁傑的小廝從食肆裡買了牛肉和酒往回走，不禁喊住他問道：「你家大人不去他二叔父家過節嗎？」

小廝答道：「二老爺外派，如今已經不在京城了。」

「那你家大人今天一個人在家？」李歸錦又問道。

小廝點了點頭。

李歸錦於心不忍，隨著小廝一起來到狄仁傑的小院，只見他獨自在書房裡看書。見李歸錦到來，狄仁傑相當意外，不知道說什麼才好。

李歸錦搶先開口說道：「我爹那裡正要擺宴，邀并州的朋友一起過節，你今天若無事，也去聚一聚吧，不用迴避我，我現在就走。」

說完，李歸錦真的轉身要走。

狄仁傑情不自禁地攔下她，解釋道：「我並不是有意避開妳，只是怕妳不自在。」

李歸錦動容道：「我以為你不想見我，是我對不住你，你還處處為我著想……」

狄仁傑苦笑道：「妳並沒有對不起我，是我不夠好。妳嫁給世子挺好的，世子會對妳很好，我也放心。妳不要有什麼心理負擔，開開心心過日子就好。」

聽他說這些話，不知怎的，李歸錦鼻頭有點酸，很想哭。

「看到你一個人孤孤單單地過節，還如此苛待自己，我如何能開開心心過日子？你也要開心、幸福，我才能安心。」李歸錦忍住淚水，輕聲說道。

開心……幸福嗎？

狄仁傑不確定是否能找到屬於自己的幸福，但他知道歸錦的幸福，就是他的幸福。

「好，我會對自己好，我這就去伯父那裡討口酒喝，妳有事就快去吧，別耽擱了。」狄仁傑說道。

李歸錦點了點頭。臨走之前，有些猶豫地問道：「我可以問你一件事嗎？」

狄仁傑認真地看著她，微微頷首。

李歸錦問道：「燕太妃娘娘捉住我爹、逼我回京認祖歸宗之事，是你出的計策嗎？」

狄仁傑點頭承認，有些難堪地說：「妳定是怪我算計妳吧？」

李歸錦倒也直接。「是，你為何不肯直接跟我說？我當時真的有那麼不聽勸嗎？」

狄仁傑不希望兩人緣分盡斷，有些之前不想解釋的話，也忍不住說了出來。「當時之所以會出此下策，一是因妳兩位父親為妳的事焦心不已，也都來問過我的主意；再則我也有些私心……當時我被調往京城，而妳卻執意留在并州，我不願就此跟妳擦肩而過，卻又沒有勇氣對妳直說，這才設了此計，逼妳回京……」

李歸錦有些動容，他是為了不想跟她分開，才出此下策嗎？

「我知道我行事違背了妳的意願，妳定然會生氣，所以遲遲不敢跟妳說，對不起。」狄仁傑真誠地對李歸錦道歉。

李歸錦心中釋然。「罷了，你終歸是為了我好。只是，你當初若什麼話都能對我直說，今日也許就是另一番光景。」

才剛說出這些話，李歸錦就覺得不合適，又立刻問道：「不過，如今我們還是朋友，對吧？」

狄仁傑想起了李歸錦很早之前說的「友誼地久天長」，便點了點頭。

如果這也是一種可以天長地久的方式，他只能藉此維繫他們的緣分與情感。「我們當然是朋友。」

李歸錦高興地笑了。「那咱們日後再見，可不要再彆彆扭扭、避來避去了。」

狄仁傑又點點頭。

「那……你快去宴席吧，我走了。」

李歸錦向狄仁傑告辭，轉身離開時，眼角忽然瞥見他腰間的荷包。

那是她親手繡的荷包。當初狄仁傑獨自進京，送別時，以為自己會就此留在并州，沒想到最終兩人都進京了，只是……結果並沒有什麼不同。

她頓了一下，終究沒再說什麼。

昆明池別院裡，女眷聚在一起商量李歸錦婚禮的事。

丹陽郡公夫人對李二夫人說：「嫁妝要準備六十四抬，要準備的東西多，妳就多辛苦一點，畢竟國公府就這一個女兒。」

李二夫人猶豫道：「六十四抬會不會有些踰矩？」

尋常國公府的小姐出嫁，嫁妝三十六抬便足矣。若是有封號的公主、郡主，才會準備六十四抬嫁妝。

丹陽郡公夫人搖頭道：「既然是賜婚，萬事都要體面一些，六十四抬也不為過。她母親留下的東西若是不夠，妳就大方添一些，宅子、田地，老三他想要多少就給多少，妳別捨不得。」

李二夫人聽出她有責怪之意，連忙說：「這是自然。我這些日子幫忙擬了嫁妝單子，回頭就拿來給您過目。」

丹陽郡公夫人搖手道：「單子我就不看了，等越王妃娘娘進京，妳和她商量就行。燕太妃娘娘既然請了越王妃娘娘出面，妳就多問問她的意思。」

李二夫人趕緊點頭稱是。

此時，有丫鬟來稟報說小姐回來了。

丹陽郡公夫人在李歸錦進屋前小聲對李二夫人說了一句。「這孩子還記得去探望養父，是個念舊情的人，妳對她好，她都會記得的。」

李歸錦進屋後依序向長輩請安，而後同許紫煙一起坐下。她笑著說：「我進來前還聽屋裡熱鬧地說著話呢，怎麼現在都只看著我，不說話了？」

許紫煙掩嘴笑著說：「在說妳的婚事呢！妳想聽的話，我們繼續說。」

李歸錦微微有些臉紅。「我才不怕妳們笑我，我偏要聽。」

她活了兩輩子只結這麼一次婚，她也想多參與一些，並不想只當個旁觀者。

李二夫人接話說：「禮部的人傳話，說妳和世子的八字是大吉，好日子也擇了幾個，送進宮裡呈給皇上和太妃娘娘了。」

婚事要說快，能很快，可要說慢，也能拖個一年半載。

李歸錦不禁問道：「有哪些日子？」

李二夫人說：「今年只剩一個十月初八的黃道吉日，明年上半年沒有特別好的日子，再來就到七月初二，和年底的十二月十二日。」說完還不忘打趣道：「說不定皇上讓妳十月就嫁了呢！」

李歸錦臉色泛紅地說：「應該不會吧？哪裡這麼急……」

李二夫人說：「這倒也是。從現在到十月初八也就一個多月，是急了一點。」

李歸錦在心裡琢磨著。看來她的婚期應該會在明年下半年，這樣也好，她有一年的時間慢慢適應。

在昆明池別院用過午膳和晚膳，夜幕降臨時，李季玖邀請丹陽郡公幾個孫子，堂兄弟們一同去昆明池邊賞燈。

李季玖特地來邀李歸錦，被許紫煙的女兒芸娘聽到後，鬧著也要去。李仲璿只好親自陪著妻子和女兒，與大家一同去賞燈。

李歸錦與許紫煙走在一起，被眾兄弟夾在中間，沿著池子上的橋看漂浮在水面的蓮燈和船燈。

許紫煙突然拉了拉李歸錦，指著前面說：「看，是芮國公世子。」

豆盧欽望不知何時過來了，他正和李仲璿走在一起，不知在談論著什麼。

他一邊說話，一邊不時向後張望，正好與李歸錦對上眼，旋即咧開嘴笑了。

許紫煙見狀，立刻喊道：「仲璿，芸娘想買個燈，你來幫忙看看。」

李仲璿聞言，朝豆盧欽望拱了拱手，便照顧妻女去了。豆盧欽望乘機與落單的李歸錦走在一起。

「妳有沒有看中什麼燈？我也幫妳買。」豆盧欽望笑嘻嘻地說。

李歸錦瞥了他一眼。「我又不是小孩子。」

豆盧欽望卻強拉著她到一個攤子前買了一串彩蓮燈，說要跟她一起去放河燈，接著就拖著她往偏僻的地方跑去。

李季玖見李歸錦被人帶走，出言要阻止，卻被一眾堂兄拉住，有人點醒他道：「季玖，你還小，要學著懂點風情，不然以後怎麼討媳婦？」

李季玖這才恍然大悟。「那個男子是芮國公世子啊？」

有堂兄說：「是啊，你竟然不認識他？京城裡像芮國公世子這樣長相的男子可不好找，你就算沒見過，也該猜得到啊！」

李季玖嘟囔道：「黑漆漆的看不清楚，我怎麼知道是他……」

眾人笑鬧著，漸漸走遠。

李歸錦被豆盧欽望帶到一片黑燈瞎火的水域邊，不禁問道：「你拉我到這裡來做什麼？燈都看不到一個。」

豆盧欽望說：「我有話想跟妳說！」

李歸錦說：「有話就說嘛，神神秘秘的做什麼？」

豆盧欽望歡喜地笑著，卻不急著說。

李歸錦狐疑地問道：「到底有什麼事啊？」

豆盧欽望說：「咱們的婚期定了，今天下午我才得到消息。」

「定在哪一天？」李歸錦問道。

豆盧欽望說：「十月初八！」

李歸錦驚訝道：「今年？這麼快？我以為會定在明年。」

豆盧欽望搖頭說：「明年可不行。禮部上報的幾個日子裡，七月太熱、十二月太冷，都不適合成親。今年十月剛好，再說咱倆都不小了，長輩們都盼咱們快點成親呢！」

李歸錦用異樣的眼神看他，問道：「聽你這番說辭，該不會是你向皇上進言的吧？」

豆盧欽望不否認，只是笑。

李歸錦嘟囔道：「十月啊，眨眼就到了呢，這麼快……」

豆盧欽望卻還覺得慢。「還有幾十天要等，一點也不快。幸好婚期定在今年，若是要等到明年，可真要熬死我了。」

被人如此期盼，李歸錦心底溢出些許喜悅。

豆盧欽望雀躍地拿著彩蓮燈，說道：「來，我們來放燈。我在江南時，那邊就時興在河裡放燈，說是能心想事成。」

李歸錦在心裡偷笑。後世這樣的事情也挺多，雖然她不覺得新奇，但不好掃他的興，便提著裙子和豆盧欽望一起到水邊放燈。
豆盧欽望在旁邊護著她，說道：「可別掉進水裡了。」
李歸錦想起去年的事，嗔怪道：「不知道去年是誰害我掉進護城河裡呢！」
豆盧欽望十分愧疚，但想到去年她和狄仁傑攜手賞燈，頓時醋意橫生，伸手去牽李歸錦。「我拉著妳，免得妳掉下去。」
李歸錦笑了笑，沒有拒絕。
他們將一串彩蓮燈放到水中，彩蓮燈隨著池水的波紋盪漾遠去。
李歸錦望著那搖曳的火光和天上的皎月，一顆心覺得溫暖而舒暢。她的小手被堅實的大手牽著，豆盧欽望的手心很暖，他想握緊又不敢握緊的感覺，讓李歸錦覺得想笑。
她從池邊站起來時，十分自然地挽住他一隻胳膊，讓豆盧欽望激動得心臟狂跳。
兩人之間靜悄悄的，豆盧欽望好似能聽見自己的心跳聲，尋思著得趕緊說些什麼才好。
「……我娘將我院子前面的來儀堂和後面的勤耕園打通了，改造成一個單獨的三進院子。前面迎客，二進我們住，三進就是花園。本打算再把南邊一排牆給拆了，讓春輝堂與我們的院子合併，但是時間緊迫，一時之間來不及，只得等以後再慢慢改。到那時，我們住的地方就很寬敞了。」
李歸錦去過芮國公府，豆盧欽望住的地方本來就很大，如今又合併了一個前院和一個後花園，還不夠寬敞嗎？
「要那麼大做什麼？夠住就行了。」她不解地問道。

豆盧欽望笑著說：「我娘只怕屋子不夠大，她等著妳替咱們家開枝散葉呢！到時家裡熱鬧了，得想辦法把西半街那間府邸也買下來。」

李歸錦搥了一下他的胳膊，嗔道：「還沒成親呢，又說什麼渾話！」

豆盧欽望卻笑嘻嘻地說：「早晚的事。」

兩人說笑著，漸漸走到人多的地方。豆盧欽望依依不捨地鬆開李歸錦的手，改成並肩而走。

「妳待會兒是直接回去，還是去妳叔祖父家？」他問道。

李歸錦說：「不知道。大夥兒鬧哄哄地出來，都沒想到這件事，先找到三弟、四弟他們再說吧！」

她向四處張望，卻看不到李季玖等人，便嘀咕道：「莫非他們先回去了？」

有個小廝模樣的人看到李歸錦，便湊了上來。「小姐，老爺要我來告訴您，他們都回家了，要您直接回國公府。」

李歸錦見這小廝面生，問道：「你是誰跟前的人？」

小廝答：「我是服侍郡公的。」

李歸錦點了點頭。原來是丹陽郡公跟前的奴僕，難怪她沒印象。

豆盧欽望聽了，說道：「那我直接送妳回去吧。」

李歸錦淡淡一笑，隨他上了停在離昆明池不遠處的馬車，往衛國公府而去。

馬車裡，豆盧欽望和李歸錦在閒聊，忽然間，馬車猛地停下，差點把李歸錦甩飛出去。

豆盧欽望一把將李歸錦抓回來坐穩，掀起車簾往外看，問道：「怎麼回事？」

車夫已經下了馬車，站在前方，慌張地說：「世子，突然有人衝到馬車前……」

豆盧欽望凝神問道：「撞到人了？」

他走下馬車察看，一個老人家躺在路中間，口吐鮮血，不斷呻吟。

車夫解釋說：「我很快就拉住了馬車，明明沒有撞到啊……」

李歸錦聽說出了車禍，也下來察看，看到地上那一灘血，立即說：「趕緊救人吧！」

豆盧欽望讓車夫將傷者揹上馬車，將他送去醫館，而後步行送李歸錦回家。

李歸錦擔憂道：「吐那麼多血，不知道傷得如何？我看那個人年紀有些大了，這一下可不輕。」

豆盧欽望說：「今晚街上人多，馬車走得慢，就算真被馬踩到，也不會傷及性命。」

「但願如此。」李歸錦輕聲說道。

李歸錦回到家中，下人卻驚訝她怎麼一個人先回來了，再一詢問，她才知道李德獎、李德淳等人都還在丹陽郡公那裡，並未回府。

她心中犯疑，但還是趕緊派人去告知眾人她已回家，不然他們肯定會擔心。

李季玖眾兄弟們果然在昆明池邊找李歸錦找得滿頭大汗，得知李歸錦已被豆盧欽望送回衛國公府時，把豆盧欽望狠狠地罵了一頓。

李歸錦疑慮重重地對豆盧欽望說：「今晚好奇怪，那個傳話的小廝是怎麼回事？」

豆盧欽望心中也生出不好的預感。

眼見時辰不早，李歸錦便說：「你先回家吧，等我父親他們回來，再查查那個小廝。」

豆盧欽望叮囑道：「其中有古怪，妳當心。」

第四十二章　栽贓嫁禍

兩人告別，一夜無事。誰知第二天一早就傳來噩耗，昨晚倒在馬車前的老人家死了。消息先傳到芮國公府，豆盧欽望十分詫異，派人詳細去問，結果卻讓人吃驚。那老人的家人守著屍體在醫館鬧事，一口咬定說是芮國公府的人把人打死的，現在正抬著屍體往芮國公府來。

豆盧欽望怒極反笑，對身邊的人說：「不知這些刁民受了誰的指使，竟敢訛詐到我頭上！」

昨夜那小廝本就奇怪，那個倒在馬車前的老人家也很古怪，加上他突然死去、家人又來鬧事，擺明著是有人下了圈套。

「報案，讓大理寺派仵作來驗屍！」豆盧欽望有些惱怒，決定查出那老人家的死因。

李歸錦在家得到消息時，臉色沈了下來。她喊來琬碧，吩咐道：「妳去問問楊大哥，昨晚我約了世子一起去賞燈的事，除了他還有誰知道？」

若不是有人知道她會單獨和豆盧欽望約會，又怎會有人冒充小廝傳假話？若不是聽了那些假話，豆盧欽望也不會送她回家，被守在路上的人下了陷阱。

楊威聞言，慌張地過來回話。「大小姐和世子的來信和傳話，都是我直接送去芮國公府的，並未經他人之手。」

李歸錦又問：「那最近幾天可有人向你打聽我的事？」

楊威想了又想，臉色突然刷白。「角門上的袁福每次在我進出府時都喜歡找我說話，最近大小姐訂親了，他對大小姐的事格外關心。中秋節之前，他與我閒聊，問起未來姑爺向府裡送了什麼節禮，我多說了幾句，說姑爺不僅送了重禮，還邀大小姐去昆明池賞燈，對大小姐格外好……」

李歸錦並不責怪楊威，身邊的人以她的幸福為榮，在外炫耀，這種心情她能體會。她說道：「那麻煩楊大哥去查一查這個叫袁福的人，最近有沒有跟府外的人聯繫，或是他和他的家人有沒有什麼異常，比如天外飛來之財、搬遷或失蹤之類的。」

楊威知道自己多嘴誤了事，記下李歸錦的話後，便立刻去查。

他之前跟著李歸錦，也參與過幾件案子，對調查倒還上手，沒多久就查出袁福稱病回家休息，但去家裡找，卻已人去樓空。

李歸錦聽說了之後，凜然道：「敢帶著家人做逃奴，必是有後臺……」

唐代戶籍制度健全，國公府的僕人要逃走，沒有路引和戶籍，哪裡都去不了。李歸錦甚至懷疑袁福一家人還躲在京城裡，只是不知道他藏在哪裡、受誰指使、又是為了什麼。

若只是誣賴豆盧欽望撞死了人，對於國公府來說，算不上什麼大事，就算是吃下這個虧，那也是交出車夫，再賠點銀子了事。

不，事情不會這麼簡單，必定還有後續……

李歸錦心中不安，後面不知還有什麼事在等著豆盧欽望。

她再也坐不住，喊上楊威，就往芮國公府去。

到了芮國公府，豆盧欽望不在家，芮國公夫人還不知道這件事，見到李歸錦來了，笑得嘴都合不攏，以為她來找豆盧欽望玩的。

「他一大早就出去了，不知道在忙什麼。你們婚期將近，家裡多少事都需要他處理，等他回來，我定要說說他！」芮國公夫人說道。

李歸錦不知豆盧欽望有什麼打算，也不敢把馬車撞死人的事告訴芮國公夫人，強撐著說了一會兒話，李歸錦就找了藉口離開。

坐在轎子裡，她尋思片刻，吩咐說要去出事的醫館看看。到了醫館之後，她發現醫館大門緊閉，周圍的人則是七嘴八舌地說這家醫館惹上了官司，大夫一早就被大理寺的人帶走了。

李歸錦總算知道他們的去向，便往大理寺趕去，在門口果然看到豆盧欽望的小廝牽著他的馬，蹲在院牆外。

她找了一個小吏，說她也是昨天命案的目擊者，要求見當事人，小吏便帶她進去，只是他在路上還嘀咕道：「一個姑娘家，趕著惹官司，倒是少見。」

李歸錦也不理他，只是一心想早點見到豆盧欽望。

豆盧欽望正四平八穩地坐在一張紅木椅中，冷眼看著在廳堂裡哭成一團的幾個庶民，而坐在上首的大理寺丞畢茂明扶著額頭煩躁不已，終於不耐煩地拍著驚堂木喝道：「都別哭了，肅靜！」

幾個庶民被他一吼，哭聲頓時小了幾分。

豆盧欽望開口道：「你們的確該哭，你們的老父親為了你們，連性命都丟了，若你們再不好好送他安息，簡直連畜生都不如。」

一個中年人挺著脖子說道：「是你指使人打死我爹，還敢說這種話？不要以為你是什麼世子，就能為所欲為，青天老爺會替我們作主的！」

豆盧欽望冷哼了一聲，懶得和他們爭吵，免得無端失了身分。

那中年人聽他冷哼，立刻縮了脖子，全無半分底氣。

小吏領著李歸錦走進來，對畢茂明說：「大人，這位小姐說她是案件的目擊證人，要求參與調查。」

畢茂明看到李歸錦，眼神就亮了起來，身子也坐直了，還伸手扶了扶自己頭頂的官帽，叫小吏搬椅子給她坐。

豆盧欽望起身迎上去，問道：「妳來這裡做什麼？」

李歸錦說：「我這裡查到一點線索，想要告訴你。」

豆盧欽望側耳去聽，李歸錦將袁福失蹤的事說了出來。「……定是有人指使，只是一時半刻找不到人，不知幕後主使者是誰。」

畢茂明見他們交頭接耳、親密無間的模樣，清了清嗓子說道：「芮國公世子、李小姐，兩位請坐，安心等仵作驗屍結果吧。」

豆盧欽望牽著李歸錦的手並排坐下，說道：「沒事，妳別擔心，我已另外派人去調查。」

李歸錦依言坐下，靜靜看著廳堂正中間耍無賴的幾個庶民。

有老有少、有男有女，神色皆不相同。

有的女子哭得傷心，痛徹心腑的模樣，讓李歸錦也動容；卻也有婦人偷偷掐著孩子的胳膊，要孩子哭得更大聲一些。而男人們，有的面無表情，有的一臉不耐煩，也有人惴惴不安，偷偷打量著李歸錦和豆盧欽望。

那個老人家死得蹊蹺，他們誣賴豆盧欽望，說他不僅撞人，還將人打死，李歸錦自然是一個字也不信。

她忍不住問畢茂明。「畢大人，不知死者的親人，是何時得知死者死訊的？」

見李歸錦主動跟他講話，畢茂明內心竊喜，連忙說：「他們今天一早去了醫館，沒多久那老人家死了，他們便要去芮國公府鬧，但世子先一步報案，我便將他們都帶了回來。」

李歸錦說：「我昨天見到那老人家倒在車前，他年逾古稀，這樣上了年紀的人，又有你們這麼多子女，竟然放心他一夜未歸，到第二天才找人？更何況……昨天還是中秋夜！」

她這段話說得那些人面露愧色，沒人敢正面回應。

李歸錦又問畢茂明。「既然老人家是在他們面前死的，他們可看到世子打那老人了？怎可以憑空誣衊人？」

畢茂明說：「因老人家身上傷痕累累，實在不像是被撞致命。他們趕到時，老人家只剩下一口氣，沒來得及說什麼就走了，所以他們懷疑是芮國公府的車夫將人打死的。如今仵作正在驗屍，一會兒就有定論。」

「定論？」李歸錦淺笑著。「何須等仵作的結論，問問醫館的大夫就是。昨夜車夫送老人家去就診，當時他可有打人？老人家又是因何而死？一問便知。」

畢茂明說：「大夫早有證詞，說老人家長年疾患纏身，又遭人毒打，才不治而亡。可縱使大夫證明車夫昨夜在醫館中沒打人，又如何能證明不是在送醫前將人打得瀕死？」

李歸錦皺起眉頭，訴訟和查案不同，最是麻煩。

豆盧欽望攔下她，不讓她多說，只道：「這些刁民想要誣賴我，只怕沒這麼容易。昨夜車夫問盡醫館周圍的百姓，無人認識老人家，而今日一早，他們一家老少就能精準地找到醫館鬧事，又是從哪裡得來的消息？最重要的是……你們不懂大唐律法嗎？」

大唐律法？

那群人愣頭愣腦的，不知豆盧欽望問的是什麼，而李歸錦懂的也不多，便小聲問道：「律法中有什麼規定？」

豆盧欽望說：「民要告官，先要受杖刑五十，再則，他們告我打人、殺人，就要他們和查案的衙門給出證據，若無罪證，便是誣賴官家，這可是要判刑的。」

李歸錦明白了，這是要原告舉證。

他們說豆盧欽望打人、殺人，就要由他們拿出證據，而不是由豆盧欽望推翻自己沒有打人、殺人。

這群庶民聽豆盧欽望解釋之後，第一個反應不是忙著舉證，而是爭論起該由誰去受那五十大板！

他們一家人推來推去，到最後也沒個結果。豆盧欽望在一旁像是看笑話般盯著他們，只覺得愚蠢至極。

仵作終於驗屍完畢，前來彙報。老人家的死亡原因，與大夫所說的一樣，他年邁體弱，長期被疾病所擾，加上近日被打成重傷，救治無效而亡。

那些庶民聽了，忙說：「聽到沒？是被打死的！」

豆盧欽望笑著問道：「那你們是要告我打死人了？」

他們不敢回答，幾人互相推諉。

畢茂明被他們煩到不行，拍了拍驚堂木，問道：「你們到底是告還是不告？若是告，就找訟師寫訟詞來；若是不告，就不准再鬧事！」

之前頂嘴的中年男子說：「自然要告！怎麼能讓我父親白死……」

他一咬牙，決定忍痛受了那五十大板，又讓另一個男丁去找官家的訟師寫訟詞。

李歸錦問豆盧欽望。「你不找個訟師？是不是也得跟家裡說一下？」

他倒也不急，低聲說：「就算他們不告我，這個老人家的死因我也得好好查一查，他們現在要告我，除了自找苦吃，沒什麼用。」

李歸錦點了點頭，老人家到底是被誰打死的，總得有個說法。

折騰了半晌，已到中午，豆盧欽望和李歸錦在大理寺附近用了午膳，那家人的訟詞也終於寫好了。

畢茂明接了訟詞，派人開始查案。

豆盧欽望便催李歸錦回去。「妳留在這裡不好，早些回去，這事很快就會處理完的。」

李歸錦擔心地問道：「真的沒事？」

豆盧欽望點頭說：「今天我到大理寺時，狄仁傑就同我府上的人一起出去查案了，這種小案子，不過三兩天的事。」

聽到是狄仁傑在調查，李歸錦心中安定多了，便提前回家。

豆盧欽望怕李歸錦擔心，每天都派人把案子的進展告訴她，果然在第三天，案子就結了。

狄仁傑走訪了死者的鄰居，得知那位老人家早年將家中錢財全都花在生了重病的大兒子身上，但大兒子最終還是死去。待到他年邁時，因二兒子和小女兒生活困苦，怨恨老人家當時不給他們一分錢，便時常打罵他。

老人家昨晚那一身傷，是幾天前在菜市場搶爛掉的菜葉時，被流氓和乞丐打傷的。

最後那二兒子因毆打父親，被判「惡逆」，又因「誣告官家」，兩罪併罰，判了三年徒刑。

「就這樣結案了？」李歸錦詫異地問道。

傳話的楊威點了點頭。

李歸錦的眉頭反而皺得更緊了。這麼簡單就處理好的案子，讓她覺得很是不安……

事情果然不出所料，一個彈劾芮國公世子縱容府丁仗勢欺人、撞傷毆打老人致死的摺子送到了李治面前。

李治宣大理寺卿高大人問話，他如實稟報，說此案乃誣告，已查明結案。

李治發怒，召了寫摺子的御史過來訓斥，可那御史卻說：「此案疑點重重，負責查案者乃大理寺主簿狄仁傑，此人與豆盧欽望素有來往，有包庇縱容之嫌疑，需要翻案重查！」

摺子都呈到了皇上面前，這件事再也瞞不住，豆盧欽望的父親和母親都知曉了。

芮國公找豆盧欽望問明了事情原委，訓斥道：「你太過大意，怎能查出老人家的死因就罷手？這分明是有人構陷你，要查出是誰指使，才是根本。」

豆盧欽望委屈地說道：「兒子也想查，可是這家人既未收人錢財，也沒有遭人威脅，我和狄大人實在查不出他們受誰指使。」

芮國公想了想，說道：「彈劾你的御史是易青松，我會從他那裡著手查一查，你這些天不要到處亂跑，老實在家待著。」

豆盧欽望遵從父命答應，但出了書房，他便交代手下的人盯著原告一家。「既然要翻案另查，肯定會有人跟他們接觸，日夜盯著，他們一家人見了哪些人，我都要知道。」

而狄仁傑那邊也受到大理寺卿的責問，調查他辦案時是否徇私枉法。

李歸錦聽聞此事，冷冷地說道：「原來目的在後頭！那戶人家告不告得贏官司都沒關係，幕後的人就等著藉此彈劾世子呢！」

她將洪箏和楊威喊來，商量道：「想知道是誰在構陷世子，我們這裡只能從袁福入手。你們再重新去查一查，袁福一家人離開，總得有點動靜，不可能一夜之間就從人間消失。」

洪箏與楊威分頭去查，查證過後倒真有收穫。袁福在逃走之前，還了一個小管事五十兩銀子，開的是銀票。

李歸錦看著那張「銀通錢莊」的銀票，說道：「袁福一個小小的門房，能用這樣的銀票，果然是拿了別人的錢財。你將這張銀票送去狄大人那裡，讓他查清楚銀票是哪戶人家的，但不要打草驚蛇，偷偷派人守著，若能抓住袁福或他的家人最好。」

洪箏領命而去，帶人守了六、七日，卻沒有見到袁福和他的家人。但狄仁傑那裡有所收穫，他查出袁福所用的銀票，是安州一間米鋪所開，而那間米鋪，正是襄陽郡公府的產業。

「襄陽郡公府？柴家嗎？原來是他們……」李歸錦喃喃自語。

芮國公從易青松那裡也查出一些線索。易青松是柴紹的門生，最近跟柴令武走動得格外頻繁。

大理寺那邊卻噩耗頻傳。翻案重查時，一夜之間竟然冒出兩名目擊者，說是豆盧欽望指使車夫打人的證人，還冒出一名指證狄仁傑徇私的小吏，教芮國公府頭痛不已。

在兩家人為了這件案子操心時，越王妃進京了。

李二夫人好生接待了越王妃，她原本擔心王妃不好伺候，但好在越王妃很平易近人，不說話時一直微笑，說話時溫柔卻果斷，讓李歸錦心生好感。

越王妃見到李歸錦時，說道：「越王在我進京前多番叮囑，要我好好操辦妳的婚禮，等妳成婚時，他還想求個恩典，進京觀禮。」

李歸錦忙說：「多謝越王和越王妃娘娘的關心。」

越王妃說：「太妃娘娘既然要我來給妳做媒人，就是把我們當成一家人。汝南公主雖然不是越王的胞姊，可情誼非比尋常，咱們不要這麼見外了。」

李歸錦依言答應。

李二夫人將越王妃安頓好之後，將嫁妝冊子全都拿來給越王妃看，又將婚嫁事宜上的安排講給越王妃聽。

越王妃見嫁妝豐厚，雖然沒有逐項仔細瞧，卻已點頭對李二夫人說：「妳有心了，越王還打算替歸錦添一筆嫁妝，沒想到已經這麼多了。」

李二夫人笑著說了些客氣話，又談起婚期。

「太快了，定在十月初八，原本有些料子準備去江南採買，現在已經來不及，正感到頭疼，不知道該怎麼辦。」

越王妃驚訝地說道：「婚期定得這麼近，倒是有點趕。一時買不到的東西，我們這幾日再商議，換成其他的也無妨，重要的是必備的東西都得齊全。」

兩人不斷針對嫁妝交換意見，李歸錦心中卻牽掛著案子的事。

李二夫人見她坐在一旁無聊，便說：「歸錦不如先回房歇著，嫁妝的事本就不該讓妳操心。」

李歸錦求之不得，說了些辛苦她們之類的話就回去了。

待她走後，李二夫人便對越王妃說：「本來是極好的一樁婚事，但最近芮國公世子遭御史彈劾，平添了許多麻煩事。婚期就快到了，不要出什麼大事才好。」

越王妃仔細問過彈劾的事，想了想之後，就說：「算不上什麼大事，只要沒其他內幕就好。皇上和太妃娘娘他們快從行宮回京了，我到時會進宮覲見，順道帶歸錦進宮打探聖意，只要皇上相信世子，那麼不管大臣怎麼彈劾，都會沒事的。」

九月初，李治終於回京，可越王妃還未來得及帶李歸錦進宮拜見，一個晴天霹靂的消息就落了下來。

李治在回京後的第一個早朝上，當眾喝斥芮國公教子無方、馭下不嚴，責令他寫自省書，並令大理寺徹查案件。

李德獎將這個消息帶回衛國公府時，闔府的人都被嚇呆了。

李二夫人慌張地問道：「皇……皇上真是這麼說的？老天爺，這個時候遭到皇上怪罪，婚事還能如期舉行嗎？」

李歸錦雖然也很震驚，但還是保持冷靜地說：「自然是如期舉行，一件歸一件，這和我成親的事有何關係？」

李德獎知道的內幕並不多，李歸錦也問不出更多事情，想到越王妃曾說要在皇后、燕太妃回宮之後進宮覲見，便去問越王妃什麼時候能進宮。

越王妃知道李歸錦心急，她也不希望這樁婚事出現什麼大變故，於是遞了牌子，第二日一早就帶著李歸錦進宮。

她們先是見了皇后，皇后問候越王妃進京路上是否順利，又問她在京城吃住等事，到最後說起李歸錦的婚事時，皇后露出憂心的神色。

「本宮聽說近日有人彈劾芮國公世子，而皇上又喝斥了芮國公，真是教人擔心。皇上這幾日心情不好，我也不敢問皇上究竟是怎麼回事……」

看來皇后也不清楚到底發生了什麼事。

稍坐了一會兒，李歸錦又往燕太妃那裡去。

燕太妃比她還心急，直截了當地問：「妳和望兒到底是得罪了誰?!」

李歸錦答道：「大概可以確定，彈劾和構陷的事跟柴家有關。」

燕太妃憂心忡忡地說：「原來是他們。他們倒無所畏懼，只是皇上如今動怒，這可難辦……」

李歸錦也在憂心這一點，李治為何會因柴家的事對他們動怒？「太妃娘娘也不知道這其中的原因？」

燕太妃說：「之前並未聽到什麼風聲，我是回京之後才知道你們的事。」

李歸錦失望地告辭出宮，宮裡指望得上的兩個人，都幫不了她，到底該怎麼辦才好呢……

第四十三章　忍氣吞聲

李歸錦與越王妃走在出宮的路上，武媚娘突然出現在她們面前。她穿著宮女的衣服，神色有些憔悴，看起來倒比在感業寺裡蒼老了。

她上前向越王妃和李歸錦行了個禮，李歸錦趕忙扶起她。「我們之間不必多禮。」

武媚娘神色不自在地說：「我現在等同宮女，半點規矩也錯不得。」

她非要向她們兩人行完禮，才站起來說話。

武媚娘看了越王妃一眼，說道：「恕奴婢無禮，奴婢有點私事想跟李小姐說。」

越王妃早就覺得眼前這個人有蹊蹺，不僅頭髮不夠長，像宮女卻又不是宮女，加上李歸錦對她很客氣，卻又不介紹她的身分……

後宮的秘密實在太多，越王妃並沒有興趣知道，便說：「妳們說話吧，我在宮外的馬車裡等妳。」

李歸錦點了點頭，拉著武媚娘到一個屋簷下站著，避開頭頂秋老虎的烈日。然而武媚娘的聲音卻如冰泉一般，讓李歸錦的心瞬間冷了下來。

「皇上只怕會對世子不利，你們得想想辦法。」

李歸錦緊張地問道：「這是怎麼回事？皇上對他哪裡不滿？」

武媚娘說：「這是我前不久偷偷聽到的……那日我奉皇后娘娘之命去御前伺候，皇上看摺子時，長孫大人突然到了萬年宮。長孫大人是反對我進宮的，皇上怕長孫大人嘮叨，便要我去屏風後面躲著，卻讓我聽到了不該聽的話……」

長孫無忌突然趕去行宮找皇上，是因為他得到消息，吳王已察覺到皇上正在調查他，因此將目標鎖定在狄仁傑和豆盧欽望身上。

長孫無忌懷疑易青松彈劾豆盧欽望，是吳王聯合柴家在試探皇上，看他對狄仁傑和豆盧欽望到底有多重視。

武媚娘說：「聽長孫大人的意思，似乎是要皇上坐實世子縱容手下，以及狄大人徇私枉法的罪行，藉此消除吳王的戒備。」

「皇上如何表示？要依長孫大人的意思行事嗎？」李歸錦皺起了眉頭。

武媚娘擔心道：「皇上雖未直接答應，但是聽說他喝斥了芮國公，只怕心裡已打算這麼做了。」

李歸錦心頭驚懼，難道李治要把他們兩人當成棄子？若不是她知曉歷史，確定狄仁傑和豆盧欽望的仕途不會止步於此，她早就衝到李治面前抗議了。

可是……她又擔心，她所知道的歷史是不變的嗎？會不會有所改變呢？

武媚娘這番話將李歸錦的心都擾亂了，她一時半刻也拿不定主意，畢竟她從未和長孫無忌打過交道，不知從哪裡下手才好。

「我知道是怎麼回事了，謝謝妳給我通風報信。」李歸錦看了看武媚娘，見她氣色不如從前，便問道：「妳呢？什麼時候進宮的？現在情況如何？」

武媚娘說：「皇上這次回京前，就叫桂公公先接我回宮了。可是……先皇守孝期未結束，皇上說不能為我冊封，他叫我再等一等，會給我名分的。」

李歸錦安慰道：「這也是常理，妳不要多想，免得鬱結於心，反而不得皇上喜歡。等再過一段時日，想必一切會好轉。」

聽到李歸錦說這些話，武媚娘眼中浮起一層霧氣，泫然欲泣地說：「皇上待我的心，我一直清楚，所以也不怨他現在給不了我名分。可是宮中階級嚴格，我如今的身分，就是尋常宮女，誰也不把我放在眼裡。縱然我過去只是個才人，境遇也不曾如此，這種日子真難受，倒不如在寺裡清靜。」

李歸錦勸道：「妳在寺裡又何曾真正清靜過？如今既已經回宮，就不要再想寺裡的事了。是誰給妳氣受了？妳根本不必忍，直接向皇后娘娘說就行，她現在靠妳跟淑妃娘娘周旋，必然會幫妳。」

武媚娘猶豫道：「皇后娘娘性格那般軟弱，她會幫我？」

李歸錦說道：「眾人只看到淑妃娘娘的驕縱，便以為被她欺壓的皇后娘娘是個性格軟弱之人，可她既然敢協助妳回宮，心中自然有想法，妳可不要小看她。有時忍一時，是為了成就大事，皇后娘娘深知這個道理。」

「好，我回頭找皇后娘娘說一說……」武媚娘眉頭稍稍鬆開了些。

她和李歸錦並行往宮門走去，李歸錦忽然想起一事，停步打量起武媚娘。

武媚娘被她看得不自在，問道：「妳這樣瞧我做什麼？」

李歸錦在她耳邊低聲問道：「妳是不是有身孕了？」

這一問把武媚娘給嚇壞了，急忙捂住李歸錦的嘴，問道：「妳怎麼知道的？不可能有人知道，我誰也沒說啊！」

李歸錦笑了，她記得武媚娘的長子李弘於永徽三年出生，也就是明年。如今已是永徽二年的九月，武媚娘又回宮了，她便猜想她已經懷上李弘。

「妳別怕，我瞧妳臉色不好，胡亂猜的。」李歸錦安撫道。

武媚娘摸著自己的臉，不安地說：「我臉色很差嗎？看得出來嗎？」

李歸錦說：「有了身孕，妳要對自己好一點。」

武媚娘擔憂地說：「自從我發現自己懷了孩子，就怕得不得了。我以後在宮中的日子，還要倚仗皇后娘娘，可皇后娘娘膝下無子，現在我卻懷有身孕，怕遭她嫉恨！而淑妃娘娘，她為了她兒子著想，更是容不下我。我最近一直在想這些事，連覺都睡不安穩……」

李歸錦仔細回想了一下腦海中記得的事，接著問武媚娘：「皇上還有三個皇子吧？我記得是三個宮人生的，上回去萬年宮，我還見到他們呢。」

武媚娘點頭道：「是的，大皇子、二皇子、三皇子分別是劉宮人、鄭宮人和楊宮人所生，她們都是皇上還是太子時服侍皇上的人。她們出身不好，又沒能留住皇上的心，所以皇上現在根本不在意她們。而淑妃娘娘卻嫉恨這幾個皇子，他們被安排在偏僻的宮殿住，除了過節，根本見不到皇上一面……這次皇上與淑妃娘娘嘔氣，將三位宮人帶去萬年宮，淑妃娘娘與皇上和好後，非要皇上把她們三人就此留在行宮，因此這次她們並未跟著回宮……」

蕭淑妃還真是小心眼，連三個對她造成不了任何威脅的宮人都不放過……李歸錦嘆了口氣。

「妳因為皇后娘娘膝下無子而擔心皇后娘娘會提防妳，那便先為皇后娘娘送個兒子過去。」

武媚娘神色大變。「妳是要我孩子生下來以後交給皇后娘娘？」

李歸錦連忙搖頭。「妳誤會了，我怎麼會要妳拋棄孩子？如今大皇子也有七、八歲了，若他能有個身分尊貴的母親，地位肯定大不相同。妳不妨建議皇后娘娘收養他，這樣皇后娘娘就有了兒子，還是皇長子，而淑妃娘娘的四皇子自然要往後排一排，對皇后娘娘和妳都只有好處，沒有壞處。」

武媚娘鬆了口氣，說道：「原來如此，妳嚇壞我了。」

她仔細想了想李歸錦說的話，又猶豫道：「大皇子一直不得皇上喜歡，他這樣的出身，皇后娘娘只怕看不上。」

李歸錦說：「大皇子尊不尊貴，那是看皇上和皇后娘娘的意思。以前他沒有人悉心教導，自然不得皇上喜歡，若他跟了皇后娘娘，自然就不同了。」

武媚娘點頭道：「這樣的確不錯，至少可以讓皇后娘娘不顧忌我肚子裡的孩兒……」

李歸錦向她建議完這些事，怕越王妃等急了，告辭之後連忙出宮。

李歸錦回府後，立即將從宮中得到的消息告訴了李德淳。

她對朝政之事不太了解，歷史上的資訊又無細節，此刻她實在不知道該怎麼辦，只能與李德淳商議。

李德淳聽了以後，喃喃說道：「若皇上和長孫大人真有這樣的打算，世子和懷英這次只怕要吃大虧了。在朝政大事之前，這樣的事並不少見。」

李歸錦著急道：「難道只能眼睜睜看著他們做棄子嗎？」

李德淳來回踱步，說道：「吃虧也有吃虧的技巧，世子可以接受御史彈劾和皇上訓斥，但案子絕對不能翻。若是翻案，那他們兩人身上一輩子都會有污點，仕途只能就此止步。他們兩人如此出眾，這樣實在可惜，我想皇上也不忍心。」

李歸錦連忙點頭，怎麼也不能承認殺人這樣的罪行啊！

李德淳安慰道：「妳不要太擔心，幸好我們現在知道了皇上的打算，總有應對之策。我現在就去一趟芮國公府，妳在家靜候我的消息。」

李歸錦送李德淳出門，忐忑不安地等了一個下午，傍晚時分，李德淳回來了，同他一起回來的，還有豆盧欽望。

因豆盧欽望被芮國公勒令不許出府，李歸錦有好幾日不曾見到他，在這種情況下相見，兩人心中既覺酸楚，也感到安慰。

李德淳神色複雜地看著兩個孩子，便拍了拍豆盧欽望的肩膀，說：「你們倆好好說一會兒話吧！」

李歸錦引豆盧欽望到房中坐下，等不及丫鬟上茶，她已著急地問道：「父親和你爹可有商量出什麼辦法？」
豆盧欽望略顯失落地說：「我已打算吃下這個虧。」
李歸錦臉色大變，問道：「沒有一點辦法了嗎？」
豆盧欽望強顏歡笑地安慰道：「妳別緊張，我爹已拿捏到柴令武的軟肋，案子是翻不了了，但是皇上為了打消吳王的猜忌，必定要懲戒我一番。如若不順應皇上心意而行，不但會壞了大事，恐怕吳王也會繼續出手。眼下吃了這個虧，是最好的選擇。」
李歸錦明白他的意思，可心裡還是不舒服。「為什麼會這樣……」
豆盧欽望說：「替皇上效命，不僅僅只有好處，也有風險。只要皇上明白我們的苦處，以後境遇總會變好的，妳不必如此擔憂。」
李歸錦點了點頭，她知道豆盧欽望和狄仁傑以後都有很好的發展，只不過……知道是一回事，心裡的感受又是另一回事。
李歸錦略帶歉意地說：「本該由我安慰你，結果反而是我想不開，還要你來安慰我。」
豆盧欽望笑了笑，望著李歸錦，沒有說話。
李歸錦覺得今天的豆盧欽望十分奇怪，神情異常沈靜，不像往日那般飛揚或急躁，而且看她的眼神……似乎流露出依依不捨。
她有不好的預感，開始忐忑起來。
果然，豆盧欽望握住她的手，落寞地說：「歸錦，對不起……」
聽到他說的話，李歸錦一顆心亂跳。「你為什麼要說對不起？」

豆盧欽望猶豫了半晌，嘴唇開開合合數次，才說：「我們的婚期往後延吧，我現在……娶不了妳。」

李歸錦立即說：「為什麼？是因為這次的事嗎？沒關係，這和我們成親的事又沒有衝突。」

豆盧欽望搖頭道：「現在我還不知道皇上要怎麼處置我，怎麼能讓妳一起受苦？再則，京城之人最會趨吉避凶、見風轉舵，若因為我被彈劾，導致賓客不敢來祝賀，好好的一件喜事辦得不熱鬧，就太委屈妳了。」

李歸錦說：「熱不熱鬧我不關心，成親是咱們兩人的事。夫妻本為一體，若不能同甘共苦，為什麼還要結為夫妻？」

豆盧欽望被李歸錦感動，不禁將她擁入懷中，動容地說：「可是我捨不得……」

李歸錦伸手環住他的腰，輕聲說：「人生在世會遇到很多坎坷，這只是其中一個，我們應該寵辱不驚、同舟共濟。若你在苦難時撇下我，我非但不會感激你，反而會怪你。你這分明就是看不起我，難道你當我是個趨炎附勢的女子不成？」

豆盧欽望一顆心怦怦跳，眼眶都熱了，他緊緊摟住李歸錦。「此生能有妳相伴，甚幸！」

李歸錦輕輕笑道：「那就緊緊抓住我，不管是風光得意之時，還是受挫失落之時，都不要鬆開我，讓我陪著你，一路終老。」

這是豆盧欽望一生中聽過最甜蜜的話，他內心的抑鬱、焦躁、憤怒、難過，全都一掃而空，彷彿得到無限的勇氣和信心。

他看著李歸錦，目光變得炯炯有神。「好，我們成親！我一定不會讓妳失望，我們一定會愈過愈好！」

豆盧欽望與李歸錦道別，又來到李德淳的書房。

他滿懷歉意地說：「伯父，對不起，我和歸錦決定如期成親，要讓她跟著我受委屈了。」

先前李德淳拜訪芮國公府時，豆盧欽望就決定推遲婚期，並跟他商量過。現在小倆口決定婚禮如期舉行，他不但沒有意見，反而覺得很開心。

李德淳欣慰地點頭道：「好，這是好事，我女兒果然沒讓我失望，你也要振作起來。」

「是，我一定不會讓你們失望。」豆盧欽望真誠地說道。

從衛國公府出來，豆盧欽望覺得九月的天空是如此美麗，他的心情伴著秋高氣爽的天氣，變得十分愉悅。

他在門口稍作停頓，便上馬往禮部而去。

九月中旬，案子重審有了定論，判定那位老人家是因馬車撞擊致死，他家人控告豆盧欽望打人之事因證據不足，故不成立；指控狄仁傑徇私舞弊之罪也因證據不足，同樣不成立。

但豆盧欽望和狄仁傑都受到了皇上的懲戒，豆盧欽望因馭下不嚴，撤銷御前侍衛隊長一職，並罰半年俸祿；狄仁傑則因辦案不力，被調離大理寺，到京府尹做法曹。

這些壞消息並沒有影響李歸錦的生活，她照例與越王妃、李二夫人一起準備嫁妝，閒暇時就去參加菡萏書社的活動，結交一些官宦人家的小姐。

在九月底一次書社集會上，因她向眾人發了婚禮請帖，難免有好事之人背著她議論起來。

一個女子與璟雯在集會結束離開梁國公府時，低聲說：「雷霆雨露，皆是君恩。先前皇上賜婚時多麼風光，羨煞眾人，眨眼之間，芮國公世子就受到貶斥。」

她指了指手中的請帖，繼續說：「我還以為他們的婚事會推遲甚至取消，這下可怎麼辦，咱們到底是去還是不去？要是去了，惹得皇上不開心，連累了我的父兄，那可真是罪過。」

璟雯抿嘴想了想，說：「我會去。她都不怕被世子連累，我為什麼要怕？」

這段話讓她的女伴傻住了，問道：「他們要成親，自然是不怕，妳為什麼也不怕？」

璟雯稍稍紅了臉，沒有解釋什麼，而是想起杜雁卿與她們閒聊時說的話——

「聽我家相公說，芮國公世子原本打算推遲婚禮，摺子都送到禮部了，他後來卻又把摺子要了回去，好像是李小姐堅持要如期舉行，不怕被世子連累。這般貞烈高潔，堪稱典範。」

杜雁卿對李歸錦的評價非常高，與她往來時，也十分禮敬她。

璟雯心中因此對李歸錦改觀，她心想，世子眼光不俗，他看不上自己，果然是因為自己不夠好。李歸錦是這般出眾的女子，輸給她，倒也甘心。

眨眼婚期將至，兩家也已準備妥當，與李歸錦相熟的人家，紛紛來為李歸錦添妝。

衛國公府的賓客很多，有從渭州趕來的李氏族人，也有京城世家中常來往的人，而一些與勛貴不在同一個圈子裡的京官之家也到衛國公府走動。一問才知是李歸錦與那些京官家的女兒交好，這才有了往來。

而芮國公府則稍嫌冷清，好在豆盧一系本就根深葉茂，加上真正有實力的勛貴世家並不在意一時榮辱，該來做客的一樣會來。少了那些見風轉舵的逢迎之人，倒也清靜。

出嫁當天，李歸錦的六十四抬嫁妝正要出門，宮中忽然來了聖旨，皇上賜下一頂七尾翟羽冠，所有賓客都震驚不已。

七尾翟羽冠是親王世子妃或郡王妃所用鳳冠，李歸錦為國公世子夫人，尚不到用七尾翟羽的階級，可皇上卻越級給予這樣的賞賜！

身為媒人的新興公主與越王妃原本不清楚皇上在貶斥芮國公世子之後如何看待這門婚事，但在看到這頂鳳冠後，她們心中頓時釋然，連忙笑著要衛國公府的人立刻再準備一抬嫁妝，將鳳冠放在首抬，風風光光地抬出府。

李歸錦身著鳳冠霞帔，坐在閨房內等待新郎來迎接，聽聞這個消息時，並未太驚訝。

李治先前讓豆盧欽望吃了虧，總會有些補償，在成親時補償在李歸錦身上，既體面，又不會讓人起疑心。

皇上的賞賜先到，緊接著皇后和燕太妃的賞賜也來了。皇后賞了一匣東珠、兩柄如意，燕太妃賞了一尊玉璧和一組六個童子玉雕，連蕭淑妃也跟著象徵性地賞賜了一支紅寶石牡丹簪。

衛國公府分別將賞賜裝好，與嫁妝一起抬出去，引得長安街上萬頭攢動，圍觀者成千上百，最後鬧得京府尹不得不加派武侯巡街，深怕發生什麼動亂。

有人好奇地問道：「是皇上嫁公主嗎？」

有老人家笑道：「皇上的公主還是吃奶的娃娃，這是衛國公府的小姐出嫁！」

那人更驚訝了。「國公府的小姐竟然這麼風光，聽說嫁妝都是皇上和皇后娘娘賞賜的呢！」

有人插嘴道：「那可是李靖大將軍唯一的孫女，又是汝南公主的女兒，有什麼受不起的？」

「真好，不知是哪戶人家這麼有福氣，將李小姐娶了回去？」

狄仁傑夾雜在京府尹的公差中巡街，聽著各種羨慕和嫉妒的言語，真心為李歸錦感到開心。

雖然李歸錦和豆盧欽望都邀請他去參加婚禮，但他哪邊都沒有去。有些感情，需要時間去冷卻。

當新郎騎著白馬，綁著紅綢大花帶領八抬花轎出現時，狄仁傑悄悄避開，退到了街邊的人群之後。

身上穿著新郎的大紅袍，豆盧欽望顯得格外有精神，雖然胸前的大紅花讓他看起來有點傻，但最傻的，莫過於他臉上停不下來的笑。

數里長的紅妝和迎親隊伍花了半個時辰才走完。喧囂過後，長安街上仍然迴盪著鑼鼓聲，此時狄仁傑突然從人群中走出來，跟了上去。

他決定要去芮國公府做客，他要看著他們拜堂，晚上還要鬧洞房，他要看看李歸錦出嫁的美麗模樣！

第四十四章　新婚燕爾

李歸錦蓋著紅蓋頭，坐在寬敞的花轎中，聽著耳邊震耳欲聾的鑼鼓聲，不知為何，她竟然一點也不緊張。

是因為彼此太過熟悉了嗎？但細算起來，她和豆盧欽望也只認識了一年半而已。她回憶起兩人從認識到現在的過往，那時在并州衙門，誰能想到那個長相讓她驚豔的男子，會變成她的丈夫？

豆盧欽望只怕也想不到，他曾經懷疑偷盜火藥的那個女子，會變成他此生摯愛。查案、進京、爭執、相救、扶持……一年半的光陰，他們之間竟然發生這麼多事，李歸錦不禁有些感慨。

花轎停下，她接過媒人手中的紅綢，一步步跟隨新郎的腳步走到喜堂正中央。芮國公邀請襄城公主的丈夫——宋國公蕭銳擔任主婚人，宋國公紅光滿面，揚聲朗誦道：「一拜天地、二拜高堂、夫妻對拜……」

李歸錦被送入洞房時，新興公主、越王妃，還有身為全福人的永安伯夫人都在新房裡陪著她。

她還沒坐定，就湧進一群要看新娘的女眷和孩子。

永安伯夫人將李歸錦的蓋頭半掀，圍觀的女眷紛紛誇獎新娘生得一副好模樣。

永安伯夫人遞給李歸錦一塊酥餅，說道：「先吃一點，外面午宴才開，離新郎進洞房還有許久，不要心急！」

眾人紛紛笑鬧起來，長輩最喜歡逗的便是嬌羞的新娘，雖然李歸錦接受尺度比尋常古代女子寬一點，但有些葷素不忌的話題，還是將她鬧了個大紅臉。

李歸錦頂著沈重的鳳冠端坐在床邊，蓋頭半遮，來鬧新娘的女眷來了一批又一批，一下午說說鬧鬧，竟也過去了。

待到夜幕四合，永安伯夫人安撫她道：「再堅持一下，晚宴已經開了。」

李歸錦只擔心豆盧欽望會被灌酒到很晚，但時間卻沒她想的長，豆盧欽望很早就來了——是被一群男子蜂擁推進來的。

永安伯夫人連忙將李歸錦的蓋頭放下，嗔怪道：「唉唷，你們這是鬧洞房還是拆洞房啊？」

有男子笑著說：「新郎想著新娘，一口酒菜都吃不下去，我們再不放他進來，他都要急翻臉了。快掀蓋頭，我們要看新娘！」

大笑聲頓時充滿了整個新房，豆盧欽望著急道：「你們都斯文點行嗎，嚇到我夫人怎麼辦？」

誰知他話音一落，哄鬧聲更甚。

永安伯夫人喊了丫鬟端來喜秤、合巹酒、花生、桂圓等物，她將喜秤遞給豆盧欽望，說道：「還不快去將你娘子的蓋頭掀開！」

豆盧欽望拿著喜秤的手有點出汗，他小心翼翼地將大紅蓋頭挑起。蓋頭被喜秤挑起，李歸錦的視線漸漸明朗。她抬眼看向豆盧欽望，見他緊張得整張臉都僵硬了，忍不住笑了。

「唷，新娘笑了，看來對新郎很滿意呢！」

不知是誰在旁邊吆喝，隨即有人附和著嚷嚷了起來。

「我還當思齊這輩子都娶不到比他自己更漂亮的媳婦了，沒想到還讓他給找到了！」

「是啊，嫂子長得真好看，你們快看！」

豆盧欽望像母雞保護小雞一樣擋在李歸錦面前，偏不讓後面的人看清楚。

永安伯夫人又端來合巹酒，讓新人喝交杯酒，再向新人丟花生、撒桂圓，最後吆喝一聲「禮成」，此時鬧洞房的男子們全都往床邊擁去。

永安伯夫人笑看著年輕人鬧騰，帶著丫鬟與僕婦出去了。

豆盧欽望如臨大敵，擋在李歸錦面前，將眾人推開。「不要鬧，你們快出去喝酒！」

有族內的弟兄說：「我們要喝嫂子敬的酒！」

豆盧欽望說什麼也不肯，將他們一個個丟了出去，最後把門牢牢拴上，任他們怎麼敲門都不開。

豆盧欽望累得滿頭大汗，與李歸錦一起坐在床邊。

「妳別介意，他們都是我從小到大的朋友，很多人在軍營裡養了一身莽氣，言語難免有些孟浪，不過今天幸好有他們來幫我熱場子。」

李歸錦掏出手巾，替他擦從額頭上流下來的汗，說道：「他們要鬧就讓他們鬧，我又不怕，偏把你急成這樣。」

李歸錦的手碰到豆盧欽望滾燙的臉，稍稍停頓了一下，接著整個手心覆蓋到他的臉上摸了摸，問道：「怎麼這麼燙？是喝酒喝多了，還是衣服穿多了？」

十月秋日，天氣還有些燥熱，豆盧欽望扭開頭，扯了扯領口，嘟囔道：「大概是穿多了……」

雖然他沒有看著李歸錦，但腦海裡全是她脂玉般的臉蛋、星子般的雙眸，和那朱紅的嫩唇……

他的喉結不安地滾動了一下，耳邊傳來李歸錦的聲音。「熱的話就把外袍脫了吧，我也有些熱……快來幫我把鳳冠摘下來，好重……」

豆盧欽望回過神，扶著李歸錦起身坐到梳妝檯前，替她小心翼翼地將沈重的鳳冠摘了下來。

李歸錦扭了扭脖子，伸手去搥肩膀。「幸好你回來得早，再久一點，我就要堅持不住了，脖子好硬。」

豆盧欽望順手幫她捏肩膀。「我幫妳捏捏……到時世子夫人的誥命冠服也有點重，這可真是一點辦法也沒有……」

李歸錦說：「那只能慢慢適應了。」

手。

她伸手取下頭上的簪子，鬆開髮髻，長髮如瀑布般落下，拂過豆盧欽望放在她肩頭的手。

如絲緞的冰涼觸感讓豆盧欽望心癢難耐，他站在李歸錦身後，低頭看著她，隨著她解下耳環、項鍊、手鐲等動作，仔細地看著她每個部位。

他以前從未如此看過李歸錦，如今細細看來，只覺得內心有頭猛獸在掙扎，快要控制不住。

「歸錦……」

「嗯？」李歸錦將身上最後一件首飾放到梳妝盒中，見豆盧欽望仍然未說話，便轉頭朝上看他。「怎麼……」

話音未落，豆盧欽望一手捧著她的後腦勺，一手扳過她的肩膀，吻，猝不及防地從上落下，印在她的唇上。

李歸錦睜大了眼睛，一動也不動。

豆盧欽望也呆滯了一瞬，沒想到自己真的邁出了這一步，而且……李歸錦並沒有抗拒。好似被許可一般，豆盧欽望膽子大了起來，咬住她的唇，開始慢慢品嚐。

李歸錦順著他雙臂的力量，從梳妝檯前的座椅上站起，被他緊緊擁入懷中。雖然她身形頗高，但仍比豆盧欽望矮了近一個頭，她被他扣在臂彎之中，不容她反抗地吻著。

李歸錦由最初的震驚變成情動，她下意識地回應著他的吻，豆盧欽望如同受到鼓勵一般，心中狂喜，撬開她的貝齒，攻城掠地地侵占她口腔中每一寸領土……

「世子……」李歸錦快要呼吸不過來了，喘息地喊著他。

豆盧欽望停下來，雙手捧著她的臉，淺淺吻著她的額頭、眼睛和鼻尖。「嗯？怎麼了？」

李歸錦一顆心狂亂不已，不經思考地說道：「我……我熱……」

豆盧欽望眼中如有火花迸出，他伸手去扯李歸錦的腰帶和衣襟，很快就把她的喜服丟在腳下。他一手攬住她的細腰，一手擒住她的下顎，從她耳邊和脖子由上往下親去。

熾熱的氣息噴在李歸錦的耳根上，讓她忍不住顫慄，腿有些發軟。她不禁伸手摟住豆盧欽望的肩膀，只有這樣，她才能站穩。

豆盧欽望從耳根吻到脖子，再吻到鎖骨，三兩下就將李歸錦裡衣衣襟咬開，鮮紅的肚兜就這樣映入他的眼中。

「歸錦……我，可以嗎？」豆盧欽望口乾舌燥地問著。

李歸錦因為動情而害羞，不願直接回答，將頭埋在他懷中。

看她如此嬌羞，豆盧欽望心中暢快，大笑兩聲，將李歸錦攔腰抱起，大步向床邊走去。

當李歸錦被他壓在身下時，她感受著如天穹般籠罩著她的男子氣息，呢喃道：「我們……成親了呢……」

豆盧欽望捧著她傲人的雙峰，將頭從她胸前抬起，眼神已有些迷離。「是，從此妳是我的妻，我最愛的妻……」

話音剛落，李歸錦敏感的蓓蕾就被他咬住，將她激得驚呼出聲。「啊，不要這樣……」

豆盧欽望一邊吮吸著，一邊問道：「不要怎樣？唔……那這樣？」

他往下滑去，親到李歸錦的肚臍眼，打個轉，雙手放到她的褻褲上，打算一路向下。

李歸錦受到刺激，突然彈了起來，敏捷地脫離他的魔爪，鑽進被窩裡趴著，並用被子蒙著頭，輕喊道：「不要、不要……」

豆盧欽望被她的反應嚇了一跳，他滿懷歉意地湊過去說：「對不起……是我不好，妳不喜歡，我就不這麼做了。不要蒙著頭，會悶壞的……」說著就拉開被子。

李歸錦雙臉通紅，看都不敢看豆盧欽望，只是緊閉雙眼，顫抖著說：「不要說對不起，是我……不好……」

豆盧欽望哄道：「妳沒有不好，乖，不要怕，妳不願意，我就不碰妳，好不好？」

李歸錦突然睜開眼睛，咬住嘴唇望著他，眼神有些幽怨，讓他心動卻又不知所以。

李歸錦鼓起勇氣說：「不是不願意，只是……太羞人了……你不要……不要親那裡……」

豆盧欽望一愣，隨即大笑，原來不是不願意他碰她，只是她害羞，不願意他親「那裡」……

他鑽進被子裡，重新將李歸錦壓在身下，笑道：「是，遵命，我的小娘子！」

紅被翻浪，燭淚堆盤。

豆盧欽望拿捏著分寸，以最溫柔老實的方式占有李歸錦。

當身體被貫穿的那一刻，疼痛讓李歸錦咬緊了牙關。

豆盧欽望撬開李歸錦的貝齒親吻著，哄道：「不要忍著，難受還是舒服，說出來……」

李歸錦說不出是難受還是舒服，斷斷續續的喘息和呻吟伴隨著他的吻，從她的唇齒間逸出，每一個音符，都刺激著豆盧欽望的感官。

「歸錦，我如此愛妳……怎麼也不夠……怎麼辦……怎麼辦……」

他瘋狂地要她，李歸錦的慾望完全被他激發，主動用雙腿勾住他的腰身，讓兩人以更舒服、更徹底的姿勢結合。

「世子……我感覺……好奇怪……」

豆盧欽望將李歸錦擁在懷裡，他從上方看著李歸錦潮紅的臉，問道：「什麼感覺？」

李歸錦搖頭，什麼也說不出來。

豆盧欽望加快了速度，當他感到李歸錦不由自主地抬起身子，雙腿變得僵直時，他用力將李歸錦抱起，兩人面對面坐在一起。

李歸錦伸展著身體，腦袋向後仰著，長髮垂在豆盧欽望的腳踝上，口中長長吁出一口氣，過了數秒，她才重新癱軟在豆盧欽望懷中。

豆盧欽望滿意地看著懷裡的人兒，低聲說：「第一次感覺……如何？現在輪到我了……」

李歸錦不記得自己是什麼時候睡著的。到了後半夜，她的腦子已變成一片漿糊，根本沒有留下任何完整的記憶。

第二天早上李歸錦醒來時，天已大亮，豆盧欽望已穿戴好，坐在床邊看著她。

她整個人一下子清醒，忙說：「不好，時辰晚了！」

今天他們得進宮謝恩，回來要向公婆敬茶，還得見婆家的親戚。

豆盧欽望說：「不要緊，進宮晚了，就向皇上與皇后娘娘解釋家裡有事耽擱；從宮裡回來晚了，就說宮裡娘娘多留我們坐了片刻，沒人會說我們的不是。」

可李歸錦依然不敢耽擱。這是她新婚第一天，不知道多少人都在盯著她的表現，她不能讓人笑話。

她急忙穿好裡衣，下床要去洗漱，腳卻一軟，跌坐在床沿。

感受到無力的雙腿和火辣辣泛疼的私處，不知怎的，李歸錦突然委屈又害羞地哭了起來。

豆盧欽望見她的淚珠無預警地落了下來，瞬間慌了，上前抱著她問道：「哪裡摔疼了嗎？」

李歸錦搥打著他的胸膛，哭道：「都怪你、都怪你……」

她腿軟走不了路，怎麼進宮、怎麼叩拜、怎麼敬茶？都怪他！

她疼得無法站立，想到昨晚還臉紅，要她怎麼見人？都怪他！

豆盧欽望見李歸錦哭得傷心，雖然不明白她為什麼怪他，但他還是將她抱到床上坐好，哄道：「好好好，都怪我……」

李歸錦哭了一陣子，強忍著不適起身去洗漱，豆盧欽望想幫忙，李歸錦不讓他插手，鬧彆扭的小媳婦模樣讓豆盧欽望既無奈又好笑。

畢竟有要事在身，兩人並沒有鬧多久。李歸錦實在堅持不住，喊了琬碧過來，另外還有從衛國公府帶來的兩個陪嫁大丫鬟紅霞、紅蔚也進來服侍她洗漱。

幾人手腳俐落地幫李歸錦穿好大紅新人錦裙，梳好新婦的牡丹髻，插上宮裡賞賜的東珠和紅寶石牡丹簪，一切準備妥當，只待出門。

豆盧欽望坐在一旁看著她梳妝打扮的時候，他已經琢磨出李歸錦鬧彆扭的原因了，見李歸錦要起身，連忙過去扶她。「夫人，為夫的扶妳出門。」

李歸錦嗔了他一眼，礙著還有丫鬟在旁，她沒多說什麼，挽著豆盧欽望的胳膊，走到門外。

到了馬車上，豆盧欽望眼神裡的得意已掩飾不住，李歸錦輕搥了他一下，說道：「像是做了什麼好事一樣，這麼得意做什麼？」

豆盧欽望笑道：「洞房花燭夜，最得意的事莫過於此了。」

李歸錦臉紅地說：「你也太壞了，絲毫不顧及我，一會兒若是出了醜，教我怎麼見人？」說著，那股委屈勁兒又上來了。

豆盧欽望連忙把她攬在懷裡。「別怕，有我呢，大不了我揹著妳進宮，若皇上問起來，我就說是我心疼娘子，心甘情願。」

「呸，沒個正經樣子！」李歸錦笑了起來。

豆盧欽望歪頭看著妻子，愈看愈歡喜，不禁湊到她臉上親了一口。

李歸錦反手拍開他的臉。「做什麼呀？眼看就要進宮了，正經點！」

豆盧欽望卻笑嘻嘻地說：「到現在我還覺得像是作夢一樣，我是真的把妳娶回家了！」

李歸錦聞言，伸手捏了捏他的臉，笑道：「夢醒啦！」

兩人說說笑笑地進了宮，因皇上還在處理朝政，他們便直接去皇后那裡。燕太妃早已等不及，一早就到皇后宮裡跟她說話，見到兩個新人來了，高興得合不攏嘴。

「好，好！」燕太妃連說了兩聲好，然後便招手要人端來給新人的賞賜。

李歸錦連忙說：「太妃娘娘快別賞賜東西了，您為我付出了那麼多，我們是進宮謝恩的，可不敢再接受賞賜。」

燕太妃說：「這點東西我還給得起，只要你們過得好，拿出我一點老本又算什麼？」

皇后也幫腔道：「你們只管大大方方收下，越王才因政績卓著被皇上加賜五百戶，燕太妃娘娘和越王妃也得了不少賞賜呢。」

「恭喜太妃娘娘！」李歸錦與豆盧欽望同時向燕太妃恭賀。

母以子榮，越王受到皇上的信任和獎賞，最高興的，莫過於燕太妃。

皇后和燕太妃問了些婚禮的細節，同兩位新人說了一會兒話，李治終於抽空來了。

看到新婦裝扮的李歸錦，李治有些眼熱，拿豆盧欽望開玩笑道：「先前朕還因將你撤職之事有些歉疚，可你娶了這樣好的媳婦，有得有失，朕覺得應該再扣你半年俸祿才是。」

豆盧欽望笑著回應道：「還請皇上手下留情，微臣那點俸祿，已在我家夫人的陪嫁面前抬不起頭了，再扣半年，微臣就要仰仗夫人吃飯了！」
李歸錦的嫁妝大多是宮裡準備的，他這麼說，就是在感謝皇上，還不忘叫了一回苦。
豆盧欽望這一席話，說得皇上、皇后和燕太妃都笑了。
李治說：「好，朕也不能偏心，這次也替你做回面子，你今年新婚且先歇著，明年就給你個好職位。」
豆盧欽望並不驚訝，只是笑著謝恩。
此時有太監進來稟報，說兵部侍郎柳大人在兩儀殿等皇上議事。
李治點了點頭，對皇后說：「朕召妳舅舅進宮，有要事相商，妳也隨朕去見見他吧。」
皇后眼中迸出光彩，笑著說：「多謝皇上成全，臣妾有些日子沒有見到舅舅了。」
李歸錦和豆盧欽望則乘機告退，燕太妃也叮囑他們早些回家。
回程路上，豆盧欽望若有所思，李歸錦知道他在想什麼，便悄聲說：「皇上大概是要立太子了。」
豆盧欽望凝神說道：「我也聽到了一點風聲，皇后大概是要抬舉大皇子。」
李歸錦非常驚訝，沒想到豆盧欽望已經知道了。
豆盧欽望說：「皇上這是在逼吳王啊……」
李歸錦仔細想了想，明白了豆盧欽望的意思。
皇后接受武媚娘的建議，想領養大皇子，自有她的考量，而皇上之所以會同意，也有李治自己的想法。

如今李治年紀尚輕，他早早立下太子，就是在逼想謀反的人開始行動，否則太子一立，國本堅固，皇位也輪不到他們。

豆盧欽望皺眉說：「若皇上真的拿定主意，恐怕就是最近一年的事了。現在我被撤職也好，不如我帶著妳去我家封地轉一圈，就當休息，藉機躲開京城這些是是非非。」

李歸錦淺笑著說：「好呀，都聽你的。」

現在這個時代還沒有「度蜜月」這種習慣，能出去走一走，過過兩人世界，也挺不錯的！

第四十五章　巧婦難為

回到芮國公府，豆盧一族許多親戚都已等候多時。

李歸錦整理了一下妝容，與豆盧欽望一起走進去，芮國公夫人看到新媳婦，立刻就笑了。

喝了媳婦敬的茶，芮國公夫人向李歸錦介紹起各位長輩。

有二叔父蠡吾縣開國公豆盧承基，三叔父駙馬都尉豆盧懷讓，他娶的是高祖的六女萬春公主，以及四叔父郢城郡開國公豆盧方則。

向長輩敬了茶，豆盧欽望又領著李歸錦見同輩的兄弟姊妹，男男女女數十人，讓她眼花撩亂。

她現在是豆盧家的宗婦、長媳，真是任重而道遠！

行完禮，豆盧欽望一直朝芮國公夫人使眼色，芮國公夫人頓時明白過來，對他們說：「你們進宮想必辛苦了，先下去休息吧，一會兒開午宴，按時過來吃就行了。」

李歸錦覺得撇下一屋子客人回去休息有點不妥，但豆盧欽望已笑著答應下來，領著李歸錦離開大廳。

剛出大廳，李歸錦就忍不住晃了一下，豆盧欽望眼明手快扶住她，憂心地問道：「還好嗎？」

李歸錦苦笑道：「腿軟……」

豆盧欽望扶著李歸錦走了一段，見周圍沒有其他人，就將她打橫抱起來，李歸錦嚇得驚呼道：「做什麼呀，讓人看了笑話。」

豆盧欽望笑著說：「又沒有外人。」

在他們身後相隨的紅霞、紅蔚都低著頭忍笑，不敢出聲。琬碧雖然似懂非懂，卻也明白這是很親密的表現，跟著偷偷笑了起來。

李歸錦實在累得不得了，一步也不想走，只好自欺欺人地閉著眼睛，任由豆盧欽望將她抱回房。

回到房中，李歸錦躺在軟榻上休息，嘆道：「平日你進進出出總是一個人，沒想到有這麼多家人，我還沒有記全，你再跟我說說幾個叔父家裡有哪些人。」

豆盧欽望替李歸錦揉腳，說道：「費那些心做什麼，以後來往一多，自然都記得了。」

李歸錦又擔憂道：「以前經營鋪子，打理我和父親的南院，並不覺得有多困難，但現在身為這麼大一家人的宗婦，忽然覺得有些壓力了。」

「不怕，家裡萬事有母親在，跟母親學個幾十年，能有什麼學不會的？」豆盧欽望說道。

李歸錦想想也是，婆婆不足四十歲，族裡的事還用不著她這個媳婦操心，便把這些事都放下了。

待到第三天回門，豆盧欽望和李歸錦回衛國公府，自是一片熱鬧。

從衛國公府回來，豆盧欽望與李歸錦商量道：「我們明天沒事，妳想不想去古家看看？古老爺肯定很記掛妳。」

李歸錦聽了，內心覺得非常溫暖，在馬車裡就抱著他的腰說：「我今天一直在想這件事，正不知道怎麼跟你提呢……」

他們成婚時，古爹爹沒有資格坐在長輩席上，只作為賓客在衛國公府露面。那天人多繁忙，李歸錦出嫁前都未能向他辭別，他心裡肯定很難過。

如今第三天回門，她也不得空去看他，李歸錦一直記掛著，沒想到豆盧欽望主動說了出來。

豆盧欽望說：「這有什麼？我們之間一向坦誠相對，有什麼話直說就好。」

李歸錦點了點頭，興奮地和他商量起明天去看望古爹爹，該帶什麼東西才好。

古家之中，狄仁傑正安慰著古爹爹。「新婚頭幾日必定很忙，等忙過之後，她一定會回來看您的。」

古爹爹嘆道：「我也不是要她記掛我，或一定得來看我，只是不知道她成親之後過得好不好，心裡總是惦記著，總要見一見才放心。」

狄仁傑心情複雜地說：「您放心吧，豆盧世子待她肯定很好。」

古爹爹看著狄仁傑，又嘆了口氣。

他怕惹狄仁傑傷心，不再談李歸錦，轉開話題問他工作的事。「你調去京府尹之後，一切可還順利？」

狄仁傑點頭道：「是，說起來還多虧了歸錦。京府尹大人的千金與歸錦同參加了一個書社，不知府尹大人從她那裡聽說了什麼，對我十分照顧。」

古爹爹驚訝道：「喔？如今歸錦果然和以前不一樣了，認識這麼多人，看來我也該放心了。」

兩人正說著話，芮國公府的小廝前來敲門。「我家世子和世子夫人問古老爺明日在不在家，他們準備來探望您。」

古爹爹喜出望外，連忙說：「在、在。」

狄仁傑在一旁聽了，也點了點頭，放下心來。

芮國公府中，笑語嫣然，和樂融融。

豆盧欽望和父親在前廳說話，李歸錦則陪著婆婆在珠簾後翻看時興的布疋花樣。

「現在該開始準備冬衣了，今年是妳嫁過來第一年，新年時要走動的地方多，我打算為妳多裁製些衣服，可是一味做些紅豔的，我又覺得不好。我在家看了一天，眼睛都花了，妳自己挑挑可有喜歡的？」芮國公夫人拉著李歸錦的手說。

李歸錦感激地說：「您千萬別為我的事勞累，我的嫁妝中還有兩箱新衣呢，回頭我整理出來，要是有缺什麼，再與您商量。說起做冬衣，我記得我二伯母為我購置了幾塊上好的水獺皮，拿來給您做個暖手吧？」

芮國公夫人笑了起來。「看看，我心疼妳，想為妳做幾身衣服，妳倒體貼我，要為我做好東西。」

豆盧欽望在廳裡側耳聽著珠簾後的談話，嘴角不自覺彎出一個弧度。

芮國公咳了兩聲，豆盧欽望趕緊回過神，充滿歉意地看了父親一眼，繼續聽他分析朝中的形勢。

「皇上要立太子的事，現在滿朝盡知，過不了幾天，各王也會知悉。今天皇上又下旨擢升柳奭大人為中書侍郎，支持皇后娘娘認養大皇子而後立他為太子的意思再明顯不過……到了年底，先皇守孝期結束，皇上應該會下旨令各王進京朝拜，到時京城只怕不太平。」

豆盧欽望想了想，說道：「父親，我原打算今年咱們全家去封地別院過年，好避開京城這些事。但是昨天皇上派魏大人傳話給我，我年底只怕走不開，到時就有勞父親帶母親與歸錦離京去別院。」

芮國公擺了擺手，說道：「到時讓貞松帶人來接她們娘倆去就是，我怎麼能如婦人般隨她們避開？」

他口中的「貞松」，就是豆盧欽望三叔豆盧懷讓的長子。

芮國公憂心道：「倒是你，你已經引起吳王猜忌，如今要格外小心，皇上交代你的事，務必辦妥。」

「是。」豆盧欽望點頭應道。

見芮國公夫人和李歸錦說完話從裡面走出來，芮國公就停止和兒子的談話，說道：「時候不早，都回去休息吧。」

豆盧欽望帶著李歸錦回去他們所居的九思堂，在路上，豆盧欽望問道：「歸錦，我想讓古老爺重新入伍，妳覺得如何？」

李歸錦驚訝地看著他，並未急著回答。

古爹爹原本是禁軍出身，如今四十出頭，在這個年紀重新入伍當差也不是不行，但是李歸錦卻覺得沒這個必要，她想讓古爹爹頤養天年，在京城享福。

「我爹離開禁軍超過二十年，一身武藝早就丟了，再讓他回去，不一定應付得了差事，還是算了吧。讓他在京城做點小本生意，輕輕鬆鬆過日子，豈不更好？」李歸錦說道。

豆盧欽望沒有勉強她，笑著答應了。

兩人回到九思堂，開始準備明天要去探望古爹爹的禮物。豆盧欽望從庫房裡找出一把寶劍，烏青的劍鞘並無過多精美的裝飾，但是寶劍出鞘的光輝和聲音讓李歸錦這個不懂兵器的人也知道這是一把珍貴的武器。

「這是什麼劍？你打算送給我爹？」

豆盧欽望點頭說：「我記得第一次見到妳爹時，他跟我聊起劍術大師葉劍霄鑄劍之事，想必他也是個愛劍之人。這把太清天劍是葉大師早年在武當山所鑄之劍，雖然與他後期大成的作品相比起來差了一些，但也是把難得的寶劍，他應該會喜歡。」

李歸錦對他的用心很感動，歡喜道：「沒想到你都記得，我爹一定會很喜歡的！」

豆盧欽望擁住李歸錦，說道：「我當然得多用點心思，不然妳爹不喜歡我這個女婿，豈不是不妙？」

李歸錦驚訝地看著他，沒想到豆盧欽望有如此細心的一面，看來古爹爹更偏愛狄仁傑的事，豆盧欽望也感覺到了。難怪他之前會特地差人送中秋節禮，現在又投其所好贈與寶劍。

李歸錦有些歉意。「我爹也很喜歡你啊，你第一次去我并州家裡時，他就在背後偷偷問你的事呢。眼下只是接觸得比較少，等以後來往多了，肯定把你當親兒子一般疼。」

豆盧欽望親了親李歸錦的額頭，說道：「我知道。」

將禮物準備妥當之後，兩人回到房中歇下，李歸錦轉頭看向枕邊的豆盧欽望，覺得他今晚有點奇怪。

從公公、婆婆那邊回來時，他就有些心事重重，甚至連上床休息了，他也沒像頭幾晚一樣鬧得她不能安眠。

李歸錦不禁側過身子問他。「在想什麼呢？」

豆盧欽望將李歸錦的手按在自己胸口上。「在想妳要幫我生幾個娃兒才夠。」

李歸錦噗哧一聲笑了，又正色問道：「跟你說正經的，有事別一個人悶著想。」

豆盧欽望猶豫了一下，又想到李歸錦不是尋常的婦人家，她能破案、能交際，還有謀略，跟她聊一聊，心中所想之事也許會豁然開朗。

「今天在衛國公府時，魏大人突然來訪，跟我說了幾句話。」豆盧欽望低聲說道。

李歸錦不知道這件事，當時她在後院，豆盧欽望則和她父親、伯伯們在前院。

「魏柯？」她問道。

豆盧欽望點了點頭。「我現在雖然賦閒在家，但皇上傳來口諭，要我幫他查一點事，我剛剛就是在想這件事。」

李歸錦追問道：「查什麼？」

豆盧欽望從床上坐起，靠在床頭攬著李歸錦的肩膀，說道：「妳上次在萬年宮被劫持，雖然查出與吳王有關，但至今仍未有證據證實吳王與哪位禁軍勾結。年底皇上會辦一件大事，魏大人傳皇上口諭，要我務必在年前將禁軍中的內鬼給查出來。」

李歸錦凝神聽著。「有一人，我有些懷疑。」

豆盧欽望驚訝地問道：「喔？妳懷疑誰？」

李歸錦說：「高陽公主的駙馬，右衛將軍房遺愛。」

「他？」豆盧欽望問道：「妳為何懷疑他？」

李歸錦不能說歷史書上就這麼寫的，只好胡謅道：「我之前去梁國公府，聽到高陽公主和荊州郡主在商量襲爵的事，她們兩人因為皇上打算把梁國公之位傳給房遺直而感到不滿，荊州郡主又是荊王的女兒，荊王未必不會利用她們的私心行事。」

豆盧欽望認真地考慮這條線索，想到之前護送李歸錦失職的那隊禁軍的確是房遺愛派出來的，但當時卻沒有從他們口中審訊出任何有用的資訊，加上房遺愛是房玄齡之子，又是高陽公主的駙馬，因此皇上沒有深究。

如今回想起來，他的確很有嫌疑。

「聽起來，真的值得好好查一查。」豆盧欽望說道。

他放下心頭之事，按住李歸錦親了一口。「今晚是我不好，在床上怎麼能想其他事，咱們先把一等一的大事做完再說。」

李歸錦被他逼視，紅著臉扭過頭說：「又胡說八道些什麼呢……」

豆盧欽望說：「傳宗接代，可不是一等一的大事？」

說著，一手抓住李歸錦的雙手，按在她的頭頂，另一手則順著她的腰身滑進衣服內，嘟囔道：「妳最近是不是胖了？那裡好像更豐盈了……」

李歸錦羞怯不已，掙扎道：「那……那不叫胖了好嗎？那都是你害的！」

她扭過身子不讓他親，抱著被子要睡覺，誰知豆盧欽望從後抱住她，欺身上來緊緊貼著。

感受到身後的硬挺，李歸錦慌張得想躲開。「不要，快睡覺，明天還要早起呢！」

豆盧欽望將下巴擱在她的肩頭，牢牢抱住她說：「妳再動，我就真的忍不住了……」

事實證明，不論李歸錦動不動，結果都一樣，當她被豆盧欽望抱住從後方進入時，她瞬間投降了，任何掙扎都沒用。

天明時，李歸錦掙扎著從床上坐起來，喃喃自語道：「天哪，什麼時候才能賴個床……」

她心中明瞭，不要說新婚時事情多，就算以後閒在家中沒事，她一個做了媳婦的人，也賴不了床。

伸了個懶腰，她披著衣服下床，豆盧欽望則大汗淋漓地提著劍從門外進來，原來他剛剛晨練結束。

李歸錦望著他說：「你精神怎麼這麼好？鬧到半夜還能早起練劍。」

豆盧欽望拿起毛巾擦汗，說道：「某人還在睡覺，我碰不得，滿滿的精氣神，總要找個地方發洩才行。」

看到豆盧欽望嘴角含笑靠近自己，李歸錦真怕他胡鬧耽誤了時間，連忙喊丫鬟進來打水洗漱。

紅霞替李歸錦更衣，紅蔚則要幫豆盧欽望換下汗濕的衣服。

豆盧欽望皺眉道：「我自己來，妳們服侍夫人。」

李歸錦扭頭看他，又對尷尬不已的紅蔚說：「世子不習慣用丫鬟，妳們不用管他。」

成親之後，豆盧欽望的小廝不方便進屋，他的起居就只好自己動手。

李歸錦跟著豆盧欽望進了裡間，替他擰了條帕子擦起他背後的汗。「你以前不願用丫鬟便罷，如今成親了，你還顧忌什麼？」

豆盧欽望搖頭道：「不要，我就要夫人妳幫我。」

李歸錦掐了一下他結實的胳膊。「就你會使喚人！」

夫妻兩人笑鬧著準備妥當，去芮國公夫人那裡問安之後，便帶著探望古爹爹的禮品出門。

古爹爹一大早就起床，跟院子裡請的一個老僕一起將屋裡屋外收拾得煥然一新，並將糕點在桌上擺放好。他想到女兒喜歡花，還特地趕去花市買了六盆秋菊，將院子、屋裡都點綴一下，之後便在門口張望。

不到辰時，芮國公府的馬車便到了，丫鬟和小廝提著大盒小盒的禮品進院，李歸錦也在豆盧欽望的攙扶下從馬車上快步下來。

古爹爹連忙迎上去。「慢些！到家門了，慌什麼……」

看著從馬車上走下來的女兒，她已換下少女的髮式，梳起了婦人的簪花高髻，心中不禁五味雜陳。

前幾年他盼星星、盼月亮地想為女兒找個好歸宿，如今她已嫁作人婦，他卻滿心不是滋味。

幾人走進屋裡，古爹爹已按捺不住問道：「妳成親之後過得好不好？在芮國公府住得慣不慣？婆家人好不好相處？有沒有什麼不方便的？」

李歸錦笑著看了身邊的豆盧欽望一眼，對古爹爹說：「一切都好。芮國公夫人和世子您又不是不認得，有什麼不放心的？他們對我特別好。」

「那就好。」古爹爹彷彿這時才意識到豆盧欽望就在旁邊。「啊，你來了，坐吧。」

豆盧欽望沒有坐下，而是從門口小廝手中接過太清天劍送給古爹爹。「知道岳父大人是習武之人，所以選了一把劍送給您，還望笑納。」

古爹爹原本矜持著沒有伸手，但他瞥了一眼之後，眼睛便挪不開了，仔細瞅了瞅，驚訝地問道：「這是葉劍霄鑄的太清天劍？」

豆盧欽望笑著點頭。「岳父大人好眼力。」

不知是這兩聲「岳父大人」喊得古爹爹心中舒坦，還是這把劍起了作用，古爹爹欣喜地對豆盧欽望說：「不錯，你有心了！葉劍霄此生鑄劍不過十餘把，你竟然能尋到，還將它送給我，我怎麼好意思收下？」

豆盧欽望答道：「只要您喜歡就好。我父親與葉大師早年曾有些交情，我幼年習武時也受過他點撥，求一把寶劍，倒不是太難。」

聽他這麼說，古爹爹便不再推辭，將寶劍收下。

他記起在并州家中第一次見到豆盧欽望時，他腰間掛了一把寶劍，若他沒認錯，那就是葉劍霄劍術大成時所鑄的碧王劍，看來芮國公府和葉劍霄之間的交情的確不凡。

三人坐著閒聊了一陣子，古爹爹問了些新婚儀程和走親訪友的事，見李歸錦在芮國公夫人幫助下一切順利，便不再操心。

他轉而問起豆盧欽望。「這次你和仁傑都因彈劾而受到貶斥，如今賦閒在家，可有什麼打算？」

李歸錦搶先一步說：「我們才見過皇上，皇上說明年要給他派個好差事呢，您不用擔心。」

古爹爹癟嘴道：「看看，才嫁出去幾天，就怕我欺負了妳丈夫不成？我問他這些，又不是怪他游手好閒……」

李歸錦撒嬌道：「沒有啦，我只是說說嘛。」

豆盧欽望見李歸錦維護他，心裡甜甜的。「早些時候我一直在軍營裡待著，沒空幫我爹分擔一些家裡的庶務。我爹說如今我成家了，有些事情也該學著接手，就是京城裡的人情往來，也得自己去應付，再不可偷懶了。趁這半年有時間，正好隨他到處走動、學習。」

古爹爹點頭道：「是，成家以後就是大人了，芮國公說得極對。」

聊著聊著，也該用午膳了，古爹爹從外面叫了一桌宴席，提了好酒上桌，與豆盧欽望喝了幾杯。

大概是酒酣耳熱，古爹爹拉著李歸錦感慨道：「我將妳拉拔大，看著妳嫁到好人家，如今妳過得好，我也算是對得起公主的囑託，能無牽無掛地走了。」

李歸錦神情一緊。「爹，您就在京城安心住著，我也可以時常來看您，別說什麼走不走的話。」

古爹爹搖手道：「在京城待著做什麼？我在這裡一點用也沒有，我早就想走了，但實在是想看著妳出嫁，才留在這裡。我要回老家，種幾塊地打發日子，也比在這裡閒著好。」

李歸錦不依地說：「爹，我不許您走！」

古爹爹這輩子為了她們母女，和親人都斷了聯繫，再回老家，不知道會是什麼情景。他又沒有娶妻生子，身邊一個家人都沒有，李歸錦怎麼可能放心讓他離開？

可古爹爹心意已決，讓李歸錦急得不得了。此時她忽然想起豆盧欽望昨天跟她說過的話，立即對古爹爹說：「誰說爹爹在京城沒事做？我們還需要您呢，世子才跟我說，想讓您重新入伍，您若願意，可以繼續當禁軍！」

第四十六章　埋樁布局

聽了李歸錦的話，古爹爹一愣，有些心動，但旋即笑道：「怎麼可能？我上年紀了，禁軍怎麼可能要我？」

李歸錦朝豆盧欽望使眼色，豆盧欽望立即說：「歸錦說得沒錯，我的確想請岳父重新出馬，只要您願意，其他都不是問題。」

聽他們說得很正經，古爹爹的酒醒了幾分，認真地問道：「真的？如今我再進禁軍，能做什麼？」

豆盧欽望認真地回道：「這世上會武藝的人很多，可是想找幾個能信任的人卻不多。如今正值多事之秋，皇上手邊十分缺人。」

古爹爹凝神想了想，再次問道：「當真？」

豆盧欽望重重地點了點頭。

古爹爹忽然來了精神，甚至有些激動地說：「若還能為皇上效力，我死而無憾！」

李歸錦現在才恍然大悟，原本她以為輕鬆休閒的生活就是幸福，對古爹爹來說卻不是如此。

他一個中年男人，無法忍受自己終日游手好閒，更不願拖累子女。加上早年因意外而無法回禁軍，身分和自我價值一直不被認可，如今有這種機會，竟然能讓他開心激動至此。

豆盧欽望跟古爹爹說起回軍中的細節，古爹爹仔細聽著，精神面貌為之一變，彷彿年輕了十歲。

李歸錦淺笑著聽他們說話。

她能猜得出豆盧欽望要古爹爹回軍中，是有特殊的安排。這樣也好，古爹爹被委以重任，會有使命感，不僅精氣神十足，也不再提要離開的話。

雖然李歸錦有些擔心他們的安全，但一來她知道吳王之事最後並未發生大規模的動亂，再則她相信豆盧欽望不會把古爹爹置於危險之中，不然他也不敢跟自己提這件事。

不出半個月，古爹爹的新履歷被人快馬加鞭送了過來。他搖身一變，成為了一名有二十五年軍齡的仁勇校尉，被選調進入玄武門的左屯營。

得知這個安排，李歸錦問豆盧欽望。「為什麼是去左屯營？我以為會讓我爹去北衙七營。」

北衙七營設置於太宗時期，為皇上田獵或遊幸時的侍衛隨從，之後又增選兵員，於玄武門設置左、右屯營。他們都屬於禁軍，是皇上的私人軍隊。

豆盧欽望說：「雖然房遺愛擔任右衛將軍，但北衙七營中有妳二伯父和魏大人，倒不怕他那裡有異狀。現在反而是左、右屯營，這是都城禦外的第一道防線，皇上不太放心，想要派人進去查探一番。」

李歸錦點了點頭，突然問道：「柴家在左、右屯營中可有安插人馬？」

豆盧欽望說：「柴令武的兄長是右屯營將軍。妳懷疑他們家？」

李歸錦說：「如果你是吳王，你想在京城拉幫結派，會拉攏哪些人呢？肯定是對皇上有怨言的人。柴家今年已經屢次受到皇上斥責，況且他們本來就與吳王素有來往，不可不防。」

豆盧欽望點頭道：「不錯，之前柴家人安排老人家撞死在我車前，並藉此彈劾我，皇上就懷疑他們是受吳王指使，來試探皇上對我的態度，所以才要我找可靠之人去左屯營查探虛實。」

李歸錦笑著說道：「原來你們早有安排，我還當你們沒有頭緒呢！」

豆盧欽望不禁感到相當驚訝。「我們這麼多人手分別在查，皇上必然是有七、八成的把握才敢逼迫吳王行動。倒是妳，不過是坐在家裡而已，怎麼什麼事都曉得？真是聰明得讓我訝異。」

李歸錦可不敢接受他的誇獎，她是已知道事情結果的人，反推過程自然容易，可她也解釋不了，只能含糊地說：「你不知道女人在一起多八卦，最喜歡抱怨和講別人家的事，像是哪些人對皇上有怨言。若有其他誘惑，這些人自然就會有異心，這麼淺顯的道理，我怎麼會不知道？」

豆盧欽望聽她說得有道理，便笑著說：「也是，這道理很簡單，我們查起來卻總是想得複雜了。」

李治給不了一些人想要的榮耀和慾望，若吳王許諾他們榮華富貴，他們當然會結黨謀逆。說來說去，就是為了一個「慾」字。

李歸錦喃喃道：「人心不足蛇吞象，慾望太過，便會走錯路。」

豆盧欽望轉身抱住有些出神的李歸錦，說道：「孟子說，養心莫善於寡欲，可是我有美人在側，如何能夠寡欲？」

話音剛落，李歸錦猛然被他壓住，心中一慌。她雖然能理解新婚如膠似漆的相處模式，可是她的身體實在有些承受不住，於是趕緊在豆盧欽望還沒失控的時候，連連告饒。

新婚一陣子之後，李歸錦每天在家中想盡各種理由出門，只因豆盧欽望多半在家，兩人總是膩在一起，李歸錦有些受不住他的鬧騰。

這日陪芮國公夫人用過早飯，小夫妻兩人走在回九思堂的路上，豆盧欽望問道：「妳今天不會又要出門吧？」

李歸錦點頭道：「是呀，今天是書社集會的日子。」

豆盧欽望有些不樂意地說：「妳前天去探望越王妃娘娘，昨天去田夫人那裡，今天去書社，明天該不會要進宮看太妃娘娘吧？妳最近出門比我以前上朝還頻繁，總把我一個人丟在家。」

看著他像個小媳婦般委屈，李歸錦忍不住笑了，挽住他的胳膊說道：「我又不會去太久，午膳前就回來了，定會回來陪你吃飯的。」

豆盧欽望知道她每天回來得早，出門也只是一個上午的事，便按捺下心中的不捨，說道：「好吧，我送妳過去，現在天冷了，妳讓丫鬟帶個披風、暖爐什麼的，在別人家裡，可沒自己家裡自在。」

「好啦，我知道了……」李歸錦笑著說。

回到房裡準備好出門的東西，豆盧欽望便親自送李歸錦去梁國公府。

在馬車上，豆盧欽望看著李歸錦新寫的一幅字，說道：「我還沒有妳寫的字，倒先便宜外人了。回頭夫人替我寫一幅字掛在我書房吧，我要日日看著。」

李歸錦笑道：「我寫的字你也看得上眼？」

豆盧欽望說：「當然看得上。不要說妳寫得本來就好，就算寫得不好，妳是我夫人，我也必須看得上妳的字。」

他如此捧場，李歸錦整個人笑開了。「那我第一次在人前寫字時，你怎麼無動於衷？我看你當時的表情，很是嫌棄呢。」

豆盧欽望想了一下，問道：「妳說在宋國公府那次？」

李歸錦點了點頭。

不提還好，提起那天，豆盧欽望就一肚子醋意。「妳知道我當時多難受嗎？我真想把圍在妳身邊的那些男人都丟出去。他們向妳敬茶，妳還偏偏把茶都收下了，夫人不想同為夫的解釋解釋？」

李歸錦被他的表情逗得一直笑。「我偏不解釋，我就要看你緊張吃醋的樣子！改天我還要在家中開詩會，請好多人來家裡玩，你不僅不能生氣，還得笑著待客，看你到時怎麼辦！」

豆盧欽望將她扯入懷中，捏著她的下巴狠狠親了一口。「妳這個狠心的小婦人，最會撩撥我了，白天我拿妳沒辦法，等晚上歇了……哼哼，妳不要一直討饒才好！」

李歸錦推開他，紅了臉。「不跟你胡鬧，快到了呢！」

今天是菡萏書社集會的日子，書社二十餘名女子都到梁國公府做客。

璟雯從小轎上下來，就看到芮國公府的馬車停在路邊。她想到李歸錦因為新婚，有些日子沒來集會，便停下來等她一起進去。

馬車的車簾擋不住裡面的歡聲笑語，隱約的談笑聲傳入璟雯耳中，旋即見到車簾被掀開，豆盧欽望從車上跳下，扶下李歸錦之後，又從丫鬟手上接過薄披風，親自替李歸錦繫上。「十一月了，不要吃冷食，更不要喝涼茶，我中午來接妳。」

李歸錦點頭道：「好，我早上囑咐過廚房，滷了你最喜歡吃的蹄膀，我們中午一起吃。」

如此瑣碎卻幸福的對話傳入璟雯耳中，讓她羨紅了眼。她這才知道，原來那個漠視她、對她冷酷的男子，竟能如此溫柔細膩。

李歸錦從豆盧欽望身邊轉過身，便看到璟雯，她主動打招呼道：「雯娘，妳也到了，咱們是不是晚了？快進去吧。」

璟雯壓下心中的豔羨，別人的幸福是別人的，她要不來，就不要去想。

她抬頭笑著說：「不晚，今天姊妹們都要來，等湊齊人要好久呢。」

李歸錦點點頭，朝豆盧欽望揮了揮手，與璟雯並肩走進梁國公府。

杜雁卿一早就在她們集會慣用的花廳裡等待賓客到來。

果然如璟雯所說，她們等待二十多個人到齊，就花了好些時間。眾人才剛把自己近日在家裡寫的東西拿出來讓大家品評，就見一個丫鬟神色慌張地走了進來，在杜雁卿耳邊一陣低語，還著急地跺了一下腳。

杜雁卿不知道聽了什麼話，臉色瞬間刷白，幾乎有些站不穩。

丫鬟攙扶了她一把，她才穩住腳，滿懷歉意地說：「各位姊妹，對不住，家裡……家裡有些事，我現在不能……」

話才說到這裡，杜雁卿竟然掉下了眼淚。

眾人心中大駭，自然不敢再耽擱，紛紛告辭，讓她趕緊去忙。

近些日子梁國公府幾房之間不和的消息傳得越發厲害，李歸錦猜測必然是高陽公主那裡又出什麼亂子了。

李歸錦從梁國公府裡走出來，因馬車已載了豆盧欽望回去，她正想讓丫鬟回去叫車時，奉玉路過，主動說要送她一程。

李歸錦知道這個小姑娘一直對自己有好感，第一次見面時不僅向她求字，還為了她和璟雯差點吵起來，於是笑著接受她的好意。

奉玉在車上嘆氣道：「杜姊姊好可憐。」

李歸錦知道她在說什麼，便說：「家家有本難唸的經。」

奉玉氣呼呼地說：「可也沒見過高陽公主那樣的，不僅欺負杜姊姊，連她婆婆都不放在眼裡，老夫人都被氣得病了半個多月。」

「是嗎？」李歸錦問道。

奉玉擔憂地說：「剛剛杜姊姊都急哭了，不知道是出了什麼事，以往碰到再讓人生氣的事，她也沒有這樣。」

李歸錦說：「若真是出了大事，過幾日咱們就知道了，若沒有什麼消息，咱們以後也別問她，免得她心裡難受。」

奉玉點頭道：「我知道。家裡不好的事，誰也不想外面人知道。現在高陽公主已經讓杜姊姊很難做人了，我們自然不能再讓她難堪。」

李歸錦看奉玉通情達理，很是喜歡。

李歸錦回到家裡，把豆盧欽望嚇了一跳。「怎麼前腳才進去，後腳就回來了？妳坐誰的車回來的？」

李歸錦解下披風，嘆道：「一個小姊妹送我回來的，梁國公府怕是要出大事了。」

豆盧欽望問起詳情，李歸錦並不確定，也不好亂說，只道：「杜夫人是長媳，也是見過風浪的人，但她在人前就已控制不住哭了起來，若不是大事，她不至於如此。」

豆盧欽望想了想，去了書房一趟。等到中午用膳時，就有了確切的消息。

「高陽公主一大早進宮告御狀，說大伯房遺直非禮她，皇上聽了大驚，立刻差人去禮部將房遺直押過去與高陽公主對質。高陽公主一口咬定確有其事，還說有屋裡的丫鬟為證。房遺直百口莫辯，只在御前磕頭，說若要以此論罪，他寧願一死。梁國公夫人和杜氏聞訊，都進宮求情去了。」

李歸錦聽著豆盧欽望打聽來的這些消息，不禁說道：「高陽公主為了讓房遺愛襲爵，還真是什麼事都做得出來。她怎麼不想想，若真以此定了房遺直的罪，她自己也不乾淨了，房遺愛戴著綠帽子做了梁國公，又有什麼意思？」

豆盧欽望搖頭笑道：「她才不管這些，再說房遺愛早些年就戴過綠帽子了，何必在乎多戴一次？」

李歸錦想起來，高陽公主早年剛嫁人時，就與辯機和尚、道士李晃私通了。

她難以置信地說：「他們夫妻可真奇怪，彼此之間沒有一點感情，純粹只有利益嗎……」

豆盧欽望握著李歸錦的手說：「可見我們多麼幸福，這世間又有多少夫妻能像我們這樣，先是情投意合，再結為連理的？多得是些強拼硬湊的冤家！」

李歸錦點了點頭。

豆盧欽望凝神看了她一會兒，說道：「房遺直品性剛正，高陽公主又是怎麼樣的人，皇上心裡清楚。梁國公府的事咱們就別管了，等皇上氣消後，自會查個水落石出。」

李歸錦說：「我可以不管，但你得留個心。此事過後，皇上必然會快速將襲爵的旨意頒布下來，到時逼急了高陽公主和房遺愛，小心他們會走極端。」

豆盧欽望點頭道：「放心，我心裡有數。」

果然，李治對這起醜聞十分震怒，命長孫無忌親自出馬調查清楚。到了十一月底，長孫無忌稟報了調查結果，斷定高陽公主誣告，房遺直非禮她是子虛烏有的事。

京城中的明眼人都知道高陽公主這麼做，是為了害房遺直失去襲爵的資格。

皇上氣她多年來不知悔改，不僅不安分守己，還鬧得闔家不寧，於是提前下旨，確定房遺直的梁國公世子之位，並作主傳話給梁國公夫人，要她主持分家之事。

梁國公夫人原本不願三個兒子分家，但是二媳婦已不擇手段鬧到這般田地，她只好哭著讓他們分了家。

高陽公主為丈夫謀爵不成，在分家時獅子大開口，搶了長房和公有的許多財產，而房遺直和杜氏為了擺脫她，已什麼都不計較，不管高陽公主開了什麼條件，他們都答應。

李歸錦聽到這些消息，對芮國公夫人感嘆道：「高陽公主做到這種地步，只怕還是不滿足，一步錯，步步錯……」

第四十七章　風雨欲來

眨眼入冬，芮國公府上下各處都在更換季節用品，芮國公夫人坐在剛鋪上皮毛墊子的椅子上與李歸錦說話。

「妳二叔父說是要接我們去過年，我本考慮妳是新媳婦，又是進門頭一年，今年過節時得學習許多禮節，還要和別人家走動，實在不應該這個時候離京，但國公爺和思齊都說要我們去，說川蜀比京城暖和，妳二叔父的府邸又在我們公中的領地旁，咱們過去，也好讓妳熟悉一下產業庶務。」

芮國公夫人說這些話時覺得很為難，她們若是去領地過年，過年時李歸錦既不能進宮，也不能回門，許多趁過年想來看新媳婦的親戚也沒機會了。若是媳婦不通情達理，定會覺得婆家不尊重自己，所以芮國公夫人跟李歸錦解釋了很多。

芮國公夫人不知道丈夫和兒子為何執意要她們離京，但是李歸錦心裡很清楚，這個冬天必定不太平，離京才能過個好年。

她笑著對芮國公夫人說：「能去川蜀過年嗎？太好了，我早就聽說那邊非常漂亮，山水與京中截然不同，而且有許多美味的特產和奇特的動物呢！」

芮國公夫人鬆了口氣。見李歸錦如此歡喜，一副要出門遊玩的樣子，便安心道：「妳既然願意，我這就著手安排行程了。妳抽空提前回一趟衛國公府，還有妳常走動的朋友家，與他們提前安排一下過年拜訪的事。」

李歸錦應下，幫芮國公夫人喊來管事和嬤嬤分配好各項任務，下午就回衛國公府。

李二夫人聽說她今年要去川蜀過年，果然有些不樂意。「照皇上、皇后娘娘和太妃娘娘疼愛妳的程度，定要在新年大朝時加封妳的誥命，妳若不在，可就沒這個機會了。」

李歸錦說：「若皇上有意嘉賞我，任何時候都會嘉賞，也不差那一、兩天。新婚前世子才受彈劾，今年我們離京避一避，也沒人會說什麼，皇上反而會說我們識相。」

李二夫人在這方面一向說不贏李歸錦，再說她已經嫁出去，她這個做伯母的更不能說什麼，只好說些出遠門需要注意的事情。

向李二夫人交代完，李歸錦和李德淳單獨說了很久的話。

李德淳已在幽州折衝府任職，加上他在替皇上注意吳王的動向，所以一些內幕消息他都知情。

得知李歸錦要隨芮國公夫人去川蜀，他鬆了口氣。「我之前還在憂慮妳的安危問題，妳既然要去川蜀，我就放心多了。不過妳在路上還是要小心，上次吳王為了威脅我和妳大伯父，就將妳劫持，這次說不定還會有什麼動作，我再派一隊人馬護著妳入蜀地吧。」

李歸錦也怕自己成為親人的弱點，便接受了李德淳的好意，答應帶一隊李家軍在身邊。

接下來幾日，李歸錦除了幫芮國公夫人安排府裡的事，也入宮辭行，並去田夫人等朋友處知會一聲。

入蜀的行程按部就班準備著，眼看就要啟程，芮國公夫人卻突然暈倒了。

芮國公夫人暈倒時，李歸錦就在她身邊，兩人前一刻還在清點要帶給二叔父豆盧承基家的禮品單子，下一刻芮國公夫人起身時就往後倒了。

幸好李歸錦眼明手快，從背後摟了她一把，不然芮國公夫人的腦袋就磕到椅子上了。

李歸錦嚇得不得了，趕緊叫丫鬟請大夫，並與嬤嬤合力把芮國公夫人扶到床上休息，再派人通知豆盧欽望。

豆盧欽望從書房趕過來時，芮國公夫人已經醒了，外表看不出有什麼異常，她的頭也不暈了，但李歸錦和豆盧欽望心中相當忐忑，不知怎麼會這樣。

待大夫診斷後，告訴他們一個令人非常尷尬的消息——時隔二十三年，芮國公夫人又有了身孕……

李歸錦認為芮國公府子嗣單薄，能夠添丁是好事，她一面向婆婆恭喜，卻也為她高齡懷孕而擔憂。

芮國公夫人臊得不得了，等芮國公回來，他的一張老臉也紅透了。

李歸錦和豆盧欽望離開房間，讓芮國公和芮國公夫人單獨說話。

芮國公夫人不敢看芮國公，低聲道：「真是沒臉見兒媳了，我還盼著她早日生子呢，怎麼自己竟然懷上了……」

芮國公咳了咳，強端著姿態說：「這有什麼？別人家連續生十個、八個的，哪個不是到了妳這個年紀還在生？妳以往只是身子弱，我又常在外忙碌，所以沒有多生幾個罷了。」

其實芮國公夫人年紀並不太大，只是隔了這麼多年又有身孕，讓她自己也覺得非常不可思議……

芮國公夫人意外懷孕，又是高齡孕婦，自然不可長途奔波，去川蜀過年的事不得不取消。

芮國公父子不禁發愁，絞盡腦汁想著該怎麼把芮國公夫人和李歸錦兩人安置到一個安全的地方。

此時，皇上已同意皇后認養大皇子一事，並下令諸王進京，一是為了舉行先皇的除服大禮，二是商議立儲之事。

芮國公父子不想讓芮國公夫人為外界之事憂心，所以絕不在她面前提過年時可能發生的事。而李歸錦整日陪在她身邊照料她，也漸漸接管了國公府的中饋。

由於過年的安排有變，李歸錦不得不派人通知各親友。因芮國公夫人羞於將自己有孕的事情公布，所以對外的說詞都是她身體不適，以至於消息才剛傳出去，與芮國公府交好者便紛紛派人來探望，倒鬧得芮國公夫人不敢見客。

李二夫人特地來「探病」，李歸錦不想讓他們著急，再則她還有許多事要請教李二夫人，便將實情告訴她。

李二夫人聽了之後，朗笑道：「唉唷，這可是好事，老來得子，歸錦妳可是他們家的福星啊！」

李歸錦並不覺得這件事跟她有什麼關係，不過她並未多說，轉而請教李二夫人怎麼照顧高齡孕婦的事。

李二夫人在這方面經驗不多，但聽說得多，便與李歸錦說了一下午的話。快到晚膳時，李仲璿親自來接李二夫人回家，讓李歸錦和李二夫人十分驚訝。

豆盧欽望在前院接待了李仲璿，兩人笑盈盈地來到後院，不待李二夫人問話，李仲璿便自己說道：「母親、妹妹，紫煙她下午經大夫診脈確定有喜，我一來是向妹妹報個喜，再則要接母親回去看看該怎麼安排，紫煙身邊一個年長的嬤嬤都沒有，我很擔心。」

李歸錦聽了，連忙道喜。

李二夫人更是喜不自禁。許紫煙這些年來只生了個女兒，她想抱孫的心情極為迫切，現在得知她又有了身孕，自然迫不及待返家。

李歸錦不再留客，連忙備車送他們回去，又讓管事準備好禮品之後補送過去。

到了晚上，豆盧欽望抱著李歸錦，說道：「真好，母親和妳二嫂都有了身孕，我也要加把勁，讓妳早點為我生個孩子才好。」說著手腳就不安分起來。

李歸錦推拒道：「咱們成親還不到兩個月，你急什麼……」她換了個姿勢，與豆盧欽望面對面。「其實我覺得現在不是生孩子的好時機，等到形勢穩定了才好。不然隨便有些風浪，都承受不住。」

豆盧欽望擁著她說：「放心，我會保護妳的。」

李歸錦咧嘴笑了，眼前這個人不知道什麼時候，已經從莽撞的大男孩，變成值得信賴的大男人了……

明。

隔日，宮中也派人來探望芮國公夫人，李歸錦隨後親自進宮一趟，向皇后和燕太妃說離宮之前，李歸錦牽掛武媚娘的情況，便問燕太妃她如今可安好。

燕太妃說：「她有身孕的事，宮裡上下都知道了，但皇后和淑妃為了立太子的事爭得正厲害，一時之間也顧不了她。她如今單獨住在皇后宮殿後的偏殿中，聽說皇上時常去看她，情況倒也還好。」

李歸錦放心地點了點頭。「那好，我不方便去看她，還請太妃娘娘替我轉告問候之意。」

燕太妃點頭說：「妳放心，我會關照她。」

對於皇后突然認養大皇子，並請立大皇子為太子的事，蕭淑妃十分震怒。

當下所有皇子之中，數她所生的四皇子身分最尊貴，也最得皇上喜歡。她一直以為她的兒子會是太子，不料皇后突然出了這麼一招，她便用盡各種方法，想讓李治打消立大皇子為太子的決定。

但李治在國家大事面前並不昏庸，他現在決心用立太子的事對付吳王和荊王，又怎麼會因蕭淑妃的哭鬧而改變心意？

再則皇后尚在，他再喜歡蕭淑妃，也不會亂本。他必須顧及國家體統、皇后尊嚴，這也是他作為一個丈夫，對皇后曾經有過的承諾。

武媚娘在心中暗暗慶幸，幸好她聽了李歸錦的建議，用大皇子轉移皇后娘娘和淑妃娘娘的注意力，不然她和肚子裡的孩子豈能像現在這麼輕鬆？

不過她也不敢大意，兩度入宮，她見過太多骯髒的事，她想要好好活著，就必須戰戰兢兢、步步為營。

回府之後，豆盧欽望與李歸錦兩人就在房間裡說起諸王陸續進京的事。

李歸錦對豆盧欽望說：「聽我二伯母說，過兩日越王就要到了，到時你得空出兩天時間，陪我一起接待越王。咱們成親時，越王妃娘娘出了不少力，我又一直受太妃娘娘關照。」

「這是自然。」豆盧欽望洗漱完，躺到李歸錦身邊，剛準備親親她，就見她皺著眉頭，一臉疲憊地閉著眼睛，於是心疼地問道：「最近是不是很累？」

現在芮國公府的中饋全靠她主持，芮國公夫人那邊雖然有嬤嬤照顧，但她這個做媳婦的也不能不在她身邊伺候，加上外面的人情往來，都由她在走動，這些天的確把李歸錦累壞了。

「是有點累，大概是以前輕鬆慣了，這點事都受不住。」李歸錦輕聲說道。

豆盧欽望自責道：「是我不好，我該留在家裡幫妳的。」

他心疼極了，把李歸錦抱在懷裡，壓下心中的火苗，靜靜地抱著她入睡。

過了兩天，越王進京，李德淳、豆盧欽望帶著越王妃和李歸錦親自去城門口迎接，而後一起進宮拜見皇上和燕太妃。

因燕太妃常在宮中幫皇后打理後宮，加上越王本身才華出眾、為人本分，十分得李治信任，便設宴在宮中款待他。

越王與久別多年的母親團圓，又見到汝南公主的遺孤，唏噓不已，十分感慨，便說起以前燕太妃和汝南公主將他帶大的事。

李治聽了，不禁想到自己。

長孫皇后在他年幼時就去世了，先皇親自撫養他和兩位同母胞妹城陽公主、新城公主，雖然父愛如山，但他依然很羨慕有母親的孩子。如今宮中僅剩一位太妃，她為了兒子不被皇上猜忌，甘願自己在宮中為質多年，這幾年的離別之苦，也成全了越王的忠貞安泰。

李治嘆道：「朕看到太妃娘娘和越王重聚，十分感動，不忍再看你們母子分離，此次越王離京時，就將太妃娘娘接去封地頤養天年吧！」

越王不禁動容，這說明皇上夠信任他，他又想到能奉養母親，兩人不用再分開，激動得叩首謝恩。

燕太妃也深感欣喜，多年煎熬終究有了結果。待到了越王封地，她便是最尊貴的人，無須再有任何顧慮。

李歸錦雖然高興，但心中相當不捨，她向燕太妃敬酒道喜時，竟然流下淚來。

燕太妃見她如此，便說：「妳這孩子哭什麼？就算我去封地，也不是不能回京了，等妳生了孩子，我還是會回來道賀的。」

李歸錦皺著鼻子說：「那您可一定要說話算話。」

出宮後，豆盧欽望捏了捏李歸錦的鼻子。「才多大的事，就哭紅鼻子了？」

李歸錦深吸了幾口氣，說道：「你不知道燕太妃娘娘對我有多好，她今後要隨越王去封地，再見面就不容易了。」

老人家出一趟遠門很辛苦，若是身體有了毛病，更是挪不動了。

豆盧欽望說：「這對燕太妃娘娘和越王來說是好事，再說，妳若真想念她老人家，咱們去越王的封地玩就成了。」

李歸錦一聽，心情果然變好了。

諸王陸續進京，宮中每天都有酒宴，非常忙碌。這些天豆盧欽望也經常不在家，李歸錦沒打聽他去了哪裡，因為她自己也忙得恨不得長出三頭六臂。

由於之前打算去蜀地過年，所以府裡好多年禮和臘貨都沒準備，眼下這些全都得補起來。

李歸錦正在和各處管事商量府裡的年夜飯怎麼安排，紅霞突然來稟報，說有客人來訪——是狄仁傑。

李歸錦非常驚訝，自她成親以來，狄仁傑還未主動找過她。她連忙差人把狄仁傑請到前廳，並問世子是否在家，請他也過來作陪，然而豆盧欽望並不在。

李歸錦走到前廳，見狄仁傑背手站在中間，笑著說：「怎麼站著不坐？最近忙得厲害，咱們都好久沒見了。」

狄仁傑轉身看著她，說道：「世子要我幫他回來帶個話給妳，他說交給別人他不放心。」

李歸錦神色立刻緊張起來，尋常事情讓小廝帶話回來就是，什麼事要狄仁傑親自來說？到底怎麼了？

狄仁傑開門見山地說：「世子最近這些日子恐怕回不了家，因為事出突然，他早上出門時也沒料到，便要我向妳交代一聲，讓妳不要擔心，等事情結束，他就會回來。」

李歸錦怎麼能不擔心？她問道：「是領了皇命嗎？」

狄仁傑點了點頭。

李歸錦說：「好，我知道了。」她看了看狄仁傑，叮囑道。「你也要當心。」

狄仁傑微微頷首，又說：「妳也是，出門走動時身邊多帶些人，府裡的守衛也要安排一下。」

李歸錦點點頭，手心漸漸出汗，心中猜想李治準備要行動了。

狄仁傑又說：「我看妳臉色不太好，真的沒事嗎？」

李歸錦搖頭勉強笑道：「不礙事。年前忙碌，最近沒睡好而已。」

狄仁傑坐著喝了半盞茶，便起身告辭。臨行前，他忍不住叮囑道：「我現在在京府尹當差，一直在城內，若真有什麼事，派人來找我也行。」

李歸錦感激地說：「我知道，我一向信任你。」

這一句「信任」，讓狄仁傑努力保持平靜的心泛起陣陣漣漪，但即使他心中百般牽掛，也只能化為一個微笑，而後轉身離去。

李歸錦差人將楊威和洪箏喊來，仔細將府內的守衛重新佈置了一下。

「……不要讓大家覺得恐慌，就說年關將近，城內多了很多盜賊，專門進大戶人家行竊，所以加派了人手。婆婆那裡要格外注意，如今她受不得驚嚇，要守衛的人當心些。」她對他們兩人叮嚀道。

安排好這些，李歸錦卻仍覺得有些不安。過了四天，傍晚時，許紫煙匆匆登門。她尚在懷孕初期，不輕易出門，就算她想出門散心，李二夫人也不會讓她單獨出門。然而她眼下一臉慌張地來找李歸錦，讓李歸錦還未聽她說話，便已覺得大事不妙。

李歸錦怕她動了胎氣，搶在她前面說：「不管有什麼話要說，妳都別著急，坐下來歇一歇，穩定心神，為肚子裡的孩子想想。」

許紫煙見到李歸錦後，心情已安定許多，她挨著李歸錦坐下，深呼吸了幾次，才說：「娘不見了。」

李歸錦心裡打了個突。難怪她總覺得心裡不安，原來她自己這邊的守衛安排好了，卻防不住其他地方有紕漏。

她問道：「二伯母怎麼不見的？什麼時候不見的？」

許紫煙說：「今天一大早，娘出門去廟裡為我和肚子裡的孩子祈福，誰知她出去以後就沒回來。我下午就派人去找了，但哪裡都找不到。爹和妳二哥都不在家，三弟、四弟在弘文館，我沒敢驚動他們，不過我實在沒辦法了，只好來找妳。」
李歸錦問道：「我爹呢？」
許紫煙搖頭道：「三叔父也不在家，他們三個四日前出去之後，就沒回來了，只派人傳了話，說有要事，過些日子才能回來。我聯繫不上他們，家裡就剩我一個人，我好害怕……」
豆盧欽望也是四日前離開的，看來他們應該都是替皇上辦事去了。
李歸錦安撫道：「別怕，妳今天就留在我這裡歇息，我派人去找二伯母，一定沒事的。」
許紫煙一個內宅婦人，實在沒了其他主意，只好將事情都託付給李歸錦。
李歸錦派人將許紫煙送到芮國公夫人身邊，而後派楊威去把狄仁傑請了過來。
狄仁傑來得很快，李歸錦也不拐彎抹角，直接說：「我二伯母不見了，只怕是出事了。」
狄仁傑神色凜然。「千防萬防，竟然還是讓他們鑽了空檔。」
李歸錦說：「你能幫忙找找我二伯母嗎？可有些頭緒？」
狄仁傑說：「有一定的範圍，妳稍安勿躁，我這就想辦法。」說完就轉身要走。
李歸錦攔下狄仁傑，說道：「救我二伯母是一回事……」她咬了咬牙，狠下心說道。
「要注意我二伯父和二哥的情況，我怕他們被人拿二伯母威脅，作出錯誤的決定。」
李德獎和李仲璿都被安排在禁軍之中，若他們因為李二夫人被挾持而倒戈，衛國公府就完了。縱使能將李二夫人安全救回，他們也活不了！

因為李歸錦知道吳王和荊王不可能成功，李治也不可能會容忍背叛者！

李歸錦惴惴不安地等了一晚，半夜，洪箏突然面色慘白地跑來稟報。「衛國公府失火了！」

李歸錦立刻登上勤耕園中的三層閣樓頂上，遠遠就能看到衛國公府的方向火光沖天、濃煙滾滾。

她的心揪成一團，雖然幾個親人都不在府裡，但家裡還有那麼多僕人，如今不知怎樣了？

李歸錦正感到焦急，突然間，一排燃著火的箭劃破夜空，從黑暗的街道裡射出來，直至她腳下的府邸——芮國公府！

李歸錦難以置信地看著火勢迅速延燒，為什麼有人膽敢在京城內公然縱火？

她來不及細想，趕緊吩咐道：「快去將夫人和我二嫂護送到涼玉臺，組織男丁救火！」

涼玉臺是芮國公府內唯一有水池的地方。

李歸錦立刻衝下閣樓去找眾管事。她不斷告訴自己，她現在是芮國公府的支柱，絕對不能慌亂，她若慌亂，管事和下人們就會方寸大亂，甚至四散逃去。

她來到議事廳，迅速掌握情況。

楊威雙目圓瞪。「夫人，現在外面還有人不斷在射箭，讓我帶人出去殺了這群狂徒！」

李歸錦阻止道：「不可，敵在暗、我在明，府門一開，只怕外面的人會強攻進來。如今兩處冒了大火，京府尹和屯營的人很快就會趕來，他們持續不了多久。楊大哥，現在當務之急，就是帶人去把各個府門守好，不可讓人趁亂入府，並調派一批高手守在夫人身邊。」

她又吩咐外院管事。「迅速去察看哪些屋子著了火，能撲滅的就撲滅，已經燒著了的，就把連在一起的裙樓拆掉，不要讓火勢蔓延，要府丁都果斷一些。」

接著又叮囑內院管事嬤嬤。「十人一組守好內院院門，一有情況就通報，其餘丫鬟都聚到涼玉臺去。」

安排完畢之後，李歸錦被眾人護送至涼玉臺，跟芮國公夫人她們會合。

芮國公夫人有些緊張，問道：「外面到底發生了什麼事？」

到了這個節骨眼，李歸錦也不敢隱瞞，便簡單說道：「吳王和荊王只怕是謀逆了，公公和思齊，還有我父親、伯父們正在協助皇上平亂。外面有逆賊正在攻擊我們，只怕是想藉此擾亂他們的心緒。娘不用怕，咱們裡外都派人守住了，他們攻不進來的，只要咱們堅持到天亮，肯定會沒事。」

芮國公夫人震驚道：「乾坤盛世之下，他們竟然敢謀逆！」

她握住李歸錦的手，說道：「好孩子，咱們無論如何不能做亂臣賊子，也不能逼妳公公和思齊難做人，萬一……萬一那些人攻進府了，妳可知道該怎麼做？」

李歸錦很欽佩婆婆的勇氣。「娘，您放心，我們萬死也不會從。但請您相信我、相信公公和思齊，我們會得救的。」

安撫好芮國公夫人，李歸錦便在涼玉臺外廳等候消息，只見楊威前來稟報。「府外已被人重重圍住，並有人喊話，要我們打開府門，不然就放火將芮國公府燒個乾淨。」

李歸錦堅定道：「一定要死守住，就算他們開始燒門，也不能輕易放棄。他們絕對堅持不久，一定會有人來救我們的。」

其他人心中惴惴不安，不知宮中情況如何。有人擔心皇上已被挾持，有人擔心禁軍已反，但李歸錦不怕，她堅信這一切只是叛軍最後的掙扎。

李歸錦坐在廳裡，看著外面沖天的火光，手不禁緊緊握住椅柄。

她的家，竟然就這樣被叛軍一點一滴摧毀了！

第四十八章　相知相守

高陽公主府中正聚集大批官兵和重要人物，但內、外院的官兵卻明顯處於對峙狀態。

房遺愛自梁國公府分家之後，就隨高陽公主搬入公主府，他們今天藉喬遷喜宴，請了一些賓客入府議事，荊王李元景就在其列。

宴後他們聚在書房議事，敲定著謀逆計劃的各個細節。

高陽公主說：「我的夫婿已進宮換防，只待號令一起，荊王就可入宮，現在萬事俱備，只欠東風了！」

荊王臉上浮現得意之色，他的親兵近些日子已陸陸續續埋伏在京城各個角落，只要房遺愛能控制住內宮，他就能帶親兵攻進去。

他安排房遺愛在黎明之時帶領軍隊在宮內發動政變，趁巡防交替時擒住皇上，由他親自帶兵從宮外入宮，吳王與柴令武在城外控制左、右屯營，將京城守死，薛萬徹將軍則帶兵在京外一百里處，隨時準備馳援和抵禦從其他方向趕來的救兵。

他們不斷推敲其中細節，待商議完畢，突然發現公主府外已被重重圍住，誰也出不去。眾人一陣慌亂，派人去偵察後，才發現在府外帶兵圍捕他們的人是豆盧欽望。

李元景聽聞是他，胸有成竹地說道：「不必怕，本王與吳王知道他是李治的鷹犬，早已提前安排人去捉拿他的親眷為質，他奈何不了我們。速速傳話出去，問他是否還顧忌他的母親和嬌妻，只要擁護我，放我出府，日後定賞他大好前程！」

豆盧欽望身穿鎧甲騎在馬上，聽到公主府內的人隔牆喊話，心如刀割。

他已聽聞屬下稟報芮國公府被圍攻一事，恨不能插上翅膀立刻飛回去，但他不行！

他凜然說道：「荊王與眾同謀，罪不可赦！房遺愛與叛黨勾結，已被禁軍擒拿。府內眾兵若此刻繳械投降，皇上定會體諒你們不得已之苦，若堅持要做亂臣賊子，可要想想你們的家人與九族該如何自處！」

高陽公主大驚道：「不可能！我的夫婿才剛剛進宮，還未到行動的時間，他們怎麼會提前知曉？」

李元景見豆盧欽望絲毫不動搖，憤恨道：「只怕他是不見棺材不掉淚，速速想辦法聯繫吳王的人，務必將豆盧欽望的母親和妻子捉到陣前，我倒要看他見到她們求饒時還能否堅持住！」

他又安慰高陽公主。「這也許是他們的緩兵之計，說不定只是發現宮內有異狀，想嚇唬我們，好調虎離山營救皇上。」

高陽公主卻半信半疑，總覺得已被人占了先機。

此時吳王不在高陽公主府內，而是在左屯營中，與襄陽郡公柴令武一起擒拿不願與之同謀的部分將領。

城內的消息不斷傳到他耳中，吳王聽聞之後，並沒有荊王那般樂觀，柴令武甚至有些亂了方寸。

襄陽郡公柴令武迅速低聲說：「房遺愛進宮之後就沒有消息，荊王如今被困，咱們又被右屯營的人攔在城外，看來情況不妙，像是皇上已經提前知悉了我們的計劃！」

宮內擒王的事顯然不如預料般順利，城內的人被制住，城外援兵又進不去，他們的每一步棋，似乎都被預料到了。

吳王李恪額上青筋盡出、怒火中燒。「右屯營的將士為什麼會聽從京府尹的調動？速速給本王查清楚！」

有將士回來稟報：「京府尹中有人聲稱持有皇上的密令，直接調遣右屯營守城。」

聽到這些話，柴令武頓時陣腳大亂。能有皇上的密令，說明他們提前就做好安排，絕對不可能是事發後臨時調遣的，他們果然是踏入了圈套而不自知！

事到如今，吳王心知唯有拚死一搏方能突圍，於是吩咐道：「傳話給薛將軍，要他帶兵前來助我攻城！」

隨著時間流逝，高陽公主府內的人也漸漸慌張起來，荊王煩躁地喝問道：「芮國公府的人怎麼還沒捉來？連幾個婦孺也對付不了了嗎?!」

有人在公主府內的高樓上瞭望，哆嗦著說：「王上，芮國公府久攻不下，似乎有將士在守衛！」

與此同時，噩耗傳來。「報——府門已被撞開，有將士倒戈了！」

荊王臉色瞬間慘白，大喊道：「保護本王，事成之後必有重賞！」

高陽公主心如死灰，轉身一巴掌摑到妯娌荊州郡主臉上，哭吼道：「賤人！喪門星！都怪妳慫恿我與妳父王同謀，害我一生！」

荊州郡主被她打了一巴掌，滿臉厭棄地說：「妳一心追求榮華富貴，是妳自己要我父親許諾妳聖長公主之位，是妳要替妳丈夫爭得異姓親王之榮，事到如今卻怪我慫恿妳?!」

此時此刻，再說什麼已是多餘。

高陽公主頹然坐倒在椅子上，看著荊王仍不願放棄抵抗的背影，終究明白自己錯得有多離譜，卻再也無法挽回。

黎明將至，芮國公府已被燒去大半，就在陽光穿破黑暗普照大地的那一刻，援兵來了。

李歸錦聽到傳報時喜極而泣，握著芮國公夫人的手說道：「過去了，一切都過去了！」

芮國公夫人也鬆了口氣，只是依然憂心。「不知道妳公公和思齊現在怎麼樣……」

李歸錦安慰道：「他們一定沒事的，我們等他們回家。」

話音剛落，便有馬蹄聲傳入耳中。

李歸錦疾步走到涼玉臺門口，只見豆盧欽望騎著快馬衝入花園，迫不及待向她們趕來。

劫後重逢時，說什麼話都是多餘的，唯有看到彼此安好，才能代表一切。

豆盧欽望躍下馬背，一把將李歸錦摟進懷裡，周圍出來迎接的僕從們紛紛低頭輕笑。

「是我不好，讓妳們受驚了！」豆盧欽望說著。

李歸錦淺淺笑著，替他擦拭臉上的黑灰。「沒事，咱們都安全就好。快去看看娘吧，她一直記掛著你。」

兩人攜手走入廳裡，芮國公夫人上下打量他，見他沒受任何傷，這才問道：「可有你父親的消息？」

豆盧欽望說：「父親奉命調遣軍士去清剿叛軍，還要過些日子才能回來，不過現在已擒下叛賊之首，其餘叛將只是強弩之末，父親不會有危險的。」

芮國公領兵多年，芮國公夫人知道了他的情況，也不再擔心了。

他又對李歸錦說：「妳父親帶著幽州折衝府的將士阻擊薛萬徹的叛軍，最遲中午就會有消息，古老爺在左屯營做內應，救出被吳王囚禁的將領，眾人正在追捕吳王，妳不要太擔心他們。」

李歸錦點點頭，抓緊時間替豆盧欽望擦拭臉上的黑灰。「我知道你不要我擔心，所以你也不要擔心我，我和娘會好好的，你快去忙吧！」

豆盧欽望微微頷首。他現在不能久留，皇上的情況不知如何，吳王還沒有捉到，城內也有許多叛軍逃竄，他還有很多事要做。

豆盧欽望握了握她的手，依依不捨地離去，李歸錦則帶眾人開始收拾一片狼藉的府邸。

臨近中午時，狄仁傑將失魂落魄的李二夫人送了過來。「李二夫人並沒有出城，而是被人囚在衛國公府某處，險些被燒死。」

看著抱頭痛哭的李二夫人和許紫煙兩人，李歸錦不禁感謝道：「誰能想到二伯母就被困在家中，幸好被你找到了！」

狄仁傑看著被燒得不成樣子的芮國公府，說道：「得知芮國公府失火時，我正在調遣右屯營守城，實在分身乏術，對不起。」

李歸錦道：「何必說對不起？保家衛國是男兒的職責，若是分不清輕重，倒讓我白認識你一場了。」

狄仁傑為李歸錦的通情達理深受感動，卻不知說什麼才好。

許紫煙安撫著嚇壞的李二夫人，擔憂地問：「不知狄大人可有我父親和夫君的消息？」

狄仁傑答道：「他們都在宮內保護皇上，很安全。」

許紫煙吁了口氣，緊繃了一夜的心弦鬆弛下來後，肚子突然痛了起來，搖搖晃晃地就要倒地。

李歸錦大驚，伸手去扶她，兩人慢慢歪倒在地後，李歸錦的肚子忽然也傳來劇痛，她的腦門瞬間冒出豆大的汗。

狄仁傑大驚，問道：「妳怎麼了？」

周圍的下人一擁而上，將李歸錦和許紫煙扶到床上休息，芮國公夫人和李二夫人顧不得自己的不適，反過來照顧自家媳婦。

大夫很快就被請了過來，診脈之後，許紫煙是因為情緒波動而動了胎氣，已沒有大礙，而李歸錦竟然是有了身孕！

芮國公夫人又驚又喜，輕輕拍著她的手說：「妳這孩子，懷了一個多月的身孕怎麼不說呢?!」

李歸錦不是不說，是真的不知道。

她先前總覺得累，小日子也不來，她以為是壓力讓她身體失調，加上出了大事，根本沒有餘力多想。

狄仁傑聽到這個消息，內心五味雜陳，卻衷心替李歸錦高興。

他說道：「我現在正好要進宮，會把這個好消息帶給世子的。」

說完，他便轉身離去了。

李歸錦輕輕摸著自己的肚子，一種難以言喻的感動在心中升起——一個生命正在裡面孕育成長著呢！

她有些自責愧疚，沒有及時發覺孩子的降臨，更沒有好好休息和調養。

「讓你受委屈了……」李歸錦默默說著，決定要好好守護這個孩子。

宮裡的情況比外界料想中好，房遺愛才剛進宮，還未來得及動作，就已被魏柯和李德獎扣下，在宮外眾人擒拿荊王、吳王時，李治已親自審問房遺愛。

狄仁傑趕到宮中時，朝中的股肱大臣已齊聚在兩儀殿。

李治將二王謀逆之事交代給長孫無忌處理，並分派御史臺、大理寺去調查後，單獨留下豆盧欽望和狄仁傑。

「前些日子讓兩位愛卿受委屈了，不過也只有把你們革職貶黜，他們才不會知道你們的動向。昨夜之事，你們兩人立了大功，事後朕會大行嘉賞，你們可有什麼想要的？」李治問道。

豆盧欽望和狄仁傑深知不可貪功，他們還年輕，如今若陡然升遷，難免會引起同僚嫉恨，甚至還會被皇上猜忌。

豆盧欽望答道：「臣不求其他，只求皇上賞臣一座宅子。昨夜微臣家裡幾乎被燒得乾乾淨淨，讓臣心疼極了。」

只求身外之物，既未拂了皇上的好意，也不會顯得有野心。

李治大笑。「這有何難？京城裡地段好的宅子，任你挑選，朕賞給你就是！」

豆盧欽望笑著謝恩。

李治又問狄仁傑，狄仁傑想了想，才說：「微臣想求個外放的機會。」

李治詫異地問道：「你不願待在京城？」

多少人為了做京官擠破了腦袋，狄仁傑卻想出去？

狄仁傑說道：「微臣資歷尚淺，能力也還需磨練，在京城全靠皇上器重才能辦些差事，但臣想長長久久為君分憂，唯有出去多鍛鍊，等他日回京時，才能不再讓皇上憂心。」

李治感動地說道：「好，朕十分寬慰。假以時日，狄卿必定是朕的股肱之臣！」

兩人的請求都讓李治很寬心，知分寸、表忠心，長久以來的煩擾無意間被淡化了。

他關切地詢問豆盧欽望。「你家被燒得厲害，人可還安好？」

豆盧欽望感激地說：「家中一切安好。我夫人機智勇敢，組織府丁死守，人員倒沒多大損傷。」

李治點頭道：「的確像是歸錦的作風，你夫人不簡單啊！」

狄仁傑想乘機替李歸錦求些恩典，便故意在皇上面前對豆盧欽望說：「對了，世子，我進宮前去了你家一趟，世子夫人正巧被大夫診斷出喜脈，恭喜世子了。」

豆盧欽望驚訝得要跳起來了。「當真?!天哪，我竟然不知道，昨夜還讓她受了那麼大的驚險！」

他恨不得現在就跑回家！

李治聽了，關心道：「歸錦也有孕了？前幾日朕才聽說芮國公夫人有了身孕，你家今年倒是人丁興旺！」

狄仁傑說：「眼下芮國公府裡有三位孕婦，除了芮國公夫人和世子夫人，還有世子夫人的二嫂、李仲璿的妻子也有了身孕，都在芮國公府裡避難。」

李治嘆道：「倒是難為她們了，昨夜衛國公府也被燒了，她們豈不是沒個安身之處？」

他想了一下，說道：「她們都是有功之臣的女眷，朕特許她們去湯泉宮養胎，朕這便讓人安排。」

豆盧欽望和狄仁傑聽了，都非常高興。

豆盧欽望謝了恩後很快就回家，見到躺在床上的李歸錦，手腳都不知道該往哪裡放。想抱一抱她，卻又覺得此刻她像尊瓷娃娃，讓他不敢用力。
李歸錦見他這般手足無措，笑道：「瞧你傻乎乎的！」
豆盧欽望笑著說：「我高興啊，高興得不知道該怎麼辦才好！」
他在屋裡轉了一圈，聞到還有煙熏的味道飄進來，便說：「我得趕緊讓人收拾妳和娘的行裝，皇上特許妳們去湯泉宮養胎，快的話今天就能出發。」
李歸錦原本還在煩惱府邸修繕時他們沒地方住，如今聽說李治要獎賞他們，便開心地說：「真的？那太好了，我聽說湯泉宮的溫泉十分好，沒想到竟有機會過去小住！」
兩人說了一會兒話，李歸錦漸漸在豆盧欽望懷中睡著了。昨晚她精神高度緊繃地熬了一夜，早上又為有身孕的事感到驚喜，現在一放鬆，就睏得不得了。
等她再度醒來時，人竟然已經在馬車上了。
李歸錦望著一直抱著她的豆盧欽望，問道：「已經出發了嗎？你怎麼不叫醒我？我睡得真沈，竟然完全不知道。」
豆盧欽望用臉貼著她的額頭說：「妳放心睡，到了以後我再喊妳。」
湯泉宮離宮城不遠，就在城外東北邊的驪山上，他們下午就抵達並安住下來。
同行的人有李歸錦、芮國公夫人、許紫煙，還有李二夫人，除了他們兩家人，李歸錦還意外見到武媚娘，讓她十分驚訝。
武媚娘挺著大肚子迎接她。「前些天皇上送我過來的，我原本還怕是他厭棄我了，沒想到是宮裡要出大事。想來是為了我的安危，才把我安置在此休養。」

李歸錦也替她高興。「可見皇上疼愛妳。如今可好，咱們可以住在一處一同養胎了。」武媚娘高興地笑了。她自懷孕開始就過得戰戰兢兢，沒想到突然之間就多了三個孕婦陪她，以後聊天說話可就熱鬧了。

幾位女眷在湯泉宮住下後，豆盧欽望就回城了，他不僅要幫長孫無忌整理叛亂證據，還要裝修新府邸、修葺舊府邸，忙得不得了。

不過他每隔三天就會去湯泉宮探望母親和妻子，跟李歸錦說說京城的人事，詢問她的起居和身體狀況。

臘月三十這天，長安下了很大一場雪，湯泉宮中也白雪皚皚、處處成冰。

幾位孕婦一起坐在暖閣中縫製著小衣衫，聊著懷孕和孩子的事，其樂融融。

李歸錦不住向門外張望，厚厚的門簾遮住了她的視線，她什麼也沒看到，卻總是情不自禁地想多看幾眼，因為今天是豆盧欽望要來探望她的日子。

芮國公夫人笑道：「再多看幾眼，門簾都要被妳看穿了！思齊他說要來，定然會來。」

李歸錦臉紅道：「今天下這麼大的雪，路上不好走，我有些擔心，要不……讓人傳個話，叫他過兩天再來。」

芮國公夫人了解自己的兒子，笑著說：「妳不讓他來，他如何睡得著？肯定是快到了。」

果然，話才說完沒多久，豆盧欽望就背著風雪掀開門簾走了進來。

李歸錦連忙上前幫他拍去衣裳上的雪，卻被豆盧欽望避開。「妳別動，小心凍到。」他脫下冰冷的大氅，向屋裡眾人問好，而後說：「今天來得遲了些，我繞道去衛國公府和古校尉那邊捎了好些東西過來。」

由於今年情況特殊，因此大家過年一切從簡，但是帶點年禮總是個表示。

李歸錦等人在湯泉宮，除了重新擔任御前侍衛隊長的豆盧欽望，其他男人不方便過來，只好託他捎帶。

李歸錦說：「你們都忙得脫不了身，何必準備這些，宮裡什麼東西沒有？」

豆盧欽望笑道：「是長輩的心意。長輩賜，不可辭。」

李歸錦搖了搖頭，說不過他，只好把東西收下。

因屋裡沒有外人，豆盧欽望便將幾個好消息直接對眾人說了。

這次護衛皇上清剿吳王、荊王叛亂，豆盧欽望、狄仁傑、芮國公、李德淳、李德獎、李仲璿、古爹爹眾人都有功勞。

豆盧欽望和狄仁傑因是暗中調查和操作，功勞不好算，加上他們在李治面前已經表態，所以李治未在朝會大典上公開賞賜，但明眼人卻都很清楚，他們兩人前途不可限量。

芮國公如今還在江南清剿吳王和荊王的餘黨，但皇上已讓他掌管江南大營軍令，並加封上柱國。

李德淳阻擊薛萬徹帶兵進京，封宣威將軍；李德獎晉封定遠將軍；李仲璿封振威校尉，而遠在吳郡的李德謇，則繼承衛國公封號。

古爹爹因救出左屯營忠勇將士們反制吳王，封游騎將軍。

李二夫人聽到衛國公府滿門上下都被封賞，高興得差點暈過去，拉著豆盧欽望反覆詢問，這才相信是真的。

李歸錦盈盈帶笑，真心為這個好結局感到開心。

眾人散去後，豆盧欽望單獨對李歸錦說：「狄仁傑要離京去汴州任職了，可有什麼話要我帶給他？」

李歸錦思索了一番，搖了搖頭。「什麼都不必叮囑，君子之交淡如水，這樣對他比較好。」

讓狄仁傑離開京城，離她遠一些，他會有新的天空和舞臺，也會遇到新的人，這對他才是最好的選擇。

豆盧欽望一手摟著李歸錦的腰，一手握著她的手，兩人慢慢走回房間。

李歸錦不禁問了一個孕婦都會問的問題。「你說我是生男孩好，還是生女孩好？」

豆盧欽望也如大多數丈夫那般回答道：「不管是男孩還是女孩，只要是妳為我生的，我都當心肝一樣疼。」

李歸錦聽了，忍不住嬌笑。

有時候，生活就是這麼幸福而簡單！

——全書完

溫馨寫實小說名家／凌嘉

大齡剩女

全套二冊

為什麼她原本平靜的生活，
在遇見這兩個各領風騷的男人之後，
就完全變了樣呢……

文創風 188 上

從現代人變成古代人不要緊，反正她的專長本來就是考古，
就連姓氏都是「古」！既然家裡有當鋪又有古玩店，
她自然樂得成天跟這些寶物為伍，就算不像個淑女也無所謂。
只不過……才區區二十歲就被當成老姑娘是怎麼回事？!
就算模樣生得再美，老爹也快為她的婚事急白了頭，
恨不得馬上就有人扛著大花轎把她娶回家，
任憑古闈秀怎麼推託都沒用，只能放手隨他老人家去。
原以為這件事已經夠讓人頭大，一樁古玩交易卻讓她遭受暗算，
不僅陸續捲進多起命案，更因此結識兩位少年郎——
一個是冷靜卻敏銳的衙門法曹；一個是俊美而高傲的名門後代。
三人合力偵破案件獲得皇上青睞，更打破身分藩籬成為好友，
然而若有似無的情愫卻悄悄地滋生，逐漸破壞了這份平衡……

情與愛是什麼並不重要，
她最在乎的事情，
就是能與他攜手走向幸福的彼端……

文創風 189 下

怪哉！她古闈秀沒有十年寒窗苦讀，怎麼突然一舉成名天下知？
不僅王公貴族對她趨之若鶩，千金小姐們還視她為眼中釘，
更扯的是，就連皇上都想罔顧倫常，納她為妃嬪，
弄得一干人等雞飛狗跳，吃不下也睡不著，宮廷上下吵吵鬧鬧。
為了自己的終身幸福著想，古闈秀冒著一群人被砍頭的危險，
曉以大義、軟硬兼施，好不容易讓皇上打消念頭，
卻在以為往後就能高枕無憂的情況下，整個人硬生生被劫走！
千鈞一髮之際，「他」竟然現身救了她，甚至因此受了重傷，
讓她原本平靜的心湖泛起了漣漪……
只不過，在古闈秀有機會釐清自己的想法與心思之前，
一道賜婚的聖旨從天而降，震得她七葷八素、無所適從！
老天，她幾時變得這麼炙手可熱？不就只是個「剩女」嗎……？

逗趣而深情，歡笑又動人／油燈

貴妻

全套五冊

凡璞藏玉，其價無幾

他是慧眼識妻，一眼定終生；
她是曖曖內含光，只給有緣人欣賞；
她的好既然只有他知道，那娶了當然不放嘍……

文創風 181 1

莫拾娘賣身葬父入林府，雖然只是個二等丫鬟，
卻能讀書識字，畫得一手好畫，機靈又心思剔透，
偏偏她有萬般好，就是臉上有個嚇人的胎記，
但美人兒可是林家少爺的心頭好，怎能忍受這樣的醜丫鬟？
這齣「丫鬟鬥少爺」的戲碼一旦展開，是誰輸誰贏……

文創風 182 2

林家小姐已與董家公子訂親，卻和表哥暗通款曲，
林太太一氣之下，竟說出要從丫鬟之中挑選一個認作義女，代小姐出嫁！
拾娘本以為這把火不會燒到身上，誰知那董家公子死心塌地求娶，
更說自己是「有幸」娶她為妻！少爺不想她離家，公子忙著說服她成親，
這下在演哪一齣？她這丫鬟竟然成了香餑餑？

文創風 183 3

婚後的日子不如她想像的拘束，受人照顧的滋味也挺好的，
但不代表董家一片祥和，因為自視清高的婆婆瞧不上丫鬟出身的她，
小姑又是個沒規沒矩的丫頭，族裡一向冷落他們六房，
雖然嫁了個好丈夫，當起少奶奶，可管好這一家又是一門大學問！
更頭大的是枕邊的丈夫比管家做生意還擾人，擾得她心亂如麻啊……

文創風 184 4

董禎毅苦讀有成，在京城一舉成名，連王公貴族也慕名結識，
如此揚眉吐氣的時刻，拾娘本是開心不已，
可京城竟有「榜下求親」之風氣，而她的完美相公也中招！
婆婆和小姑乘機推波助瀾，要串聯狐狸精逼她這正妻下堂，
她的「家庭保衛戰」就此開始，狐狸精等著接招吧……

文創風 185 5 完

醴陵王妃意外得知拾娘身上有故人之物，便急著要見她；
拾娘依約進了王府，塵封的記憶卻忽然湧上心頭——
難道她和醴陵王府有什麼關係？養育她的義父又是何人？
多年來圍繞著拾娘的迷霧漸漸清晰，但這時，董夫人執意要兒子休妻，
婆媳之戰也因此在她找回身分的時刻越演越烈……

蘇小涼

超人氣點閱好戲登場!!

嫡女難嫁

全套四冊

前世如同作了一場噩夢，
夢中就算再痛苦、再淒慘，她如今都醒了……
既然重生，
她要改寫所有的悲慘遭遇，終結嫁錯人的所有可能！

文創風 177 1

金陵商家大戶楚家嫡長女楚亦瑤，
家道中落，家業被奪，連夫婿都有人眼紅著要分一杯羹。
她人生慘敗到連老天都看不過眼，於是讓她重生回到過去，
既然讓她重活一次，她勢必要保住楚家，
就算三次說親都嫁不成又如何、就算未婚夫婿被搶又如何？
就算做個人人眼中的拋頭露面、不像名門閨秀的女子又如何？
那些閒言閒語她都不在乎，只要能活得不再憋屈，一切都值得了……

文創風 178 2

那個從小跟她有口頭婚約的男人，
既然三心二意被二叔的大女兒勾引走了，
她也瀟灑地看得很開；那種意志不堅定的男人，不留也罷！
倒是那個找上她說要合夥開鋪子做生意的沈世軒，
幾次交手，她也得了不少好處，教她願意多費些心思跟他周旋，
畢竟嫁人哪有做生意賺銀兩來得重要……

文創風 179 3

為什麼非要她嫁人？就算要嫁，她也絕不嫁那個曹家的惡霸！
偏偏面對曹家的威逼恐嚇及處處打擊楚家商行，
重生以來她小小肩膀承擔的所有壓力擊垮了她，
病得迷迷糊糊中，她聽見有個男人對她說——
她不會嫁給姓曹的，也不會像上輩子那樣再嫁入嚴家，
她不會像上輩子那樣傷心難過，並保證她以後一定會過得很好……
這輩子她嫁的人，一定不會負了她……
她希望聽見的承諾不會只是作夢……

文創風 180 4 完

從第一次跟他相遇開始，直到嫁他為妻，彼此坦誠心中隱藏的秘密，
這一切都應了姻緣籤詩上寫的那句話，他與她是彼此的「同是有緣人」。
如今楚家的家業她已放心地交託出去，她安心當她的二夫人，相夫教子，
暗暗地賺她私人置辦的鋪子、添她的私房嫁妝，日子倒還算是愜意。
只是她不惹人，偏偏大房那兒時不時就來招惹，
為了過得安心，做夫君最強力的後盾，
她夫人當自強，任誰都別想欺負算計到她這一家子頭上！

文創風
189

大齡剩女 下

國家圖書館出版品預行編目資料

大齡剩女 / 凌嘉著. --
初版. -- 臺北市 : 狗屋, 民103.05
冊 ; 公分. --（文創風）
ISBN 978-986-328-298-3（下冊：平裝）. --

857.7 103006733

著作者	凌嘉
編輯	連宓均
校對	王冠之　黃亭蓁
發行所	狗屋出版社有限公司
地址	台北市104中山區龍江路71巷15號1樓
電話	02-2776-5889～0
發行字號	局版台業字845號
法律顧問	蕭雄淋律師
總經銷	知遠文化事業有限公司
電話	02-2664-8800
初版	103年5月
國際書碼	ISBN-13　978-986-328-298-3
原著書名	《唐朝大齡剩女》

定價250元
狗屋劃撥帳號：19001626
網址：love.doghouse.com.tw　E-mail：love@doghouse.com.tw
版權所有．翻印必究　倘有倒裝、缺頁、污損請寄回調換